SEGREDO DA HIGHLANDER

Romance histórico escocês sobre viagem no tempo

MARIAH STONE

Traduzido por
PRISCILA KOSOP SOARES

PRÓLOGO

Castelo Dunollie, Escócia, 1296

— *Cruachan!*

Marjorie gemeu. Provavelmente estava sonhando. Por que mais ouviria o grito de guerra de seu clã?

O colchão de palha arranhou sua pele. O quarto estava silencioso e cheirava à poeira proveniente da cama de dossel. Será que estava sozinha? Ela tentou levantar as pálpebras pesadas, mas então se lembrou...

Se abrisse os olhos, poderia vê-lo e, então, ele iria querer bater nela novamente.

Ou tomá-la mais uma vez.

Chega de dor e humilhação, por favor.

A moça queria cair na escuridão e ficar entorpecida. Isso a permitiria fugir das dores que sentia em todo o corpo. Algo estranho chamou sua atenção, e ela se agarrou ao som como se fosse a beira de um abismo. O barulho vinha de fora, de algum lugar lá embaixo. Gritos de dor, metal batendo contra metal.

E então...

— *Cruachan!*

O som estava mais alto agora, chegando cada vez mais perto. Podia-se ouvir um coro de vozes masculinas.

Estaria imaginando isso? Ou estava tão desesperada e destroçada que agora sonhava com seu lar?

O ar cheirava levemente a fumaça e podiam-se ouvir passos contra o chão de pedra do lado de fora do quarto em que estava sendo mantida. A porta se abriu com um som estridente, a maçaneta de ferro rangeu, e em seguida, se fechou.

Este som, desta porta, significava apenas uma coisa.

Ele tinha voltado.

E se estava aqui, haveria dor.

Passos rápidos e pesados se aproximaram. O homem respirou pesadamente e caminhou pelo quarto, sua cota de malha retinindo suavemente.

Ele ainda não a havia tocado, talvez não tivesse vindo por ela.

Mas, então, por que estaria ali?

Do lado de fora, os gritos se intensificaram.

Algo pesado bateu contra madeira.

– *Cruachan!*

Eles vieram.

Uma esperança floresceu em seu peito, dando-lhe forças. Ela abriu um olho – o outro estava fechado pelo inchaço – e virou a cabeça em direção à luz da janela.

Alasdair MacDougall caminhava ao longo da parede de rocha áspera e escura. Suas narinas estavam dilatadas, seus olhos arregalados, seu cabelo escuro e encaracolado parecia desgrenhado sob a cota de malha que cobria sua cabeça e ombros.

Batendo a parte plana da espada contra a mão, olhou para ela e permaneceu imóvel por um momento, seu rosto tinha uma expressão vazia.

– Está acordada, sua vadiazinha? – perguntou ele, cobrindo o espaço entre eles em três passadas.

Mesmo sem nenhuma força restante em seu corpo, Marjorie se apoiou na cama para tentar se afastar para o mais longe possível dele. O cobertor caiu, revelando suas coxas nuas manchadas de sangue seco. Ela queria se cobrir, mas estava muito fraca. O cheiro dele, com o qual estava muito familiarizada agora, a atingiu. Era um odor de suor e almíscar masculino. Alasdair soltou a espada, que caiu com um estrondo alto, depois, agarrou um punhado de cabelo dela no topo da cabeça, ergueu o outro braço e deu-lhe um tapa no rosto.

Uma dor aguda disparou por sua cabeça. Em seguida, recebeu outro golpe vindo do outro lado. Seus olhos pareciam ter explodido dentro do crânio, mas ela não chorou. Ele aproximou o rosto do dela, fazendo com que sentisse seu mau hálito – uma mistura de cerveja, álcool e carne com cebola.

– Está feliz agora, princesinha? Achou que era boa demais para aceitar a minha proposta, mas todos verão que, na verdade, é uma prostituta inútil.

A moça respirou fundo.

– Do que está falando? – conseguiu dizer.

– Seu clã está aqui, mas enquanto eu tiver você, tenho o poder.

Ouvir ele dizer que sua família tinha vindo era diferente de achar ou imaginar. Era real.

Eles tinham realmente vindo.

Marjorie sorriu e, então, riu abertamente. Depois, juntou saliva em sua boca e cuspiu bem na cara dele. A saliva estava ensanguentada, manchando rosto dele de vermelho, o que a fez rir ainda mais. Doeu, mas o gesto lavou sua alma. Ela lutaria uma batalha ali dentro enquanto seu clã lutava por ela lá fora.

– Acabou, seu estuprador bastardo – observou e continuou rindo, embora o rosto dele tivesse empalidecido e a moça pudesse estar morta em questão de segundos. Alasdair deu um soco em sua têmpora, fazendo-a afundar em uma névoa profunda. Foi através dessa névoa que viu dois homens e suas espadas se chocando.

– Você vai morrer, seu verme! – alguém bradou.

A espada brilhou à luz da janela e ela ouviu o barulho de aço batendo contra aço. Gritos de dor atravessaram sua mente.

Então, ouviu um grito – mortal e desesperado – e um baque forte de algo pesado caindo no chão. Marjorie acordou com uma voz familiar chamando-a. Uma voz carinhosa que reconheceu imediatamente.

– Marjorie.

Alguém acariciava sua cabeça, mas parecia que facas cortavam sua pele. Lutando para abrir os olhos, conseguiu levantar um pouco uma pálpebra. Era Craig, seu irmão. Ensanguentado e coberto de hematomas, ele se ajoelhou ao lado da cama e sorriu, embora seus olhos estivessem vermelhos e o cabelo escuro desgrenhado. Lágrimas turvaram sua visão e queimaram, pois mal conseguia acreditar que seu irmão estava ali. Isso significava que Alasdair não era mais uma ameaça. Craig cuidaria dela e a levaria para casa.

Um alívio a inundou e um eco de gratidão e amor encheu seu peito. Apesar dos lábios rachados e machucados, conseguiu sorrir.

– Irmão – ela sussurrou.

A porta se abriu e seu primo Ian entrou. Seus cabelos vermelhos estavam suados e seu rosto coberto de cortes e hematomas, mas ele estava vivo.

– Eu a encontrei – Craig falou.

– Graças a Deus! Vamos. O caminho está livre.

Craig lhe fez um breve sinal com a cabeça e Marjorie sabia que ele estava prometendo que tudo ficaria bem. Ele, então, a envolveu cuidadosamente em um cobertor e a pegou no colo. Marjorie sentiu uma dor percorrer o seu corpo. Enquanto seu irmão a carregava para fora do quarto, ela viu o corpo de Alasdair no chão, e havia uma poça de sangue ao seu redor. Teria sorrido, gargalhado até, mas sentia-se vazia.

Craig caminhou até o patamar da escada de madeira, onde os membros do clã esperavam. Seus rostos severos foram iluminados pelas tochas enquanto ele a carregava. Ian desceu as escadas antes dele, procurando nos cantos em busca de perigo, com a espada na mão. Mas quando chegaram ao nível inferior, a luta cessou por lá enquanto todos os observavam. Seu pai estava no patamar seguinte e seu rosto se contraiu de dor ao ver a filha. Marjorie tentou sorrir, de maneira tranquilizadora, para mostrar que não estava com raiva por não a terem protegido ou vindo resgatá-la antes. Craig a carregou para mais longe, e a moça avistou seu tio Neil com os filhos. Tristeza e fúria brilhavam em seus olhos.

Ao saírem da torre, Marjorie viu John MacDougall, chefe do clã MacDougall e pai de Alasdair, sendo mantido por dois membros do seu clã. Ele se sacudia tentando se soltar, seu rosto estava pálido e contraído de raiva, sem dúvida tinha percebido que o filho deveria estar morto, uma vez que ela estava nos braços de Craig.

O MacDougall nunca deveria ter permitido que Alasdair a sequestrasse e a tratasse como tinha tratado. Deveria ter acabado com a loucura do filho e a mandado de volta para casa. Tudo acontecera sob o olhar de John MacDougall e, na opinião de Marjorie, ele era tão culpado quanto o filho.

Craig finalmente saiu para a luz brilhante do pátio, cercado por muros de cortina e pedra, e Marjorie precisou fechar os olhos. Muitos homens haviam morrido hoje para salvá-la e era doloroso ver a evidência disso, pelo menos nesse momento.

Seu irmão caminhou um pouco mais e depois se ajoelhou. Ao abrir os olhos, Marjorie viu seu avô, Sir Colin Cambel, deitado na grama vermelha de sangue. Havia um ferimento profundo perto do coração, mas o sangue já não fluía mais. Seus olhos estavam fechados e a pele pálida. Ele estava completamente imóvel, com apenas o vento brincando em seu cabelo branco.

Craig pegou a mão do avô e a apertou. Ian postou-se ao lado dele e colocou a mão em seu ombro. Seu irmão sussurrou algo para o avô e uma lágrima caiu dos olhos de Marjorie. A seguir, ele se levantou e caminhou com ela até os cavalos e carroças.

– Trouxemos uma carroça para você, está cheia de peles e cobertores. Você estará em casa em breve.

Ele a deitou e cobriu com cobertores, e o calor começou a voltar para o seu corpo.

Agora se sentia segura.

E livre.

Estava livre, sim, mas a humilhação, a dor e a sensação de ser indigna corroíam seu coração, ainda mantendo-a prisioneira. A moça se encolheu e começou a chorar.

– Ah, minha doce Marjorie, não chore. – Craig lhe acariciou. – Por favor, querida. Lamento não termos vindo antes, mas assim que descobrimos quem a levara, viemos.

Ela não conseguia parar de soluçar. Craig sentou-se ao seu lado na carroça e a abraçou, cobrindo-a como um cobertor pesado e protetor.

Quando finalmente parou de chorar, ficou imóvel tentando se ajustar àquela leve sensação de liberdade em seu peito que parecia estranha.

Qual seria a sensação de ficar perto de pessoas de novo? Ir livremente de um cômodo para outro? Sair 'a luz do sol? Andar a cavalo? Depois de duas semanas em cativeiro, pensara que nunca mais faria nenhuma dessas coisas novamente. Ao abrir os olhos e olhar para Craig, percebeu que seu irmão parecia preocupado e tinha uma expressão de dor e fúria em seu rosto.

– O que eu posso fazer para ajudar? – ele indagou.

Marjorie balançou a cabeça.

– Nada – sussurrou. – Você me salvou e me vingou. Matou o bastardo. Não há mais nada que possa fazer.

Ele apertou a mão dela e acenou com a cabeça.

– Vamos curá-la e logo estará bem novamente.

Marjorie respirou fundo e fechou os olhos. Por mais que doesse admitir, isso nunca seria verdade. Agora, sentia-se fria como uma pedra por dentro. Nunca mais deixaria um homem tocá-la. Nunca se casaria e jamais permitiria que alguém fizesse o que Alasdair fizera com ela.

CAPÍTULO 1

A melhor coisa de uma viagem só de homens pelas Highlands escocesas era a ausência de tecnologia. Mesmo depois de sete anos de vida civilizada, Konnor Mitchell ainda se lembrava do seu treinamento de fuzileiro naval e não tinha problemas para se orientar com e sem um mapa, pescar, cozinhar usando uma fogueira e dormir no chão.

Na verdade, a melhor coisa sobre essa história de homem versus natureza era que isso ocupava sua mente, deixando-lhe pouco tempo para pensar em sua vida em Los Angeles, nos EUA, ou em seu passado. Sem telefone celular, TV ou eletricidade, só podia contar com seu cérebro, seus músculos e seu melhor amigo, Andy.

– Quanto falta para chegarmos à fazenda Keir? – Andy indagou olhando para o céu. – As nuvens estão ficando ainda mais escuras do que o seu pior humor.

Um céu cor de chumbo pairava sobre os pinheiros verde-escuros como um teto de ferro. A natureza ao redor parecia imóvel, como se esperasse por algo. As folhas não farfalhavam e a grama não balançava. O ar estava úmido e quente, saturado do aroma de floresta e musgo e algo mais... lavanda, embora Konnor não tivesse notado a planta por perto.

Ao estudar o mapa em suas mãos, viu um movimento rápido em sua visão periférica que chamou sua atenção.

Algo verde brilhou entre as árvores, capturando o seu olhar; olhou em volta, porém não viu nada fora do comum. Devia ter sido todo aquele uísque que vinham consumindo.

– Provavelmente vamos ficar encharcados de qualquer maneira – resmungou Konnor. – Acho que não chegaremos antes do anoitecer.

Os dois haviam caminhado ao longo do lago, na parte norte, em direção à fazenda. O mapa mostrava que havia uma pequena ruína no fundo do vale atrás deles, e que se fizessem o caminho de volta em direção a Loch Awe, chegariam às ruínas de Glenkeld, um castelo medieval.

Os dois tinham interrompido seu tour de uísque para fazer uma caminhada de três dias. Mas devido ao ritmo relaxado e às amostras de uísque que haviam adquirido em várias destilarias e bebido pelo caminho, já estavam em seu quinto dia de caminhada. Entre acender fogueiras, montar e desmontar as barracas, cozinhar cachorros-quentes em uma fogueira e pescar no Loch Awe, haviam se empolgado e perdido a noção do tempo.

A viagem era uma espécie de longa despedida de solteiro para Andy, que se casaria com Natalie, sua namorada de oito anos e mãe de seu filho. Considerando o tipo de infância que Konnor tivera, não imaginava que alguém pudesse ficar tão delirantemente feliz como Andy, mas seu amigo era um bom homem e merecia toda a felicidade do mundo.

Estava feliz por ele. Porém, não tinha ideia de como seu amigo conseguia. Talvez, os outros possuíssem o segredo de ter um relacionamento feliz, ser um bom marido e um bom pai.

Ele certamente não tinha esse conhecimento.

Andy franziu a testa e olhou para o céu.

– Talvez não chova – disse ele, embora sem muita convicção.

– Vamos pegar a estrada. Preciso ligar para minha mãe – declarou Konnor.

Por mais que estivesse gostando do passeio, precisava retornar à civilização.

Ele sabia que podia soar estranho para algumas pessoas que um homem de trinta e três anos de idade precisasse ligar para sua mãe, mas seu melhor amigo entendia que era melhor não fazer piadas sobre o assunto. Konnor sustentava a mãe financeiramente, era muito importante para ele que ela soubesse que estava segura e protegida e que ninguém a machucaria novamente. Pouco antes de saírem para a caminhada nas trilhas, Konnor dissera à sua mãe que deixaria o celular no hotel, mas que ligaria para ela em três dias.

Andy correu atrás dele.

– Espera aí, cara, não é a primeira vez que ela fica sozinha. Você era da Marinha, pelo amor de Deus.

Tendo os pais mais perfeitos do mundo, Andy não tinha ideia de como tinha sido a vida de Konnor e sua mãe. Nunca tivera que assistir a pessoa mais próxima dele no mundo ser espancada até virar uma massa ensanguentada e não poder fazer nada para ajudar.

O padrasto de Konnor estava morto, mas havia lhe ensinado uma lição valiosa que carregaria para sempre. Nunca baixar a guarda, nunca confiar que seus entes queridos estariam seguros sem sua proteção. Quando criança, ele não fora capaz de proteger a mãe, mas podia fazer isso agora.

– Não quero discutir sobre isso – anunciou Konnor.

Andy acenou com a cabeça, mas não pareceu impressionado.

– Se você quer assim, irmão, tudo bem. Mas saiba que, quando voltarmos para LA, Natalie tem uma amiga que quer que conheça.

Konnor gemeu. *Aqui vamos nós.* Pelo menos a cada seis meses, Natalie queria arranjar uma namorada para ele.

– Andy... – Konnor o advertiu.

– Estou com você, cara, mas, por favor, faça a vontade dela, só desta vez. Ou ela vai me deixar louco.

Konnor deu uma risadinha.

– O que dizem por aí é que você é um bom partido. Proprietário de empresa de sucesso e aparentemente *um docinho*. – Ele colocou aspas ao redor da palavra. – Por favor, acabe com o meu sofrimento, cara!

– Vai ser muito pior se eu sair com ela uma vez e nunca mais telefonar, pois, então, Natalie vai querer matá-lo. – Konnor zombou. – Não estou procurando por um relacionamento. E nunca estarei.

Por que iria procurar? Em todos os seus relacionamentos, as mulheres sempre lhe acusavam de estar *indisponível emocionalmente* e acabavam sofrendo por isso.

– Depois de todos esses anos, ainda acho que você é um enigma – afirmou Andy encolhendo os ombros.

– Não há nada de intrigante sobre mim. Tudo é bem simples. Não tenho intenção de me casar, nem de ter uma namorada. Nunca.

Os dois caminharam em silêncio por um tempo. Um sussurro suave de folhas e galhos farfalhando atravessou a floresta, e o céu escureceu ainda mais. Um pequeno arrepio percorreu a nuca de Konnor.

– Só vou dizer mais uma coisa. Você está infeliz e sabe disso – retrucou Andy, balançando a cabeça.

– Estou bem – Konnor rosnou. – Estou ótimo e tenho tudo o que sempre quis.

Um trovão soou à distância e ambos ergueram os olhos para o céu cinza-escuro.

– Vamos seguir em frente – disse Andy. – Temos que acelerar o passo.

Ele se apressou, mas Konnor não. Vendo seu amigo se afastar, percebeu que precisava de um tempo sozinho.

– Vá em frente, Andy. Eu preciso mijar. Já alcanço você.

Andy parou e olhou para ele com suspeita em seus olhos.

– Tem certeza?

– Tenho certeza de que uma chuva de verão não vai me derreter – Konnor afirmou com um suspiro.

– Tudo bem.

O amigo saiu correndo pela trilha e, uma vez que estava fora de vista, Konnor parou, respirou fundo e exalou. Na verdade, não precisava mijar. O vento frio aumentou, e um aroma de lavanda e grama recém-cortada chegou até ele.

De repente, a voz de uma mulher quebrou o silêncio.

– Socorro! Socorro!

Instintivamente, Konnor colocou a mão onde costumava guardar a pistola. Mas é claro que não estava lá. A única arma que tinha era um canivete suíço em sua mochila.

Olhou ao redor, mas não avistou Andy. As árvores balançavam, assobiando com o vento, folhas e galhos voavam para todo lado. Por pouco um deles não acertou seu olho e arranhou a sua bochecha. Podia-se ouvir os trovões mais perto e o céu da cor de granito era constantemente iluminado pelos relâmpagos. A tempestade estava quase sobre ele. Será que a mulher estava presa em algum lugar?

Pedras desmoronaram atrás dele. Konnor apertou os olhos e voltou o olhar para a trilha, mas não conseguiu enxergar ninguém. O vento trouxe o grito da mulher novamente. Ou será que eram apenas as árvores gemendo enquanto a tempestade as atingia?

O grito foi ouvido mais uma vez e seu pulso acelerou. Vinha de algum lugar atrás dele, na trilha. Correu, então, naquela direção o mais rápido que pôde com sua mochila nas costas.

– Socorro!

As árvores e os arbustos passavam rapidamente por sua visão enquanto corria. Galhos quebravam e pedrinhas rolavam sob seus pés. O aroma de lavanda e grama recém-cortada ficava cada vez mais forte. A voz estava mais alta agora, portanto, a mulher deveria estar por perto, só que ele ainda não conseguia ver quem estava chamando.

– Aqui embaixo!

A voz veio de trás das árvores e dos arbustos. Pelo vão entre as árvores, ele viu a beira de um penhasco. Passando por cima de uns pequenos arbustos, olhou para uma ravina mais abaixo de cerca de sessenta metros de largura. Era como se um antigo terremoto tivesse rachado o solo ao meio ali. Havia uma encosta íngreme e rochosa de cerca de seis metros bem na frente dele. Alguns pinheiros cresciam diretamente das rochas, a ravina era protegida por uma encosta íngreme do outro lado e um riacho corria ao longo da base gramada abaixo. Parecia fértil e aconchegante, como um pequeno pedaço isolado de paraíso.

Era um local mágico, misterioso e irreal.

Havia uma mulher na ravina. Ela estava sentada em uma pequena pilha de pedras e segurava o braço.

– Você está bem, senhora? – Konnor perguntou, tentando gritar através do vento.

A mulher olhou para cima e, mesmo dali, ele pôde ver um sorriso brilhante em seu rosto. Ela tinha longos cabelos ruivos e usava um vestido verde de aparência medieval.

– Ah, rapaz, você pode me ajudar? – pediu. – Eu machuquei meu braço e não consigo subir a encosta.

O vento aumentou e a rajada seguinte roubou o fôlego de Konnor. Olhando para a encosta, percebeu que era bastante íngreme, mas conseguiu ver um caminho mais adiante que levava para baixo. A questão era se conseguiria carregar uma pessoa ferida de volta morro acima.

Primeiro, seria preciso descer e ver o que havia de errado com o braço da mulher.

– Não se mexa – gritou ele. – Estou indo até aí.

– Ah, abençoado seja, rapaz!

Um trovão sacudiu a terra e os relâmpagos partiram o céu ao meio. Gotas grossas de chuva começaram cair e atingir o rosto de Konnor. Precisava se apressar.

Colocando a mochila no chão, começou a descer a encosta. Pedras e cascalho rolavam sob seus pés. Agarrando-se a alguns arbustos e pinheiros ocasionais que cresciam entre as rochas duras, foi descendo. Pesadas gotas de chuva caíam mais rápido agora e era preciso piscar rapidamente para enxergar.

Seu pé escorregou e ele foi rolando morro abaixo. Terra e céu passavam rapidamente por sua visão. Por sorte, seu treinamento militar lhe veio à mente e Konnor se lembrou de manter os braços próximos do corpo para evitar que seus órgãos fossem atingidos. Algo bateu em seu tornozelo e uma dor aguda o cegou. Em seguida, levou um golpe forte na cabeça, fazendo o mundo explodir.

Finalmente, parou de rolar e ficou imóvel. Sentia como se tivesse passado por um moedor de carne. Desejando que a tontura cessasse, abriu os olhos. Gotas de chuva caíam do céu cor de chumbo, fazendo-o piscar. Seu tornozelo esquerdo ardia como fogo. Será que estava quebrado? Com um gemido, se sentou. Porém, ao mover a perna, algo queimou em suas veias. Droga. Seu kit de primeiros socorros estava na mochila.

Seu pulso também doía; sem dúvida haveria um hematoma ali amanhã. O relógio suíço, que ganhara de presente de Andy, tinha uma rachadura fina no vidro. Felizmente, ainda estava funcionando. Era à prova d'água e tão confiável quanto um carro alemão. Ele odiaria perdê-lo.

Olhando ao redor, viu um monte de pedras unidas por argamassa cinza nas proximidades. A mulher estava sentada sobre as pedras e o olhava com uma careta exagerada. A chuva caía forte ao redor deles, mas embora as roupas de Konnor estivessem ficando encharcadas, as da mulher não pareciam molhadas.

Estranho.

– Está doendo muito? – ela perguntou.

Suprimindo outra onda de náusea, ele engoliu em seco.

– Sim, demais! Tenho más notícias para você. Não acho que vamos conseguir sair daqui sem ajuda, não comigo assim, e não nesta tempestade.

Como se para confirmar o fato, um relâmpago brilhou e um trovão rugiu acima deles.

– Você não tem um telefone, por um acaso? – Konnor indagou depois de praguejar.

A mulher mordeu o lábio e arregalou os olhos.

– Não tenho telefone. Essa é a única coisa do seu tempo que me assusta – confessou ela.

Piscando, ele se perguntou se tinha ouvido direito, ou se teria batido a cabeça com muita força e estava ouvindo coisas?

– Qual é o seu nome, senhora? – perguntou.

– Eles me chamam de Sìneag.

– Sìneag. Meu nome é Konnor Mitchell. Prazer em conhecê-la. Precisamos encontrar algum tipo de abrigo até que a tempestade passe, e vou precisar dar uma olhada em seu braço.

– Ah, sim. Talvez ali ao lado da ruína.

O monte de pedras formava uma alcova onde se encontrava com o penhasco. Um antigo carvalho crescia ali, formando uma espécie de teto com sua copa espessa.

– Sim – afirmou Konnor. – Isso vai servir.

O rapaz tentou ficar em pé, mas a dor em seu tornozelo era insuportável. A mulher se levantou de um salto e correu para ajudá-lo. Colocando o braço dele em volta dos seus ombros, ela o ergueu com uma força que o surpreendeu. Parecia que a mulher não estava sentindo nenhuma dor. Como se ele não pesasse nada, ela o ajudou a chegar ao pequeno abrigo e o deixou escorregar pela lateral do penhasco ao lado da pilha de pedras.

Foi um alívio sair da chuva forte e se proteger do vento. O solo ali estava frio e seco, e o ar cheirava a chuva e solo úmido, mas o cheiro predominante era de lavanda e grama cortada. Parecia vir de Sìneag.

A senhora se sentou ao lado dele, e agora que as gotas de chuva não o faziam piscar a cada segundo, pôde estudá-la. Ela afastou uma mecha de cabelo do rosto em formato de coração, e Konnor pôde ver que seus olhos eram grandes, a boca tinha formato de morango e sardas pontilhavam sua pele clara. Seu cabelo era ruivo e voava com as pequenas rajadas de vento que o atingiam. Ela se parecia com a Chapeuzinho Vermelho, exceto pelo capuz que era verde e a falta da cesta.

– Seu braço está bem, não está? – constatou ele.

Uma expressão de culpa cruzou seu rosto corado.

– Sim. Mas eu posso lhe ajudar.

Konnor fez uma careta, pois, além de mentir, ela colocara a vida dele em risco. Para quê?

– Eu quase quebrei meu pescoço tentando ajudar você – conseguiu dizer com uma raiva contida na voz. A mulher deveria ter um bom motivo para enganá-lo dessa maneira, e ele não sentia nenhuma uma vibração perigosa que indicasse que ela era uma assassina. Konnor esperava que Andy voltasse para procurá-lo assim que a tempestade passasse. Provavelmente veria a mochila no topo da trilha com bastante facilidade.

Sìneag parecia envergonhada e um pouco chateada. Seus olhos verdes escureceram e ficaram duros como pedras.

– Você não tem um amor em sua vida, não é mesmo? – afirmou a mulher.

Konnor piscou. Devia ter batido a cabeça com força, porque essa conversa não fazia o menor sentido.

– O que você disse? – perguntou ele.

– Você tem alguém? Ama alguém?

Merda. Ele devia estar interpretando-a errado.

– Olha, desculpe-me se lhe dei uma impressão errada, mas não estou procurando por nada aqui. Estou apenas em uma viagem com meu amigo.

Ela riu, um som doce e puro.

– Ah, não! – exclamou. – Não é isso que eu quis dizer com a pergunta. Perdoe-me. De qualquer maneira, não poderia ficar com um mortal.

Um mortal? O que isso significava? Será que a mulher era algum tipo de celebridade e estava falando de forma zombeteira? Uma náusea lhe subiu pela garganta novamente. Sim, ele provavelmente tinha uma concussão.

– Tudo bem – disse ele. – Contanto que estejamos claros sobre isso.

– Eu só queria saber se alguém como você, um homem com uma alma forte e um coração mole, tem alguém em sua vida?

Um grunhido ameaçou sair de sua garganta, mas ele o conteve. Será que hoje era o dia de "interrogar Konnor sobre sua vida amorosa"? Primeiro Andy, e agora esta completa estranha?

– Não tenho.

– Que bom – exclamou a mulher e bateu palmas. – Não vejo ninguém em seu coração, mas queria ter certeza.

– Qual é o objetivo disso?

– É tudo para o seu próprio bem, você verá.

Machucar-se era para o seu próprio bem? Ela estava realmente testando sua paciência. Como dono de uma agência de proteção pessoal, tinha que lidar com todos os tipos de clientes. Às vezes, sua empresa era contratada por celebridades de Hollywood e bilionários para proteger a eles e suas famílias, então, já tinha visto sua cota de pessoas excêntricas, mas nunca tivera uma conversa como esta. Será que a concussão poderia estar lhe causando alucinações?

– Sobre o que você está falando? – indagou ele.

A mulher riu, e a doce risada o lembrou do toque de pequenos sinos.

– Estou testando sua paciência, não é mesmo? Você é um homem bom. Eu não faria isso por um mau. – Ela apontou para a enorme pilha de pedras e o que parecia ser os restos de uma parede. – Isto aqui era uma antiga fortaleza dos pictos. Fora construída sobre uma rocha mágica.

A senhora olhou intencionalmente para uma pedra grande e plana que estava meio enterrada no chão. Tinha o que parecia ser uma entalhe antigo e simples – um rio fluindo em círculo com algo que parecia uma estrada cruzando-o. Perto do entalhe, havia a marca nítida de uma mão. Exatamente como a marca de um sapato no cimento fresco. Estranho.

– Dizem que há um túnel do tempo que se abre para aqueles

que tocam a rocha. Do outro lado, há uma pessoa destinada a eles.

Konnor ergueu uma sobrancelha.

– Maravilha – ele murmurou. – Essa é uma história maluca.

– Há uma pessoa lá para você também – afirmou Sìneag.

– Ah, sério?

– Do outro lado do túnel do tempo, há uma pessoa que vai lhe fazer feliz. Alguém que pode lhe ajudar a curar todas as suas feridas e fazê-lo parar de fugir de todos os seus segredos. Uma mulher que você pode amar de verdade. Uma mulher que pode lhe amar.

– Voltar no tempo? Os highlanders têm histórias sobre viagens no tempo?

A proprietária de uma das destilarias que eles visitaram durante o tour de uísque adorava falar sobre o folclore local. Ela lhes contara histórias de kelpies, fadas e coisas do tipo, mas nada sobre viagens no tempo.

– Sim, embora muitos não as conheçam. A mulher de quem estou falando está tão ferida quanto você e precisa de alguém que a ajude a se curar. Diga-me que isso não é algo de que você também precisa.

– O que eu preciso é ficar sozinho – respondeu, balançando a cabeça.

A mulher sorriu.

– Vocês, humanos, me divertem. Dão todos os tipos de desculpas para se apegar às suas crenças. O destino vai lhe mostrar, Konnor Mitchell. Lembre-se, Marjorie vai acalmar a sua alma.

Ao apoiar uma mão no chão, achou que estava tendo alucinações, pois a rocha com os entalhes brilhava. Não, não era uma alucinação. Havia um brilho fraco vindo das reentrâncias do entalhe.

– Mas que diabos! – Ele olhou para cima, mas Sìneag não estava mais ali. Olhou ao redor e a chamou: – Sìneag?

O barulho da chuva batendo no chão e nas folhas era o único

som que podia ser ouvido, e o cheiro de lavanda e grama cortada havia desaparecido.

Onde diabos ela foi?

– Sìneag?

Parecia que a rocha estava vibrando. Esquecendo-se da sua dor e desconforto, Konnor olhou para ela. O que estava acontecendo? Os entalhes brilhavam claramente agora – as ondas azuis, a linha reta marrom, e a impressão da mão... Isso tudo o fazia querer colocar a palma da mão sobre a impressão. Qual seria o mal de tocá-la? Lentamente, moveu a mão e colocou-a na reentrância da rocha. Um zumbido passou por seus dedos, como o estrondo distante de um terremoto. Era como se sua mão fosse feita de metal e a pedra fosse um ímã. E o mais estranho é que, em sua cabeça, só havia um nome.

Marjorie.

Ele caiu para a frente, e a superfície dura e úmida desapareceu, substituída por ar frio e fresco. Konnor não viu mais nada. Não ouviu mais nada. Seus ouvidos estavam abafados, como se tivesse mergulhado na água.

Continuava caindo e caindo, e a escuridão o consumiu.

CAPÍTULO 2

Terras perto do Castelo de Glenkeld, Loch Awe, verão de 1308

Marjorie puxou a corda do arco. A ponta de sua flecha estava apontada para o veado pastando entre as árvores, com seus chifres em formato de uma coroa gigante em sua cabeça.

O ar estava carregado com o cheiro de flores, esterco de veado e troncos de árvore podres. Os pássaros cantavam e o vento sussurrava entre as folhas. A luz do sol atravessava os galhos, chegando até a grama e os troncos das árvores. Os pelos do corpo do cervo brilhavam onde os raios de sol os atingiam.

Marjorie respirou fundo para tentar acalmar as batidas violentas de seu coração e tentou imaginar o animal não como um ser grande e gracioso, com uma coroa de chifres bonita o bastante para decorar o grande salão de um rei, mas sim como se fosse Alasdair MacDougall parado ali, de costas para ela.

Normalmente, visualizava o homem quando treinava com sua espada, imaginava-se perfurando-o com suas armas e lhe dando a morte mais dolorosa possível.

Em sua mente, ele revidava os golpes todas as vezes.

Só que, na verdade, assim como o cervo, ele não lutava. O animal ficou ali parado, alheio a sua presença. A flecha estava na posição perfeita para atingir o alvo, mas ela não conseguia soltá-la.

Apesar de seus anos treinando com espada, arco e flecha e luta, nunca havia atacado e matado ninguém. Tudo o que fazia era treinar. Se matasse este cervo, essa seria a primeira vez que mataria algo realmente grande, pois só caçara aves e lebres no passado.

Vá em frente.

Marjorie soltou um suspiro longo e lento, fazendo as últimas estimativas do lançamento da flecha em sua mente. Tudo estava pronto. A corda áspera raspou contra sua bochecha quando ela a puxou um pouco mais para trás.

Solte.

O cervo ergueu a cabeça e olhou para o leste.

Vozes.

O cervo fugiu.

– Ah, maldição! – Marjorie praguejou e abaixou o arco.

Tamhas e Muir, dois idiotas desajeitados, deveriam estar procurando por ela. Era melhor voltar. Estava sozinha fora das muralhas do Castelo Glenkeld pela primeira vez em doze anos. Seu pai e seus três irmãos – Craig, Owen e Domhnall – estavam no norte das Highlands, lutando pelo Rei Robert de Bruce junto com o resto do clã Cambel. Ian, seu querido primo, que fora criado por sua família durante quase toda a vida, tinha sido morto em uma batalha com os malditos MacDougall logo depois de ela ser salva de Alasdair.

A guerreira dentro dela queria estar lutando por seu rei junto com eles e, finalmente, usando seus anos de treinamento em combate. Em vez disso, ela fora deixada no comando do Castelo de Glenkeld, o que a apavorava e a empolgava, pois além de ser responsável por proteger o castelo, também tinha que proteger Colin, seu filho.

Uma sensação de perigo fez sua pele formigar e ela olhou rapidamente ao redor. Era melhor correr de encontro a Tamhas e Muir. Fora burrice de sua parte se separar deles, mas queria se testar, para ver se era forte o bastante e se estava pronta. A verdade era que tinha medo de andar sozinha fora das muralhas do castelo desde que seu clã a trouxera de volta de Dunollie. Envergonhava-se do seu medo e de não conseguir superá-lo. Separar-se de seus guardas nesta pequena missão fora um passo para acabar com esse medo.

Ela colocou a flecha de volta na aljava e o arco no ombro. As vozes estavam mais perto, portanto, seguiu naquela direção.

– Não há fosso e os muros não são altos. Com as escadas, entraremos no castelo em pouco tempo.

Marjorie parou. Aqueles não eram seus guardas.

– Sim, e a parte superior do muro está desmoronada no lado norte. O chefe ficará satisfeito.

A moça se escondeu atrás de um tronco de árvore, com o estômago embrulhado e a respiração ofegante. Muro desmoronado no lado norte... sem fosso... isso descrevia o Castelo de Glenkeld.

Um arrepio percorreu sua espinha.

– Sim. Quanto falta para chegar até os cavalos? Mal posso esperar para levar a notícia à Dunollie. O chefe quer marchar logo e pegar o neto dele.

– Não falta muito.

Dunollie... Neto dele...

O chão se moveu sob seus pés. Seus joelhos amoleceram e seu sangue gelou. O pesadelo que a paralisara a vida toda estava acontecendo novamente.

MacDougalls.

Onde estavam seus guardas?

Seus pés estavam pesados como chumbo, congelados no chão. Com um esforço enorme e tentando acalmar a respiração irregular, ela se virou e olhou na direção das vozes. Os dois homens caminhavam para o leste com as costas para ela agora. Suas túnicas escuras balançavam enquanto se moviam preguiçosamente por entre as árvores, como se já fossem donos dessas terras.

Marjorie poderia matá-los. Poderia dar uma flechada em um deles, e se fosse rápida o bastante, poderia matar o outro antes mesmo que ele se virasse. Com as mãos tremendo violentamente, pegou o arco e uma flecha. Então, encaixou a flecha no lugar, mas ela caiu.

– Maldição – sussurrou.

Eles estavam indo embora.

Tentou novamente. Desta vez, prendeu a flecha no lugar, ergueu o arco e puxou a corda até a bochecha. Mas como sua mão tremia, a flecha se movia para cima e para baixo diante de seus olhos.

Os homens estavam indo embora. Se fosse para impedir os espiões MacDougall, esta seria sua última chance. O tempo estava acabando. Ela nunca machucara ninguém de verdade, exceto pelos arranhões e hematomas ocasionais que ocorriam durante os treinamentos de luta.

Se atirasse a flecha agora e errasse o alvo, os homens seriam alertados e viriam atrás dela. E, então, precisaria lutar por sua vida, pois não seria levada contra sua vontade novamente.

Essa lembrança do passado borrou a sua visão. Marjorie se lembrara de estar deitada indefesa em uma cama, incapaz de se mover, com uma dor diferente de todas as que já sentira dilacerando-a. Um pânico obstruiu sua garganta.

Os homens desapareceram por trás das árvores e sumiram de vista. Ela abaixou o arco, respirando pesadamente, e uma estranha mistura de alívio e medo tomou conta dela, deixando sua mente vazia.

A lembrança daquela dor e desespero sem fim a inundou. Podia sentir novamente seu corpo sendo violado e dilacerado, a humilhação, a exaustão e o desespero sem fim. Seu corpo reagiu antes de sua mente, fazendo-a se virar e correr.

Árvores passavam diante de seus olhos e galhos a esbofeteavam enquanto corria. Ela tropeçou em raízes e empurrou alguns troncos. O ar estava pesado, retardando-a e fazendo-a cansar. Marjorie se virou para olhar para trás, mas ninguém a seguia. Os únicos sons que podiam ser ouvidos eram sua respiração irregular, o gorjeio dos pássaros e o farfalhar das folhas ao vento.

Ela parou na borda íngreme de uma ravina, onde pedras desmoronavam sob seus pés e rolavam pela encosta. Ofegando, olhou em volta, mas os homens MacDougall não podiam ser vistos em lugar nenhum.

Graças a Deus, Maria e José, parecia que estava sozinha. De repente, ouviu alguém gemer na ravina. Sua mão foi automaticamente para o ombro pegar o arco, mas não estava lá. Provavelmente tinha caído sem que percebesse enquanto corria.

Um gemido foi ouvido novamente, mais longo e alto agora, e ela estreitou os olhos, procurando mais abaixo pela fonte do som. Talvez Tamhas ou Muir tivessem caído, ou sido atacados pelos espiões MacDougall. Alguém se moveu. Um homem de ombros largos e roupas da cor de folhas desbotadas saiu rastejando das ruínas de uma torre antiga que a maioria das pessoas evitava. Ele se sentou e segurou o rosto como se estivesse com dor de cabeça ou a tivesse batido com força. Marjorie não o reconheceu. Será que era outro espião MacDougall? O mais sábio a fazer era simplesmente sair dali antes que ele a visse.

O homem ergueu a cabeça e, por um momento, ele lhe pareceu familiar. Não que ela reconhecesse seu rosto, mas havia algo sobre o rapaz que a fez pensar que o conhecia de algum lugar.

– Ei! – ele gritou, estremecendo de dor enquanto se movia. – Estou ferido e não acho que consigo subir a encosta. – Você pode me ajudar?

Marjorie hesitou. Abandonar um homem em apuros era covardia e já tinha sido covarde o suficiente ao deixar os dois espiões irem embora em vez de lutar como uma guerreira, algo para o qual treinara todos esses anos. Simplesmente não poderia fazer isso de novo. O homem estava ferido. Quão perigoso poderia ser?

– Você pode ligar para o 911 ou o que quer seja que vocês usam aqui na Escócia? – ele perguntou.

A moça franziu o cenho tentando se lembrar onde tinha ouvido um sotaque como o dele antes. Seu *R* suave e consoantes largas soavam como sua nova cunhada, Amy. Agora, o que ele queria dizer com ligar para alguns números? Isso não fazia sentido.

– Você deve ter batido a cabeça – constatou ela. – Não se mova. Estou descendo.

– Não faça isso. Você pode se machucar...

Mas ela já tinha começado a descer a encosta, equilibrando-se cuidadosamente nas rochas e pedras que desmoronavam e rolavam sob seus pés. Uma ou duas vezes, quase caíra, mas se agarrara aos arbustos e recuperara o equilíbrio por pura sorte.

Quando chegou ao fundo da ravina, estudou o homem de perto. Meu Deus, não tinha percebido o quão grande ele era lá de cima. Nunca vira alguém tão musculoso e alto, exceto por Ian talvez. Músculos definidos podiam ser vistos sob as roupas molhadas. Ele usava calças largas com bolsos, uma túnica fina e justa e um casaco curto e estranho que ela jamais vira antes. Todas as roupas dele estavam completamente molhadas. Será que havia nadado no riacho? O cabelo castanho do homem estava encharcado e preso em um rabo de cavalo atrás da cabeça. Seus olhos azuis eram emoldurados por cílios longos, mas havia dor por trás deles. Como se carregasse a miséria do mundo inteiro em seus ombros, como se a dor estivesse em sua corrente sanguínea.

E como se ninguém pudesse entender.

Seu estômago se apertou quando o pensamento surgiu dentro dela, como o eco de uma voz em uma caverna.

– Você é daqui? – indagou a moça.

– Não. Eu estava indo para uma fazenda próxima e sofri uma queda feia.

– A fazenda Keir? – sugeriu.

Sua empregada, Moire, havia mencionado que tinha um primo que estava vindo para uma visita.

– Sim, essa mesma – disse ele.

– Você deve ser o primo da Moire. Desculpe, esqueci o seu nome, embora tenha certeza de que ela o mencionou.

– Konnor – falou. – Mas eu não sou...

Um galho estalou em algum lugar acima deles, e Marjorie se abaixou e o puxou para trás de uma grande rocha. Ele rastejou, estremecendo de dor, mas sem fazer barulho.

– O que há de errado? – perguntou.

– Há MacDougalls por perto – ela sussurrou.

– Você está em perigo? – Algo em seu tom parecia tão protetor. Foi como se um de seus irmãos houvesse feito a pergunta. Uma sensação agradável de segurança se estabeleceu em seu peito.

– Talvez – falou e olhou por trás da pedra. – Você consegue andar?

– Provavelmente não. Você não pode simplesmente chamar uma ambulância?

– Uma o quê?

Os olhos afetuosos dele brilharam enquanto sorria.

– Juro, vocês locais são muito estranhos! Totalmente imersos em suas tradições das Highlands, não é? Os trajes, as flechas, o sotaque...

– Não sei do que está falando, Konnor. Você é que me parece um tanto estranho, mas não vou deixar um amigo do meu clã em apuros. Venha, apoie-se no meu ombro. Temos um curandeiro no castelo, e Moiré vai querer saber que você chegou.

Ela se agachou ao seu lado para que ele pudesse passar o braço ao redor do seu ombro. O cheiro dele a atingiu – algo misterioso e diferente, como o cheiro fresco de chuva, fumaça de lenha. Marjorie o ajudou a se levantar. Embora ele fosse pesado, a sensação do corpo dele era agradável contra sua pele e fez sua respiração acelerar. Contudo, disse a si mesma que o coração acelerado era apenas por causa do exercício, não porque fora afetada por este homem de alguma forma.

Pois, depois do que Alasdair fizera com ela, não havia como ser afetada por ninguém.

CAPÍTULO 3

Konnor não tinha ideia de por quanto tempo mancara pela floresta. Entre a dor agonizante em seu tornozelo e a tentativa de não esmagar a bela escocesa com seu peso, o tempo se arrastara. Cada segundo parecia um ano.

Quando acordara na ravina, a chuva havia parado. Estranhamente, não havia sinal de que uma gota havia caído. Há quanto tempo estivera inconsciente? A última coisa de que se lembrava era da sensação estranha de cair através da pedra, mas tinha certeza de que fora apenas um efeito colateral da concussão. Sìneag dissera algo sobre viagem no tempo; contudo, as ruínas ainda eram ruínas, e a ravina e a floresta pareciam exatamente iguais. Sìneag ainda não podia ser vista em lugar algum.

De onde essa linda moça apareceu? Eles estavam no meio da floresta logo após uma tempestade. E por que ela estava completamente seca, enquanto as roupas dele estavam encharcadas? Isso tudo era muito estranho.

– Quanto falta ainda? – Konnor indagou. – Devo ser pesado para você. Não é toda mulher que consegue sustentar um homem de oitenta quilos por quilômetros.

Ela franziu a testa e uma expressão confusa apareceu em seu rosto. Então, olhou para ele, com uma dureza em seus olhos verde-musgo. Seu cabelo comprido e trançado tinha um cheiro misterioso, como um coquetel de ervas frescas misturado com algo doce que ele imaginou ser o seu próprio perfume.

– Você não vai conseguir subir a encosta, então temos que pegar o caminho mais longo através da ravina.

– Tudo bem – disse ele. – Tudo bem.

Konnor pensou em perguntar se ela poderia ligar para alguém que tivesse um carro, mas decidiu não fazer isso. A julgar por suas roupas – calças de couro, uma túnica de linho simples e algo como um casaco de couro – e as flechas em uma aljava nas costas, ela não parecia ser alguém que carregava um telefone celular.

– Você estava caçando? – Konnor disse isso como uma piada para melhorar o clima. Imaginou que ela provavelmente praticava arco e flecha como hobby e estivera praticando nas proximidades. Ou talvez houvesse uma feira renascentista ou algo assim.

– Sim.

– E como foi?

– Como pode ver, peguei alguém.

Ele deu uma risadinha.

– Bem, obrigado por não atirar em mim.

– Não atiro em quem está caído.

Um código de honra? Ela realmente tinha saído para caçar?

– Você tem flechas, mas onde está seu arco?

Marjorie o olhou de soslaio e ergueu o queixo.

– Deixei cair.

– Por que não o pegou de volta?

Ela se inclinou um pouco para arrumar a posição do braço dele sobre seu ombro e, então, acelerou um pouco o passo.

– Não é da sua conta.

Humm. Bem misterioso.

– É como um hobby? – ele perguntou. – Quero dizer, fazer arco e flecha? Não conheço ninguém que faça.

– Um o quê? – falou ela. – Hobby? Não sei o é isso, mas eu caço para alimentar o meu povo.

A moça estava falando sério. Será que pertencia a algum tipo de comunidade fechada, como a dos Amish, mas na Escócia?

– Bem, isso é muito nobre da sua parte – continuou ele. – Qual é o seu nome?

– Marjorie.

Marjorie... Um arrepio percorreu sua espinha. Esse fora o nome que Sìneag mencionara. Será que era algum tipo de piada? Uma armação?

Marjorie parou atrás de um arbusto grande o suficiente para esconder os dois e olhou cuidadosamente por entre os galhos. À frente deles, as árvores ficaram mais escassas e o pequeno riacho que corria por toda a extensão da ravina desaguava no lago. Havia um castelo na margem, não era grande, embora fosse difícil ver daquela distância. Ovelhas pastavam na campina diante dele, e o cheiro de esterco podia ser sentido de onde estavam.

O mais surpreendente é que o castelo não era uma ruína. Na verdade, parecia bastante novo. Fumaça subia das chaminés das torres e de algum lugar atrás do muro. A Escócia estava cheia de castelos. Ele vira algumas ruínas durante sua viagem com Andy, mas este... Talvez fosse Glenkeld, o castelo mais próximo que ele vira no mapa. Porém, esse castelo estava marcado como uma ruína, então, pensando bem, deveria ser outra coisa.

– Vamos lá – falou Marjorie. – O caminho está livre.

Livre? Será que ela estava com medo de alguém? Konnor examinou os arredores, procurando por algum movimento repentino, por homens armados, alguma uma sombra escondida atrás das árvores, por guardas ou atiradores no castelo, por qualquer reflexo de luz em uma arma.

Não viu nada.

– Você está em perigo? – questionou Konnor quando ela o puxou para continuar caminhando.

– Sim – confirmou a moça, e o estômago de Konnor se contraiu. – Acho que podemos estar. Há pouco, vi espiões MacDougall falando sobre um cerco.

Ele piscou. Será que estava ouvindo coisas de novo?

– Um cerco? Que cerco?

– O cerco de Glenkeld, é claro – replicou ela.

Quem sitiaria um castelo hoje em dia, a menos que estivesse encenando uma batalha? Havia grupos de pessoas que gostavam de feiras medievais e de jogar batalhas de elfos, anões e coisa e tal... Será que a moça fazia parte de algo assim?

Tudo isso o fizera lembrar de sua infância. Quando menino, lera *O Senhor dos Anéis* e outros livros de fantasia e ficção científica. Sentindo-se impotente contra seu padrasto, Jerry, Konnor admirava os personagens que lutavam contra o mal e a violência. Talvez buscasse forças para si mesmo, mas na vida real, o mal vencera. Jerry costumava zombar dele pelo tipo de livros que gostava de ler, e quando ele não interrompia sua leitura, o padrasto lhe dava uma surra.

Konnor olhou para o castelo com espanto ao se aproximarem dele. Era uma construção simples, com quatro paredes conectadas por quatro torres nos cantos. Uma delas era redonda e parecia maior e mais antiga do que as outras. As restantes eram menores e quadradas. Duas torres menores cercavam um enorme portão de madeira que estava fechado.

– Eu pensei que Glenkeld fosse uma ruína. Você mora aqui?

– Sim. Esta é a sede do meu clã. Desde que os malditos MacDougalls tomaram Innis Chonnel, depois que Alasdair MacDougall... – Sua voz tremeu quando disse o nome, e ela se interrompeu.

Uma expressão sombria tomou conta de seu rosto, e ele viu uma dor sem fim no fundo de seus olhos. Konnor desviou o olhar. Ele conhecia bem esse tipo de dor, mas não era problema dele. Não gostaria que ninguém lhe perguntasse sobre a sua dor; portanto, não deveria se intrometer nos assuntos dela, e iria embora logo de qualquer maneira.

Konnor olhou novamente para o castelo enquanto se aproximavam. Agora que estavam a poucos metros de distância, podia ver pelas janelas de fenda que alguém se movia pelo adarve construído no topo da muralha. Aprendera que era assim que se chamava o caminho sobre a muralha quando ele e Andy visitaram um antigo castelo.

O portão se abriu lentamente e um homem de cabelos brancos e um casaco pesado acolchoado apareceu na passagem. Ele portava uma espada embainhada em seu cinto. Konnor inclinou a cabeça, estudando a fantasia do homem. Algo sobre a postura dele dizia que não estava de brincadeira e o fuzileiro naval em Konnor ficou tenso.

– Senhora, por que está sem Tamhas e Muir? – o homem perguntou com uma mão em sua espada. – E quem é esse?

– Este é Konnor, primo de Moiré. Ele precisa de Isbeil porque machucou a perna. Tamhas e Muir não voltaram?

– Não.

– Droga. Provavelmente estão procurando por mim.

Após os dois entrarem no pátio do castelo, quatro homens puxaram os pesados portões para fechá-los, e Konnor sentiu algo se apertar em seu peito ao ouvir o baque dos portões se fechando. O pátio interno era um quadrado perfeito com quatro torres nos cantos e cerca de cinquenta metros de largura e comprimento.

Havia vários edifícios no pátio. Uma grande construção retangular de pedra com um telhado alto de palha e pequenas janelas sem vidro, outra de madeira da qual um homem saía com um cavalo e duas pequenas casas de madeira com telhados de palha. O cheiro aromático de sopa e lúpulo fermentado o atingiram. Uau, esta era uma comunidade verdadeiramente autossustentável.

A maioria das pessoas que se encontrava no pátio era homens vestindo leggings folgadas e longas túnicas com cinto. Eles tinham barbas espessas, cabelos desgrenhados e carregavam lenha, sacos nos ombros, cestos com legumes e pão. Seus pés levantavam a poeira do pátio coberto de terra enquanto caminhavam, e galinhas e gansos corriam cacarejando e grasnando.

Parecia que havia voltado no passado. Como esse lugar

poderia existir? Será que todos ali estavam tão envolvidos no seu papel que realmente queriam viver como se fosse a Idade Média? Se esta comunidade era o que Sìneag quisera dizer com viagem no tempo, certamente acertara precisamente.

– Preciso lhe dizer uma coisa, Malcolm. – Marjorie olhou em volta e se aproximou do homem de cabelos brancos. – Eu ouvi espiões MacDougall na floresta. Eles se esgueiravam perto do castelo e falavam sobre um cerco.

A expressão de Malcolm mudou no mesmo instante e o homem ficou sem palavras por um momento. Seria pânico aparecendo em seu rosto?

– Colin... – os olhos dele brilharam e suas narinas se dilataram. – Tem certeza, moça? –ele disse finalmente.

– Sim, tenho bastante certeza. Eles estão vindo. Descobriram o ponto fraco no muro norte, mas não sabem que eu os ouvi.

– Bom – disse, olhando para Konnor e depois de volta para ela. – Deixe que eu cuido disso. Você deve estar exausta de carregar um homem enorme como ele.

Marjorie largou Konnor e Malcolm ocupou seu lugar, apoiando-o. A perda de seu ombro forte sob seu braço e da curva suave de seu seio ao lado de seu peito deixaram um vazio dentro dele. Ele olhou para o rosto da moça, mas ela olhava para Malcolm.

– Está bem – aceitou, então olhou rapidamente para Konnor e acenou com a cabeça. –Melhoras. Coloque-o no quarto ao lado do meu, Malcolm. É o melhor que temos para um convidado, especialmente um que está ferido.

– Sim, senhora – confirmou o homem.

Então, se virou com Konnor apoiado em seu ombro e foi em direção à grande torre redonda.

– Espere! – Konnor disse. – Posso usar seu telefone? Preciso ligar para alguém.

Ele precisava ligar para a fazenda Keir e avisar que estava atrasado. Talvez Andy já estivesse lá e, se não estivesse, precisava pedir que fossem procurar seu amigo, para que Andy não passasse muito tempo procurando por ele. Marjorie e Malcolm o avaliaram como se ele tivesse acabado de falar mandarim. Os dois tinham a mesma expressão de Sìneag.

– Um *telefone*? – Marjorie indagou. – O que é isso?

Konnor deu uma risadinha. Eles realmente estavam profundamente envolvidos no jogo de RPG. O traje medieval certamente combinava com a moça. As cores destacavam sua pele macia, brilhante, bonita e sem nenhum traço de maquiagem. Ela tinha os olhos levemente puxados nos cantos, lábios carnudos e cabelo escuro e brilhante.

Talvez ele até gostasse dessa brincadeira, mas queria ligar para sua mãe e avisar ao seu amigo que estava bem.

– Hahaha, muito engraçado. O que é um telefone? Então vocês não têm um em um castelo como este?

– Não.

– Droga. Onde fica o telefone mais próximo?

– Acho que nunca ouvi falar de um – comentou Marjorie. – Desculpe, Konnor, mas por acaso você bateu com a cabeça?

Ela estava zombando dele, e Konnor estava começando a perder a paciência.

– Vamos lá, pessoal. Vocês têm uma palavra de segurança ou algo assim para quando querem parar de brincar que estão na Idade Média? Se tiverem, gostaria de usá-la agora. Realmente preciso usar um telefone. Há algumas pessoas que podem estar preocupadas comigo.

– Que coisa mais sem sentido você está falando? – disse Marjorie, parecendo confusa.

– Verdade, rapaz – concordou Malcolm.

Konnor abriu e fechou os punhos de raiva. Ele odiava ficar à mercê de completos estranhos.

– Não consigo entender vocês. Esse é algum tipo de culto?

Marjorie e Malcolm trocaram olhares.

– Um culto?

– Ou são neopagãos?

– Somos cristãos.

– Bem, talvez muito, muito ortodoxos então, se vocês se recusam a usar a tecnologia moderna.

– Malcolm, leve-o embora antes que diga algo mais e eu decida prendê-lo. Sorte sua ser primo de Moiré. Se fosse um estranho, estaria trancado no porão agora.

Konnor apertou os lábios com força. Gente teimosa. Não conseguia entender por que ela insistia em fingir que não sabia do que ele estava falando. Mas algo lhe dizia para não insistir. Se queria a ajuda dela, pelo menos uma ajuda médica, provavelmente deveria deixar para lá por enquanto. Quem quer que fosse essa Moiré, assim que anunciasse que nunca o tinha visto antes, ele estaria em apuros.

– Sim – concordou Malcolm, e os dois mancaram pelo pátio empoeirado, entraram na torre e subiram um lance estreito e redondo de escadas.

Eles passaram por duas portas de madeira maciças com ferragens reforçadas de ferro forjado, depois subiram outro lance de escadas. Malcolm o conduziu por uma porta até um pequeno quarto com uma única cama de madeira e uma lareira. Uma janela de fenda deixava entrar um pouco de luz e ar fresco. Havia um baú perto da parede e uma tocha apagada colocada em uma arandela acima dele. E era só. Nada de tomadas elétricas, lâmpadas ou vidro na janela.

Malcolm o ajudou a chegar até a cama e o deixou sentar. Então, se inclinou sobre ele com uma expressão ameaçadora no rosto e, embora Konnor não tivesse medo do homem, um desconforto se instalou em seu estômago. As sobrancelhas grossas e brancas de Malcolm franziram e seus olhos azuis brilharam.

– Olha, rapaz, eu sou o chefe da guarda neste castelo, então é melhor se cuidar. Não sei o que você quer, mas se machucar nossa senhora, ou mesmo olhar para ela de maneira estranha, vou cortar suas bolas e servi-las no jantar. Entendido?

Konnor devolveu o olhar hostil.

– Não tenho intenção de machucar ninguém. Muito menos sua senhora.

Cada palavra que Konnor dissera era verdade. Ele jamais machucaria uma mulher, em especial, a mais bonita e intrigante que já conhecera.

CAPÍTULO 4

MARJORIE SAIU da torre e foi em direção ao muro norte. Sim, realmente estava danificado. Vários merlões estavam faltando, tendo se desintegrado e caído nos últimos anos, e as pedras do muro haviam lascado com o tempo.

A Escócia fora arrasada na guerra contra a Inglaterra, os clãs escoceses ficaram divididos entre aqueles que apoiavam seu rei e os que eram aliados da Inglaterra. O clã Cambel era um apoiador leal de Bruce, enquanto os MacDougalls haviam jurado lealdade a Eduardo II, rei da Inglaterra. Recentemente, Bruce havia feito um grande progresso. Ele recuperara muito território nas Highlands e, agora, estava lutando no leste, em Badenoch, onde o clã Comyn, rivais do trono escocês, tinha a maioria de suas terras. Depois de todas as batalhas que seu clã lutara por Bruce, não havia moeda nem mão de obra para reparar Glenkeld.

Marjorie precisava fazer algo, mas simplesmente não sabia o quê.

Praguejando baixinho, olhou para o campo abaixo do castelo, onde ovelhas pastavam pacificamente. O lago se propagava de sudoeste a nordeste como uma longa e larga adaga.

Ao sul do castelo, na beira de um bosque, ficava o cemitério do clã, onde Ian havia sido enterrado – ou melhor, uma mortalha vazia havia sido enterrada. Marjorie se lembrava de assistir ao funeral da janela de seu quarto, onde todo o clã cercava o túmulo como estátuas de luto. O pai de Ian, Duncan, estava arrasado e tinha o corpo curvado como um gancho, pois os MacDougalls nem mesmo haviam devolvido o corpo de seu primo.

A margem do lago delimitava os campos, bosques e colinas que ficavam cada vez mais altas quanto mais para o leste ela olhava. Naquela direção ficava a ravina onde encontrara o estranho e bonito rapaz. Havia algo nele que ela não conseguia definir. Sua maneira de falar – embora estranha e diferente – era reconfortante e agradável.

Ele tinha uma aparência ótima, admitiu para si mesma. Também tinha ombros largos e bíceps enormes sob sua túnica estranha. A sensação do peso dele sobre seu corpo não a incomodara, o que era estranho, pois, desde Dunollie, não gostava que os homens ficassem muito perto dela. Mas não se sentira ameaçada por ele e não conseguia explicar o porquê.

– Mãe! – a voz mais doce do mundo chamou, e Colin emergiu da entrada da torre.

Seu cabelo escuro na altura do queixo brilhava ao sol enquanto ele corria em sua direção. Seu filho usava uma túnica que ia quase até os joelhos e uma espada de madeira presa em um cinto ao redor da cintura. Tinha crescido tão rápido recentemente que suas calças estavam ficando muito curtas. O garoto era alto, como todos os Cambels.

Cada vez que o olhava, notava as feições da família: olhos verdes, cabelo escuro, maçãs do rosto salientes, boca larga e sobrancelhas grossas e retas. Tinha cílios longos e um nariz reto que ela adorava beijar antes de ele começar a evitar seus sinais de afeto. Colin estava apenas crescendo, tranquilizou a si mesma. O garoto já tinha começado a treinar com espadas de madeira, conseguia montar um pônei, atirar flechas e preparar armadilhas.

Ele estava crescendo para ser um guerreiro.

Algum dia, precisaria se proteger. As pessoas o chamariam de bastardo e não haveria muitas possibilidades de casamento boas para ele, mas isso aconteceria muitos e muitos anos no futuro.

Agora, era ela quem precisava protegê-lo, mais cedo do que gostaria. Marjorie o puxou para perto e lhe abraçou, pressionando seu corpo magro contra o dela. O menino se desvencilhou do abraço e ela lhe beijou o topo da cabeça antes que ele se afastasse completamente. Colin cheirava a sol, poeira de verão e pão assado. Seu doce menino aventureiro provavelmente passara a manhã na cozinha, comendo pão assim que ficara pronto. O padeiro não conseguia resistir a ele.

– Você teve uma boa caçada? – perguntou. – Queria que tivesse me levado junto.

– Meu amor, você sabe que não tem permissão para deixar o castelo na ausência de seu avô e tios, não é mesmo?

– Sim, eu sei. – Abaixando a cabeça, olhou ansiosamente para o campo. – Mas o que poderia acontecer comigo, mãe?

O que poderia acontecer? Aparentemente, agora que os MacDougalls sabiam de sua existência, muitas coisas poderiam acontecer. Eles o queriam, sem dúvida, porque era filho único de Alasdair. John MacDougall tinha outros netos, sendo assim, Marjorie só podia supor que Colin era importante para ele por ser filho de Alasdair. Ela se perguntava como ele descobrira sobre o garoto. Marjorie sabia que era apenas uma questão de tempo, mas ainda assim ficou chateada. Os criados falavam e era muito provável que o avô MacDougall já soubesse há anos, mas decidira agir agora porque sabia que suas defesas estavam fracas e a maioria dos homens de Cambel estava ausente.

Porém, não entregaria seu filho àquele clã cruel por nada nesse mundo. Colin era um Cambel e era dela, só dela.

– Tudo pode acontecer, filho.

Marjorie se ajoelhou e olhou dentro de seus olhos verdes. O menino tinha tentado sair escondido de Glenkeld uma vez por estar muito entediado de ser mantido dentro das muralhas do castelo por meses. Talvez ela devesse esconder dele as informações sobre o cerco iminente, mas não podia. Colin precisava saber de tudo, assim seria mais responsável e pararia de tentar escapar.

– Serei honesta com você, querido.

Ele franziu a testa.

– O que foi?

– Nosso clã inimigo, os MacDougalls, vão nos atacar em breve.

Seu rosto se fechou e ele olhou para além das muralhas do castelo. O lago era de um azul brilhante contra as colinas verdes de ambos os lados, e nuvens brancas eram refletidas na superfície. A expressão feroz em seu rosto a fez lembrar de Alasdair, e o pensamento foi como uma centena de facadas no estômago.

Mas embora a própria existência dele fosse uma lembrança da época mais horrível de sua vida, ela amava Colin. Ao suportar tudo aquilo, Marjorie ganhara de presente um filho, então não podia desejar que nada daquilo tivesse acontecido.

– Sendo assim, você não deve sair do castelo, Colin. É muito perigoso.

– Mas você saiu, mãe – contestou ele. – Você não esperou pelo vovô e pelos meus tios.

Marjorie respirou fundo.

– Eu posso me proteger. Você é apenas um garoto.

– Mas você é mulher, mãe. Posso protegê-la.

Ela o abraçou e lhe deu um grande beijo na bochecha. Colin deu uma risadinha. Ainda era seu garotinho, mesmo que tentasse desesperadamente ser um homem adulto.

– Sou eu quem o protegerá, filho – sussurrou ela. – Não se preocupe. Espere só mais um pouco, está bem? Seu avô e seus tios estarão de volta em breve, então, você poderá ir caçar com eles, atirar suas flechas no campo e ver seus amigos na aldeia. Prometa que vai ser um bom rapaz e que não vai fugir.

O garoto suspirou e sorriu, mas havia um brilho malandro em seus olhos.

– Eu prometo.

– E quanto vale a palavra de um Cambel?

– Tudo.

– Bom rapaz – disse bagunçando o cabelo dele. – Vamos treinar com espadas mais tarde, pode ser?

Duas figuras saíram de trás do pequeno grupo de árvores na base do penhasco e Marjorie precisou estreitar os olhos para enxergar melhor.

Tamhas e Muir.

– Vá brincar, Colin. Preciso falar com Tamhas e Muir.

Marjorie foi rapidamente até o pátio. Já tinha andado de um lado para o outro ao longo do muro pelo menos umas três vezes quando os portões finalmente se abriram e os homens se aproximaram, seus rostos cheios de preocupação e as sobrancelhas franzidas.

– Onde você esteve, senhora? – indagou Tamhas.

– Eu vi uma trilha de cervos e a segui.

– Por que não esperou por nós?

Marjorie cruzou os braços sobre o peito.

– Vocês já estavam bem à frente e eu não queria assustar o cervo.

– Isso foi imprudente, senhora – falou Muir, coçando a barba grisalha. – Perdoe-me por dizer isso, mas sabe que não deve andar sozinha.

A moça mordeu o lábio inferior. O homem estava certo, é claro, e ele se preocupava com ela como se fosse sua própria filha, mas se estava no comando do castelo, tinha que ser mais corajosa.

– Você viu os dois homens? – Marjorie perguntou. – Os MacDougalls?

– Não, senhora – respondeu Tamhas –, mas Muir está certo. E se eles a tivessem visto? Seu pai e seus irmãos iriam cortar minha cabeça e jogá-la aos porcos se nós a perdêssemos.

Marjorie inclinou a cabeça.

– Você não tem o direito de me repreender só porque crescemos juntos, Tamhas. Sou a senhora do castelo no momento. Além disso, nada aconteceu comigo e agora sabemos que eles planejam atacar, portanto podemos nos preparar. Envie um mensageiro até meu pai e meus irmãos.

– Talvez seja exatamente isso que eles queiram – sugeriu Malcolm.

Marjorie virou a cabeça quando Malcolm se aproximou do círculo com os braços cruzados sobre o *leine croich* – um casaco longo, pregueado e pesadamente acolchoado – esticado sobre o peito. Ela sabia que sempre poderia contar com ele. O homem era como um segundo pai para ela, como um tio do qual não era parente. Malcolm servia a seu pai, Dougal Cambel, desde sempre e eles compartilhavam algum tipo de juramento, embora ela não soubesse dos detalhes. Tudo o que sabia era que Malcolm preferiria morrer a deixar que qualquer mal recaísse sobre um dos filhos de Dougal.

– Talvez John MacDougall queira que o seu clã deixe Bruce para vir proteger a senhora e Colin – sugeriu ele –, pois isso vai enfraquecer o rei e pode mudar o rumo da guerra.

O rei Robert de Bruce vinha vencendo desde que conquistara Inverlochy, em novembro, e os ingleses estavam, sem dúvida, procurando maneiras de recuperar a vantagem. Os MacDougalls estavam entre os clãs escoceses que eram aliados dos ingleses. O clã Cambel era uma parte importante do exército de Bruce, portanto, manter Glenkeld intacto importava não apenas para o clã, mas também para toda a guerra. Se o pai e os irmãos de Marjorie soubessem que seu lar fora atacado – especialmente se ela caísse em mãos inimigas novamente –, viriam lutar para recuperá-la. Isso significaria que cerca de trezentos homens deixariam o exército principal, o que representava um terço das forças de Bruce.

Os homens trocaram olhares significativos.

– Deixe-me assumir o comando. Não gostaria que ficasse sob esse tipo de pressão, minha senhora – explicou Malcolm. – Ter que coordenar as defesas do castelo não é uma tarefa...

Ele nem precisava dizer isso. As mãos de Marjorie tremeram com a ideia de ser responsável pelo pior resultado para seu clã, seu filho e a guerra. Ela tivera anos de treinamento com o pai e os irmãos e, tecnicamente, era a pessoa com mais conhecimento que ficara no castelo, mas não tinha nenhuma experiência real de guerra ou batalha. Nem mesmo fora capaz de atirar nos malditos espiões MacDougall, pelo amor de Deus. Era uma covarde. Como poderia proteger cerca de cinquenta pessoas que habitavam o castelo, incluindo seu filho?

— Não vou deixar que tomem Glenkeld — anunciou com mais firmeza do que sentia. — O castelo não vai cair.

O olhar que os homens trocaram variou de duvidoso a respeitoso. Tamhas e Muir assentiram.

— Vamos treinar mais — disse ela, com o maxilar cerrado. — Nós conhecemos as fraquezas do castelo e sei que não conseguiremos reparar todos os danos a tempo, mas pensarei em algo.

CAPÍTULO 5

KONNOR OLHOU para a mulher com uma cesta nas mãos que estava na porta, ao lado de Marjorie. Ela parecia ter pelo menos cem anos. Usava um vestido marrom, tinha a cabeça coberta por um lenço branco e seu rosto era duro e enrugado, mas seus olhos pareciam brilhantes.

Era esta a "curandeira" que deveria ajudá-lo com sua perna? Konnor esperava que, embora parecesse que toda a colônia estava jogando algum tipo de jogo medieval, eles praticassem pelo menos um pouco de medicina moderna. Talvez não se vacinassem e tudo mais, mas os cuidados de saúde geral não eram brincadeira. Infelizmente, parecia que dependiam de ervas e bruxaria.

Konnor fixou seu olhar em Marjorie, que ficou lá parada, de forma determinada e sublime, como uma rainha disfarçada. Com seu cabelo escuro e brilhante caindo em cascatas sobre as roupas medievais e aqueles olhos de gato, ela parecia uma rainha durona de algum tipo de refilmagem de um conto de fadas clássico. Quanto mais Konnor olhava para ela, mais deslumbrado ficava. Uma lembrança da sensação do corpo dela contra o seu e do cheiro dela enquanto o ajudava a chegar até o castelo lhe veio à mente. Ele a queria perto novamente.

– É ele? – a velha perguntou a Marjorie. – Este que é o primo de Moire?

– Sim – disse Marjorie.

– Você é inglês, rapaz? – questionou a mulher.

– Não – negou Konnor.

– Ótimo. Os *sassenachs* não são bem-vindos aqui.

A senhora mancou em sua direção e se sentou na beira da cama em que ele estava deitado. Marjorie a seguiu e ficou por perto com os braços cruzados sobre o peito.

– O que o aflige, rapaz? – indagou a velha.

– Olha, senhora, não precisa se preocupar. Será que alguém pode me levar ao hospital?

De lá, ele poderia ligar para a fazenda. A mulher estreitou os olhos e olhou para ele com um tipo diferente de curiosidade.

– Nunca ouvi alguém falar como você em toda minha vida. De onde você vem, rapaz?

– Dos Estados Unidos. Especificamente, de LA.

– Não sei do que ele está falando. Você sabe, Marjorie?

Marjorie balançou a cabeça, seu olhar cravando nele. Konnor sentia como se estivesse sob uma máquina de raios-X.

Por que ela continuava sem admitir que sabia algo sobre o mundo moderno? Será que o isolamento era tão importante para eles? Isso não estaria levando a encenação um pouco longe demais? Em qualquer caso, seria melhor ficar na dele até que recebesse ajuda e pudesse ir embora.

– Certo – continuou Konnor. – Fica longe daqui.

– Mas ouvi dizer que você é primo de Moiré não é?

Konnor suspirou.

– Olha, senhora...

– Meu nome é Isbeil. Não, senhora.

– Sim. É claro. Olha, eu não sou primo de Moiré. Marjorie, você me confundiu com ele... – A expressão dela ficou vazia e seus braços caíram ao lado do corpo. – Acho que não lhe corrigi porque você era a única que poderia me ajudar a sair da ravina.

Apenas me ajude a chegar à fazenda Keir ou Dalmally, e então sairei do seu caminho.

Marjorie ficou lívida e suas sobrancelhas pareciam dois arcos furiosos. Ela deu um passo em sua direção. Contar a verdade tinha sido um erro, mas ele simplesmente não aguentava mais aquele circo.

– Você mentiu para mim? – a moça trovejou. – Quem é você então, se não é primo de Moiré?

Nossa, ela ficava linda quando estava brava.

– Sou só um cara.

Isbeil balançou a cabeça.

– Ele fala umas coisas estranhas que não entendo, mas está convencido de que são verdade.

– Isso faz dele um louco – disse Marjorie.

– Ou alguém que está aqui por acaso – contestou Isbeil. – Não vejo nenhum sinal de loucura nele.

– Eu não sou louco – afirmou Konnor.

– Sim. Você não é louco.

Isbeil esfregou as mãos e, então, removeu o linho que cobria a cesta. Uma mistura aromática de ervas fez cócegas nas narinas de Konnor.

– Deixe-me ver seu tornozelo – pediu Isbeil.

Konnor moveu a perna para lhe dar melhor acesso. Seu tornozelo estava inchado e havia hematomas vermelho-azulados em sua pele. Também tinha um corte que ainda sangrava um pouco.

– O corte não é profundo – afirmou a mulher –, mas há sujeira nele que precisa ser removida. Vou colocar mel para evitar que infeccione. Quanto ao seu tornozelo...

Isbeil pegou o pé dele e o girou em um círculo. Uma dor aguda percorreu a perna dele e Konnor cerrou os dentes.

– Posso sentir que sua articulação está instável – disse ela. – É uma torção, estranha, mas não é séria. Você não deve colocar o peso sobre o tornozelo por um ou dois dias. Posso lhe dar casca de salgueiro para dor e vou colocar talas e enfaixá-lo. Depois de dois dias, você pode começar a se apoiar no tornozelo, mas com cuidado. O mais importante é que descanse. Sim?

A dor não era insuportável. Já sentira pior.

– Ok, uma torção. Não se preocupe então. Apenas dê-me uma muleta ou algo assim e me coloque no caminho.

Ela encolheu os ombros.

– Não lhe aconselho a ir embora, rapaz. Descansar é o que você precisa.

– Vou descansar em um hotel ou algo assim.

– Não vai demorar muito. Marjorie, passe-me aquela tigela grande com água.

A moça levou-a até a cama.

– Você pode lavar o ferimento enquanto preparo a tala?

– Sim – disse ela, sentando-se na cama.

Marjorie o olhou com curiosidade e raiva em seus olhos, mas também compaixão. Isbeil caminhou até o baú, colocou alguns potes e sacos com pó sobre a tampa e começou a misturar as coisas. Marjorie molhou um pano de linho limpo e olhou-o nos olhos. Seus olhares se encontraram e, instantaneamente, a boca dele ficou seca.

Cristo, ela é bonita.

– Isso vai doer, Konnor – avisou suavemente.

– Tudo bem. Não sou estranho à dor.

Os olhos da moça se arregalaram e os cílios longos e escuros tremeram. Ele sofrera ferimentos duas vezes enquanto estava em serviço, mas fora espancado inúmeras vezes por seu padrasto quando criança, portanto, conhecia bem o que era sentir dor.

– Nem eu – falou ela enquanto colocava o pano contra o corte.

Konnor queria perguntar o que ela queria dizer com isso, saber o que havia acontecido, mas permaneceu em silêncio. A moça colocou o pano contra a ferida e pressionou para que a água saísse e lavasse a sujeira. Havia algo reconfortante em seu toque e, apesar da dor, ele se recostou nos travesseiros e observou o rosto da moça enquanto ela trabalhava.

– Está limpo, Isbeil – informou ela cedo demais, levantando-se com a tigela nas mãos.

A velha veio inspecionar o ferimento e deu um grunhido de satisfação. Depois, sentou-se na beirada da cama e olhou para ele.

– Vou colocar um cataplasma curativo e enfaixar. Depois, vou colocar a tala.

Konnor deu um breve aceno de cabeça.

– Agradeço por me tratar.

A senhora não respondeu e espalhou a mistura aromática no corte, enfaixando-o em seguida. Surpreendentemente, a mistura era fria e calmante, e sua perna pareceu melhor. A mulher tirou duas pequenas tábuas da cesta e uma bandagem de linho que parecia limpa. Enquanto Isbeil colocava as talas, Konnor olhou para o rosto bonito de Marjorie e seus olhos se encontraram através do quarto. Foi difícil desviar o olhar.

Finalmente, depois do que pareceram horas, Isbeil disse que havia terminado.

Konnor acenou com a cabeça e moveu o corpo para se levantar da cama.

– Obrigado. Agora posso ir embora.

Ao olhar para Marjorie, desejou ter engolido suas palavras. As mãos delas estavam apoiadas na cintura e ela olhava para ele.

– Ir embora? – ela perguntou. – Por que está com tanta pressa? Quem é você, Konnor? Esse é mesmo o seu nome verdadeiro? Você é um MacDougall?

Seus olhos amendoados brilharam e havia uma coloração rosada em suas bochechas. Seu cabelo estava ligeiramente desarrumado. Ela era linda. Konnor estava dividido entre sorrir e se preocupar com sua segurança. A moça não ordenaria que Malcolm o decapitasse como uma rainha zangada, certo?

– Não sou um MacDougall. E meu nome é Konnor. Konnor Mitchell.

– Como posso acreditar em você? E se for um espião MacDougall?

Um espião MacDougall? Este jogo medieval estava indo longe demais.

– Não tenho a menor ideia de como fazer você acreditar em mim, ok? Meu passaporte está na mochila perto da maldita torre desmoronada. Lamento não ter dito que não era quem você pensava que eu era. Achei que não me ajudaria se eu contasse a verdade e estava certo.

Marjorie franziu os lábios e não disse nada por um momento, confirmando que a suposição dele estava correta. Isbeil arqueou uma sobrancelha e começou a colocar seus sacos, potes e caixas de volta na cesta.

– Olha – continuou Konnor –, como eu disse, não quero incomodá-la e sou grato por sua ajuda, mas você pode parar de jogar seus jogos de fantasia e simplesmente me mandar embora. Vou ficar bem.

– Ele não vai ficar bem – informou Isbeil. – O rapaz precisa descansar, ou seu tornozelo vai piorar.

Marjorie encolheu os ombros.

– Não é problema meu. Ele é um mentiroso. Quem sabe sobre o que mais está mentindo?

Isbeil colocou o último saco na cesta e olhou para Marjorie.

– Não acho que ele seja uma ameaça, querida.

– Explique-se, Konnor – pediu Marjorie. – A verdade. Quem você é e como foi parar naquela ravina?

– Eu sou americano. Por favor, não me diga que não sabe o que isso significa.

Marjorie balançou a cabeça e encolheu os ombros.

Um rosnado baixo escapou da garganta de Konnor.

– Vamos lá, Marjorie, acho que você é inteligente o suficiente para aceitar a realidade além dessas paredes.

– Não sei do que você está falando.

A teimosia dela era impressionante. Ele gostaria que ela simplesmente deixasse de fingir.

– Você sabe muito bem do que estou falando, mesmo que não queira admitir. Tenho uma empresa de segurança em Los Angeles. Sou um fuzileiro naval que serviu no Iraque. Eu estava caminhado pelas Highlands com meu amigo e uma mulher me pediu ajuda. Ela havia caído em uma ravina e parecia estar ferida. Desci para ajudá-la e caí, mas quando olhei, ela tinha desaparecido. Então vi você, Marjorie. Juro que essa é a verdade sobre o que aconteceu.

Konnor fixou seu olhar no de Marjorie e esqueceu que havia outra pessoa no quarto. Ela o fuzilou com o olhar e o sangue dele ferveu.

Vamos, Marjorie, acredite em mim. Seja a mulher razoável que sei que você é e me dê um sinal de que está do meu lado.

A moça desviou o olhar e balançou a cabeça como se estivesse desapontada.

– Isso tudo aconteceu perto da velha fortaleza dos pictos? – Isbeil perguntou.

– Sim – respondeu a moça.

– Existem lendas e rumores sobre aquele lugar – comentou a velha. – Ouvi dizer que coisas estranhas acontecem por lá.

– Como o quê? – Marjorie quis saber.

– Como a antiga magia dos pictos que pode abrir um túnel através do rio do tempo.

Konnor franziu a testa. Isso soava exatamente com o que Sìneag lhe dissera.

– É uma história antiga – continuou Isbeil. – Ouvi isso da minha avó quando eu era uma menininha. Ela era uma mulher sábia, talvez até mesmo uma bruxa. Temia que a Santa Igreja a queimasse por bruxaria, então não contou muito sobre a história. Disse apenas que algumas fadas trazem boa saúde, outras boa sorte, e ainda há aquelas que brincam com o destino das pessoas e as enviam através do túnel. Dizem que fazem isso para que as pessoas possam encontrar a pessoa a quem realmente estão destinadas.

Fadas? *Para com isso!* Embora, se ele acreditasse em fadas, Sìneag provavelmente poderia se passar por uma, mas ele não era criança e não acreditava em magia.

Marjorie foi até a janela.

– De todos os seus contos das Highlands, Isbeil, esse é o mais estranho.

Konnor não tinha certeza se concordava. A história podia ser estranha, mas esse lugar é que era realmente estranho.

– Então você acredita nele, Isbeil? – Marjorie perguntou.

A velha assentiu.

– Bem, sei que você nunca esteve errada na vida, mas e as coisas estranhas de que ele fala, a empresa de segurança, Los Angeles? O que é tudo isso? Parece que ele é de outro mundo.

– Talvez ele seja – assentiu Isbeil. – Sabe, minha avó sempre me alertou sobre aquele lugar. Dizia para nunca chegar perto. Falava que não era bom provocar as fadas.

– Eu estive lá – falou Marjorie. – Não notei nada de estranho.

– Não notou nada de estranho? – Isbeil riu e olhou diretamente para Konnor. – Acho que você trouxe a coisa estranha de volta para o castelo.

A moça piscou e depois revirou os olhos.

– Honestamente, Isbeil, às vezes, você fala comigo como se eu ainda fosse uma criança.

– É porque, às vezes, você se comporta como uma – retrucou Isbeil.

Marjorie suspirou, pensativa.

– Olha, Konnor, você não vai a lugar nenhum. Não é bom que ande de qualquer maneira e, até eu ter certeza de que não é um MacDougall ou de outro clã espionando para os *Sassenachs*, você vai ficar aqui.

Konnor não conseguia acreditar no que estava ouvindo. Agora ele era um prisioneiro de um culto medieval.

– Você não pode simplesmente me manter aqui.

– Eu não acredito em contos de fadas – a moça continuou –, portanto, não acredito em suas histórias sobre Los-Sei-Lá-o-Quê, empresas e caminhadas. Todas essas coisas. – Ela se virou e foi até a porta. – Já gastei tempo demais com você. Até que me diga algo em que posso acreditar, ficará aqui.

CAPÍTULO 6

MAIS TARDE NAQUELA NOITE, Marjorie deitou-se ao lado de Colin enquanto o colocava na cama, então beijou sua testa.

– Gostaria que eu lhe contasse uma história, querido? – perguntou ela.

– Sim – ele disse e aninhou a cabeça em seu ombro. – Vovô me contava histórias de suas viagens, mas você não esteve em lugar nenhum, não é mesmo, mãe?

Marjorie engoliu em seco e olhou ao redor do pequeno quarto. A vela de sebo tremeluziu quando uma brisa noturna entrou pela janela, fazendo a luz dançar ao longo das paredes de pedra.

Ela se perguntou se os fantasmas de seus ancestrais viviam naquela escuridão e cuidavam dela: seu avô Colin, seu primo Ian, Diarmid, o Porco – o guerreiro lendário que, segundo a lenda, dera início ao clã Cambel – sua própria mãe, uma mulher que ela nunca conheceu, e sua madrasta, a mulher que a amava como sua própria filha.

O fogo crepitava na lareira, iluminando os escudos, as espadas de madeira e o arco que ficava pendurado nas paredes do quarto de Colin. Havia também uma espada de aço que brilhava e refletia a luz do fogo. Ela pertencera ao avô de Marjorie, Sir

Colin, que morrera na batalha para salvá-la dos MacDougalls. Todo o clã, inclusive o tio de Marjorie e chefe dos Cambels, Neil, decidira que a espada deveria pertencer ao filho dela. Assim, esta estava pendurada, grande, majestosa e quase tão comprida quanto seu atual dono, esperando pelo dia em que Colin seria grande o suficiente para manejá-la.

"Você não esteve em lugar nenhum, não é mesmo, mãe?" Seu filho a magoara com a pergunta, embora não percebesse. Marjorie sempre quisera viajar como seu pai e seu tio Neil. Sempre quisera ver a Inglaterra, a França e talvez até chegar à Cidade Santa. Tinha ouvido muitas histórias das Cruzadas.

Mas não conseguira. Hoje tinha sido a primeira vez que ela ficara sozinha fora das muralhas do castelo em doze anos.

– Não estive, filho – confessara, engolindo a dor por trás de um sorriso forçado. – Mas gostaria de viajar.

– Talvez nós possamos viajar juntos um dia.

– Ah, eu adoraria, querido.

Ir juntos para o grande e perigoso mundo e saber que nada poderia machucá-los, porque ela era forte o suficiente para protegê-los... Isso era o que queria. Um dia, quem sabe, teria isso.

Marjorie olhou para a espada de seu avô e se lembrou da última vez que a tinha visto com ele, há doze anos, caída no chão ao lado do seu corpo imóvel e pálido. Ela geralmente contava a Colin histórias sobre o bisavô para manter viva a memória do homem de quem tanto sentia falta. Ian também lutara para salvá-la em Dunollie e morrera mais tarde como resultado da rivalidade entre os MacDougalls e os Cambels.

Marjorie queria contar ao filho a história de como Ian a salvara, sobre a perda de Innis Chonnel para os MacDougalls, mas não queria que Colin soubesse que ela havia sofrido tanto, então decidiu inventar um nome diferente para Ian.

– Já que não posso contar sobre minhas próprias viagens, deixe-me contar sobre um grande herói ruivo chamado Seaghán. Ele era alto, grande, corajoso e forte como carvalho. Seu cabelo brilhava como o fogo e ele lutava com a bravura de uma centena de homens.

Os olhos dela lacrimejaram ao se lembrar de Ian treinando com espadas no pátio com seu irmão Owen. Ela tinha dezoito anos quando vira Ian pela última vez em Glenkeld. Seu primo tinha sido criado pela sua família desde muito jovem e era como um irmão para ela.

– Seaghán tinha uma irmã e três irmãos, e todos se amavam. Mesmo em sua tenra idade, as pessoas olhavam para ele com respeito e seus inimigos se encolhiam de medo. Enquanto ainda eram jovens, um dos filhos do rei foi enviado para ser criado junto com eles. Todos cresceram juntos e se conheciam bem. Logo, ficou claro que o príncipe era tão mau quanto seu pai. Infelizmente, o príncipe queria a irmã de Seaghán, só que ele fazia coisas quando eram crianças... – sua garganta se fechou ao se lembrar de Alasdair torturando um sapo e torcendo o pescoço de um patinho – ele fazia coisas que a deixavam com medo, portanto, a menina começou a evitá-lo e isso o fez querê-la ainda mais. Ele a pegava pelo braço com muita força ou puxava seu cabelo até ela chorar. Mas sempre que Seaghán via isso, a protegia e fazia o príncipe parar.

– Malvado desgraçado – Colin murmurou sonolento. Seus olhos ainda estavam abertos, mas ele estava começando a adormecer.

– Ah, sim. Um dia, o rei malvado quis tomar a casa deles. – Marjorie pulou a parte em que Owen, seu meio-irmão mais novo, perdera o ouro MacDougall que era destinado ao Rei John Balliol e isso dera início à rivalidade entre os dois clãs. Ela também pulou a parte em que Alasdair a sequestrara e então seu clã fora em seu socorro.

– Seaghán morava no castelo junto com sua família. O castelo era grande e bonito, com paredes altas como montanhas e grossas como rochas. Havia sido construído em uma pequena ilha no meio de um lago.

Marjorie estava falando do Castelo Innis Chonnel que fora a

sede do clã anterior, onde seu avô Colin vivera, e para onde Craig a levara depois de ser salva. Poucos meses depois de ser libertada de Dunollie, ela ainda estava se recuperando mentalmente e vivia principalmente em um nevoeiro. Marjorie se trancara em seu quarto e tinha medo de sair. Pesadelos a torturavam, embora seu coração estivesse vazio e frio. Na época, ela se perguntara se algum dia sentiria alguma emoção novamente e também tentava aceitar o fato de que carregava algo de Alasdair dentro dela.

– O rei malvado viera com *birlinns* e centenas de guerreiros. Todos no clã de Seaghán pensavam que o castelo era invencível, mas não era. Os guerreiros inimigos escalaram os muros como aranhas. Flechas de fogo foram atiradas nos telhados de palha e nas construções de madeira.

Ela ainda podia se lembrar dos gritos e do cheiro de fumaça e morte. E tudo aquilo a lembrava muito de Dunollie. As memórias a fizeram voltar no tempo...

O pânico e o medo tomaram conta dela. Ela gritou, ouvindo sua própria voz como se estivesse a uma certa distância. Alguém entrou em seu quarto e mãos fortes a abraçaram de forma protetora.

– Marjorie.

Olhos castanhos e um cabelo vermelho brilhante entraram em foco na frente dela.

– Sou eu, Ian. Vim para levar você. Estamos deixando Innis Chonnel.

Ela parou de gritar.

– Boa moça. Você consegue andar?

– Sim.

– Bom, então vamos.

Marjorie caminhou atrás dele com as pernas trêmulas, a bile subindo em seu estômago. Eles desceram as estreitas escadas de pedra. Um, dois, três lances. Pouco antes de entrarem no pátio, Ian parou e se virou para ela.

– Quero que me escute. Os MacDougalls vieram para tomar o castelo.

Marjorie estremeceu em reação ao nome e seu estômago se contraiu, então, foi tomada por um horror que a percorreu como uma onda negra e fria como o gelo.

– Não se preocupe, eles não vão levá-la – Ian a assegurou. – Prefiro morrer a permitir que levem você.

Marjorie mordeu o lábio, lutando para controlar o pânico que a lembrança lhe trouxera.

– O rei malvado estava vencendo – ela continuou a história. – Seus homens se infiltraram no castelo e invadiram o pátio como vespas. Seaghán queria colocar a irmã no barco e evacuar as mulheres e crianças de seu clã. Mas assim que a tirou do castelo e eles chegaram perto do barco, um bando de guerreiros do rei os alcançou.

Apertando a mão de seu filho, enterrou o nariz em seu cabelo, inalando o cheiro limpo de ervas para afastar as lembranças.

– Um deles tinha uma grande espada, o outro uma lança e o terceiro um machado. Eles atacaram Seaghán ao mesmo tempo, vindo de três lados diferentes, assim que sua irmã entrou no barco. O barqueiro empurrou o barco para longe da margem e começou a remar. A moça assistiu com horror enquanto ele lutava contra os três homens. O rapaz matou o guerreiro com a espada, mas enquanto lutava contra o que empunhava o machado, foi ferido no ombro pelo homem da lança. A última coisa que sua irmã viu antes de o barco atracar na margem oposta e ela ter que correr junto com as outras mulheres e crianças, foi que Seaghán havia sido gravemente ferido perto do coração e havia parado de se mover.

Ela enxugou as lágrimas de uma bochecha, e Colin estendeu a mão e enxugou a outra.

– Ele morreu? – perguntou Colin, baixinho.

Marjorie afirmou com a cabeça.

– O clã teve que recuar depois disso, deixando sua sede e o corpo de seu herói para o inimigo. Ele morreu para salvar sua irmã.

Não apenas sua irmã, mas seu sobrinho também, e ela nunca se esqueceria disso.

Marjorie olhou para as sombras e agradeceu mentalmente a Ian por cuidar dela.

Depois, beijou a testa de Colin e o cobriu.

– Boa noite, meu amor, que seus sonhos sejam tranquilos e felizes. Os heróis de seu clã estão cuidando de você.

Ela apagou a vela e caminhou até a porta, deixando apenas a luz fraca das brasas na lareira iluminando o quarto.

– Mãe? – Colin a chamou.

– Sim, filho? – ela se virou.

– Seaghán é o tio Ian, não é? E você é irmã dele?

Marjorie soltou um suspiro trêmulo. Ele era muito esperto para a idade.

– Sim, querido.

– Eu teria gostado de conhecê-lo.

– Também gostaria que você o tivesse conhecido.

Ela lhe desejou boa noite pela última vez e saiu do quarto. Então, encostou-se à porta depois de fechá-la e simplesmente respirou por um momento. Estava segura. Estava bem. Graças a Ian. Agradecia a todos os homens de seu clã. Homens em quem ela podia confiar.

Embora Colin nunca fosse ter um pai como modelo masculino, e ela nunca fosse confiar em um homem com seu coração, seu filho tinha muitos grandes guerreiros com os quais aprender, como o pai e os irmãos de Marjorie. Isso era o suficiente.

CAPÍTULO 7

Depois de uma noite no castelo, a certeza de Konnor de que se tratava de algum tipo de comunidade reclusa começou a desaparecer. Olhando pela janela, viu os guardas nos muros que pareciam sérios e armados demais para estarem de brincadeira. Se este fosse um jogo de RPG, por quanto tempo essas pessoas manteriam o faz-de-conta? Mesmo se esta fosse uma comunidade fechada, não teriam que ter algum tipo de conexão com o mundo exterior?

Se realmente esperavam um cerco – e a julgar por suas expressões sombrias, um estava para acontecer – isso significava que havia outro grupo de pessoas que vivia da mesma maneira.

Não poderiam estar completamente isolados. Para cultivar e manter a comida, seria necessário ter jardins, plantações e animais. Sim, havia animais no pátio, mas ele não tinha visto jardins ou campos ao redor do castelo, portanto, provavelmente compravam essas coisas em uma mercearia.

Algo estava errado. Tudo no quarto parecia ter sido feito à mão: o cobertor, a cama, os baús e as tochas. Precisava haver uma explicação lógica para tudo isso. Havia uma explicação possível, mas Konnor se recusava terminantemente a acreditar nela. Porém, ela estava lá.

Tanto Sìneag quanto Isbeil haviam falado sobre a antiga magia picta que abria um túnel através do rio do tempo.

Viagem no tempo e magia simplesmente não eram reais. Ele podia imaginar Andy e seus outros amigos em LA rindo até não poderem mais se soubessem que ele estava sequer pensando nisso. Konnor não sabia o que havia de errado com este lugar, ou como explicar tudo isso, mas seu estômago estava apertado e seus pés formigavam, como se estivesse em um navio balançando durante uma tempestade. Talvez estivesse apenas pagando o preço por todo o uísque que havia bebido no dia anterior.

Seu tornozelo não doía tanto hoje, e parecia que o inchaço estava diminuindo. Tudo graças ao tratamento de Isbeil, apesar da falta de medicina moderna.

Ele não queria ficar parado sem fazer nada, então perguntou a uma garota que lhe levara mingau e manteiga se havia uma muleta que pudesse usar. Ela disse que iria ver e saiu do quarto.

Konnor iria encontrar uma maneira de escapar, com sorte, antes de o tal cerco começar. O fuzileiro naval nele não conseguia deixar de se perguntar quais armas seriam usadas. Certamente, quem quer que fossem esses MacDougalls, não usariam armas de fogo contra espadas e flechas, certo? Ele não podia simplesmente fugir e deixar as pessoas aqui à mercê de uma força bem armada, não é mesmo?

Konnor se mexeu, colocou os dois pés no chão e amarrou os sapatos.

– Você está planejando alguma coisa? – indagou Marjorie, da porta.

Ele virou a cabeça e ficou sem ar. O cabelo dela estava preso no alto da cabeça e a moça usava uma túnica simples, quase masculina, que ia até os joelhos. As roupas largas destacavam ainda mais sua feminilidade. Sua cintura fina e as curvas suaves de seus quadris ficavam evidentes pelo cinto que usava. Marjorie tinha um corpo forte e esguio, como a corda de um arco esticada. Carregava uma muleta em suas mãos – uma vara reta e grossa com um pequeno pedaço de madeira na parte superior para poder acomodar debaixo do braço.

Konnor inclinou a cabeça.

– Obrigado. Quero dar uma olhada por aí.

– Você não vai deixar o castelo, vai? Acho que fui bem clara quanto a isso ontem.

– Você foi. – Ele riu, apreciando o fogo em sua voz. – Mas não posso ficar sentado e esperar que as paredes caiam. Você falou sobre um cerco. Posso ajudar?

– Você? – Ela o olhou de cima a baixo.

– Sou um fuzileiro naval. Servi no Iraque.

– Iraque? Mais uma vez, essas palavras estranhas – disse suspirando. – Por que estou perdendo meu tempo com você quando tenho meus guerreiros para treinar?

A moça deu uma passada larga para dentro do quarto e parou bem na frente dele, então, entregou-lhe a muleta. Konnor a pegou e olhou lentamente para o rosto dela. Ela parecia uma rainha highlander das lendas antigas, com seus grandes olhos verdes contrastando com a pele pálida. Suas bochechas estavam rosadas do exercício e seus lábios eram redondos e vermelhos. Como gostaria de passar os nós dos dedos pela lateral do rosto dela. A moça não usava maquiagem – e não precisava. Cílios longos e grossos emolduravam seus olhos, e aqueles lábios pediam para ser beijados.

– Você é tão linda – disse ele sem pensar.

Marjorie congelou e seus olhos se arregalaram em choque. Suas bochechas ficaram vermelhas instantaneamente, tão vermelhas quanto um pôr do sol sobre o oceano. Ela deu um passo para trás e... Fora medo que passara pelo seu rosto? Com uma mão em volta do pescoço, ela o olhou com pavor.

O que foi que eu disse?

Marjorie piscou e sua mão foi para a espada em seu cinto.

– Se tocar em mim, ou em qualquer mulher aqui, juro por Deus, você vai precisar de uma muleta para sempre, porque vai lhe faltar uma perna. Ou outra coisa em que você esteja pensando agora.

Ver a reação dela foi como dar de cara em uma parede dura e fria. Ele tinha visto o mesmo olhar no rosto de sua mãe. O olhar de um animal que tinha sido maltratado e estava ferido. Também havia em seus olhos o mesmo medo e impotência que sentira quando menino.

Sua mãe namorara Jerry por alguns meses, e Konnor, com oito anos de idade na época, aceitara o homem que lhe comprava brinquedos e fazia um delicioso hambúrguer. O garoto estava pronto para proteger a mãe, como seu pai havia lhe pedido antes de morrer no hospital dois anos antes, mas não parecia ser preciso protegê-la de Jerry.

Uma certa noite, sua mãe voltara para casa com os olhos brilhantes e um anel no dedo.

— Querido — falou ela, enquanto o colocava na cama naquela noite. — Jerry me pediu em casamento, mas eu lhe disse que não diria sim a menos que você concordasse também.

— O que isso significa? — Konnor quis saber. — Se você se casar com ele, de que forma nossa vida mudará?

— Bem... — ela pegou a mão dele e a beijou — primeiramente, vamos nos mudar para a casa dele. Tem uma grande piscina e um quintal gigante lá. Jerry prometeu comprar um carro para você dirigir e até mesmo um trator grande.

Sua mãe se referia a um carro movido a bateria e o trator de brinquedo que ele implorara para ela comprar. Konnor ficou muito empolgado.

— Verdade?

— Sim. — Ela deu aquele sorriso de mãe animado e ligeiramente exagerado. — Verdade. Também significa que podemos viajar nas férias, eu posso largar meu emprego, ficar em casa para ajudá-lo com as tarefas da escola e preparar jantares gostosos todas as noites.

Konnor não achava que havia nada de errado com jantares de micro-ondas e sua mãe lhe contar animadamente sobre seu dia de trabalho como gerente de um supermercado local ao voltar para casa. Ela gostava de organizar as coisas e conversar com pessoas todos os dias. Depois que seu pai morrera, isso pareceu ajudá-la a superar as coisas.

Mas Konnor queria fazê-la feliz, então disse: – Sim, mãe. Você deveria dizer sim para ele.

Algumas semanas depois, os dois se mudaram para a casa de Jerry. Pouco tempo mais tarde, Konnor acordara uma noite com gritos altos vindos do andar de baixo. Ele saiu de seu novo quarto, ainda sem os pôsteres e as fotos que queria colocar, e foi andando descalço pelo tapete macio, com o coração disparado.

Seu pés congelaram no topo na escada e ele agarrou o corrimão de madeira polida com as duas mãos.

– Não se atreva a questionar minha autoridade – veio a voz estrondosa de Jerry.

De pé no patamar do primeiro andar, Konnor só conseguia enxergar os pés deles na sala de estar no andar de baixo. As luzes refletiam no piso de madeira ao lado dos enormes pés com meias pretas de Jerry.

– Especialmente na frente do seu filho. Ele precisa aprender a me ouvir e fazer o que eu digo. Eu sou o novo pai dele.

– Você não é o pai dele. Ele ama o pai...

Plaft.

O som de Jerry batendo em sua mãe ecoou alto pelas portas abertas e ele a viu cair no sofá bege. Nesse momento, seu rosto apareceu no campo de visão de Konnor, cheio de surpresa e choque. Porém, essa não fora a expressão que ele vira no rosto de Marjorie. O olhar desesperado e desamparado que Marjorie e sua mãe compartilhavam apareceu depois. Ele ficara parado, em choque, incapaz de entender o que tinha acontecido, sem saber como reagir.

– Jerry... – Sua mãe levou a mão ao rosto.

O marido não a deixara terminar de falar, caíra de joelhos na frente dela e pegara suas mãos.

– Sinto muito, querida. Não tive a intenção de fazer isso.

Tomei alguns copos de uísque e, quando bebo, não consigo controlar minhas emoções. É que Konnor me deixa com raiva quando é tão frio comigo.

O garoto não era frio, exatamente. Sim, havia certa distância entre eles, mas Konnor não podia simplesmente substituir seu pai por Jerry. Não queria fazer coisas como chutar bola com ele, pois isso era algo que fazia com seu pai antes de morrer.

Sua mãe aceitou as desculpas de Jerry, eles se beijaram e Konnor voltou para o quarto, ainda sem conseguir dormir.

Cuide da sua mãe, filho. As últimas palavras de seu pai continuavam girando em sua cabeça, mas ele não havia cuidado dela, simplesmente deixara Jerry bater em sua mãe. Seu pai nunca teria permitido isso.

Levara cerca de um mês para ele começar a ver a mesma expressão que tinha visto em Marjorie no rosto de sua mãe. Um pânico repentino, tensão e tentar se afastar, como se esperasse levar um golpe. Ela nunca mais fora a mesma. Mesmo depois que Jerry morreu, ela nunca se recuperou totalmente, e era por isso que Konnor tinha que voltar para LA como planejado.

Droga! Alguém havia ferido Marjorie. Algo de ruim havia acontecido com ela, algo com que ele estava bem familiarizado. Konnor queria encontrar o cara que se atrevera a colocar aquele olhar nos olhos da moça e moê-lo de pancada. Mas a melhor maneira de lidar com vítimas de violência era não pressionar e assegurá-las de que estavam seguras.

– Sinto muito. – Ele ergueu as mãos. – Você não tem nada a temer. Só disse isso como um elogio.

A moça engoliu em seco e respirou fundo. Seus olhos eram como pedras de malaquita escura.

– Nunca mais me olhe assim – disse ela.

Konnor cerrou a mandíbula. Odiava que ela pudesse pensar que ele tinha algo em comum com Jerry.

– Tudo bem. – Um calafrio o percorreu. – Tem alguém lhe incomodando no castelo?

Os olhos da moça se arregalaram de surpresa.

– Aqui? Não! Esta é minha casa. Este é o meu clã. Todos eles morreriam antes de deixar que algum mal acontecesse a mim ou a outra mulher aqui. Da mesma forma que eu faria por eles.

Ele gostou de ouvir disso, o código de honra dos highlanders. Konnor também estivera pronto para morrer pelos homens em sua unidade e ainda estava pronto para morrer por Andy. Então, talvez os dois não fossem tão diferentes assim.

– Está bem, está bem. Mas se suspeitar de alguma coisa ou de alguém, me diga, ok?

– Não preciso de nenhuma proteção sua – afirmou ela, embora não houvesse mais aquele tom amargo em sua voz. – Meus irmãos e meu pai me treinaram para ser uma guerreira. Sou capaz de me defender sozinha. Na verdade, sou eu quem supervisiona o treinamento dos homens enquanto eles estão fora.

Konnor piscou. Uma guerreira? Ela parecia atlética e usava sua espada com confiança, como se sempre lhe tivesse pertencido.

Uau.

Konnor não conseguia evitar a atração crescente que sentia por ela, apesar de suas ameaças.

– Excelente – disse ele passando a mão pelo cabelo. – Tenho certeza de que é mais do que capaz de se defender. Parece que sabe o que está fazendo.

– Sim.

Konnor usou a muleta para se colocar de pé.

– Vou dar uma olhada por aí – informou ele.

Marjorie lhe lançou um olhar severo e balançou a cabeça.

– Ainda não sei se acredito em você ou não. Se está do lado dos MacDougalls e veio aqui para espionar para eles...

– Não estou do lado deles. Não estou do lado de ninguém. Estava apenas com meu amigo Andy.

Ela suspirou.

– Espero não me arrepender, mas tem minha permissão para sair do quarto. Todos os homens no castelo sabem sobre você. Um movimento em falso da sua parte e eles têm permissão para contê-lo de qualquer forma necessária. – Ela olhou para o tornozelo dele. – Você não conseguirá ir longe com a perna assim de qualquer maneira.

Se os dois tivessem se conhecido em outra época e lugar, ele a teria convidado para um encontro, a provocado e flertado com ela. E se houvesse uma química entre eles, o que tinha certeza de que havia, poderia até mesmo levá-la a uma escalada muito longa e deliciosa em direção a um orgasmo alucinante. Gostaria de lhe mostrar que nem todos os homens causam dor às mulheres e, se a moça permitisse, lhe daria apenas prazer.

O pensamento o surpreendeu. Ele não namorava, não queria uma mulher em sua vida.

Talvez apenas por uma noite.

Mas não conseguiria dormir com alguém como Marjorie e depois abandoná-la. Era melhor que não pensasse nela assim.

– Combinado – disse e limpou a garganta, tentando afastar as imagens do corpo nu dela da cabeça.

– Ah, suas palavras estranhas de novo. – Ela se virou e foi até a porta, deixando para trás o aroma de flores silvestres e couro no ar. – Preciso voltar a treinar os guerreiros. Perdoe-me por não lhe levar para um passeio.

Marjorie saiu, e ele ficou lá por um momento, inalando seu perfume novamente. Por que estava tão atraído por ela? A moça era linda, forte e frágil ao mesmo tempo, mas tinha deixado claro que não estava interessada nele.

Konnor balançou a cabeça. Melhor apenas parar de pensar nela.

Usando a muleta, caminhou lentamente em direção à porta. A muleta era um pouco curta para ele, mas era melhor do que nada. Só demoraria um pouco para se acostumar. O trajeto pelas escadas redondas certamente era desafiador. A muleta escorregou várias vezes na pedra lisa, mas por um milagre e depois de vários quase acidentes, ele conseguiu descer. Saiu da torre e entrou no pátio de terra batida.

O som caótico de metal batendo contra metal ecoou pelo

lugar. Cerca de trinta pessoas lutavam com espadas, em pares. Todos estavam vestidos como guerreiros medievais, com longas túnicas presas na cintura por um cinto ou com casacos acolchoados, calças curtas ou compridas e sapatos de couro pontudos. Todos ali eram homens, exceto por uma pessoa.

Marjorie.

A respiração de Konnor ficou presa na garganta ao vê-la. A moça era graciosa e forte, cortando e golpeando com precisão e elegância. Quando seu oponente investia contra ela com seus músculos gigantes e protuberantes, ela girava como um pião, escapando do golpe e contra-atacando com a espada, parando antes de atingir a lateral do corpo do homem.

Konnor perdeu a habilidade de respirar. Ela não era apenas linda, era forte, gentil e corajosa também. Era como Joana d'Arc na linha de frente, lutando pelos outros. Nunca tinha visto ninguém como ela. Algo ferveu dentro do peito de Konnor, tremendo e vibrando.

E isso era ruim.

Ele precisava sair dali, ir para longe dela o mais rápido possível. Não precisava de mais confusão do que já tinha em sua vida. Não havia mulher em seu futuro, porque ele nunca seria um bom marido ou pai depois do que presenciara quando criança. Tudo o que podia oferecer a uma mulher era um bom sexo e um rosto taciturno. Estava cansado de ferir as mulheres emocionalmente.

CAPÍTULO 8

Em um golpe descendente, Marjorie acertou a espada levantada de Muir como um ferreiro batendo na bigorna. Seus ombros e braços estavam em chamas com o exercício. O suor cobria todo o seu corpo e, durante todo esse tempo, ela podia sentir o olhar de Konnor em sua pele como a carícia de uma brisa fresca.

Você é tão linda. As palavras dele ecoavam em sua cabeça repetidamente. Ela ficara lisonjeada. Ninguém havia lhe dito nada parecido desde que voltara de Dunollie. Marjorie não achou que fosse desrespeito, mas só de pensar que um homem pudesse desejá-la, fez suas lembranças daquela semana com Alasdair virem à tona.

Sim, ela reagira muito duramente. Tudo o que ele fizera fora elogiá-la e olhá-la como um homem olha para uma mulher que deseja. Com o mesmo olhar que ela já vira entre maridos e esposas, entre amantes, entre seu irmão Craig e sua nova esposa, Amy, quando ela e Colin foram para Inverlochy cerca de duas semanas atrás.

O olhar de Konnor não era malicioso e certamente acenderia o desejo em uma mulher normal, que não estivesse danificada.

Malcolm golpeou com sua espada para baixo e para o lado e Marjorie mal conseguiu desviar.

Concentre-se na luta. As palavras de Owen ecoaram em sua cabeça. Seu meio-irmão havia lhe dito isso repetidas vezes no primeiro ano de treinamento depois do nascimento de Colin. *Concentre-se na luta. Não volte para aquele lugar escuro e perigoso de onde acabou de sair.*

Owen era quatro anos mais novo que ela. Era um rebelde, libertino e deixava o pai frustrado o suficiente para que este arrancasse os cabelos de desespero, mas Owen sempre estivera lá quando precisara dele. Ele e Isbeil foram as duas pessoas que a tiraram do fundo do poço em que estava presa.

Seu irmão a distraíra com grandes contos e até mesmo a fizera rir uma vez ou outra. Durante toda a gravidez, Marjorie se recusou a acreditar que havia uma parte daquele monstro dentro dela. Não queria nada com o bebê e até considerou pedir a Isbeil que o desse a uma boa família em uma das aldeias de Cambel.

Mas desistira dessa ideia no momento em que o bebê fora colocado em seu peito, pois soube que não havia uma gota de Alasdair nele. Ele era puro, lindo e era dela. Seu filho. Apenas dela. Era um Cambel dos pés à cabeça. E esse fora o início de sua cura. De certa forma, seu filho a salvara.

Marjorie deu um passo à frente, parando pouco antes de acertar o pomo de sua espada no rosto de Malcolm.

– Isso mesmo. Muito bom, moça – Malcolm elogiou, respirando pesadamente, sua testa enrugada brilhando de suor. – Em uma batalha real, esse movimento inesperado pode lhe garantir a vitória.

Marjorie também ofegou. Ela se inclinou para a frente e colocou as mãos nos joelhos.

Batalha real... Um arrepio percorreu seu corpo.

– Saberei o que é uma batalha real mais cedo ou mais tarde – murmurou.

Sim, saberia, quisesse ou não.

Marjorie olhou para a entrada da torre onde vira Konnor olhando para ela, mas o rapaz havia sumido agora. Sentiu uma decepção em seu peito. Estava sofrendo um grande conflito com relação a ele. Por um lado, estava sendo cuidadosa. O rapaz era um estranho que mentira para entrar no castelo. Um estranho que falava sobre coisas que ela nunca tinha ouvido antes e que pedia para ela ligar para alguns números. Ele queria um telefone. Que diabos era tudo isso?

Porém, um espião não chamaria atenção para si mesmo dessa maneira. Um espião se misturaria e se tornaria imperceptível. Portanto, as chances eram de que Konnor não fosse um espião dos MacDougalls. Realmente deveria estar com problemas e talvez estivesse mais ferido do que pensava.

Ao mesmo tempo, era bonito. Tão bonito que, pela primeira vez desde Dunollie, Marjorie notara um homem. Pela primeira vez em doze anos, alguém despertara sentimentos nela, algo que ela pensou que nunca mais aconteceria. Uma empolgação borbulhou em seu estômago e nublou sua mente como uma cerveja forte.

Não. Não precisava disso. Quem quer que Konnor fosse, era uma distração. Ela deveria interpretar essa atração repentina como um sinal de que estava se recuperando. Um passinho pequeno de cada vez, mas nada mais do que isso. Mesmo que estivesse melhorando, nunca teria um amante ou marido. Sua decisão a esse respeito não mudaria. Nunca agiria movida pelos seus sentimentos por um homem como Konnor. Ele era bonito, poderoso e fazia seu coração bater mais rápido.

– Senhora, enquanto descansa, posso lhe dar uma palavrinha? – uma voz masculina surgiu do seu lado.

Ela se virou e viu Tamhas parado ali, com seu cabelo escuro preso em um rabo de cavalo parcialmente molhado de suor.

– Obrigada pelo exercício, Malcolm – agradeceu ela e se virou para o outro homem. – Sim, claro.

Tamhas tinha levado o sequestro dela para o lado pessoal, já que tinham a mesma idade e haviam crescido juntos. Ele era um dos guardas de serviço no castelo no dia em que ela desapareceu. Quando Marjorie começara a treinar como uma forma de liberar sua raiva e a escuridão que se formara dentro dela, ele fora contra.

Uma moça não deveria perder tempo com espadas e arco e flecha. Especialmente quando tem um filho em quem pensar. Você precisa tomar cuidado.

Mas Marjorie decidira aprender combate de qualquer maneira, então Tamhas a ajudara e lutara com ela. Depois de anos praticando diariamente, o rapaz se torara mais habilidoso do que ela porque tinha mais experiência em batalhas reais.

Marjorie foi até o poço redondo de pedra bruta no centro do pátio. Usando a corda, puxou o balde d'água, seus bíceps queimando com o esforço. Pegou uma grande concha de madeira e bebeu avidamente. A água estava fria e refrescante. Ela pegou mais um pouco de água e entregou a concha para Tamhas, que murmurou um agradecimento e bebeu como se fosse *uisge*.

– Então – disse Marjorie, encostando-se na parede do poço com o quadril –, qual é o problema?

– É sobre o estranho, Konnor. – O rapaz mergulhou as mãos no balde, pegou um pouco de água e jogou no rosto com um pequeno grunhido.

O coração de Marjorie deu um pulo com a menção do nome de Konnor.

– Você já o conheceu? – ela perguntou.

– Não, mas Malcolm me falou sobre ele e o vi mancando por aí.

Ela transferiu seu peso para a outra perna.

– E?

Tamhas enxugou a boca e balançou a cabeça uma vez.

– Não gostei dele. Malcolm também suspeita do homem.

Marjorie deu uma risadinha.

– O que você quer que eu faça sobre isso?

Ele olhou diretamente nos olhos dela.

– Quero que você o mande embora.

Ela respirou fundo. Havia pensado nisso, mas simplesmente

não conseguia fazer uma coisa dessas com uma pessoa ferida. Além disso, ainda havia uma chance de que fosse um espião dos MacDougalls. Ela também estava intrigada com o homem. Algo sobre ele a fazia querer mantê-lo por perto... Não, não deveria sequer pensar assim, muito menos dizer em voz alta para Tamhas.

– Ele ainda está machucado. Não posso fazer isso – constatou ela.

– O homem já está andando por aí. Pode se virar sozinho.

Ela cruzou os braços sobre o peito e olhou para ele novamente.

– Essa sua atitude não é normal, Tamhas. Você geralmente tem um coração mais mole do que isso. O que o aflige?

O guarda suspirou, os músculos da mandíbula sob sua barba escura trabalhando.

– Não gosto da maneira como ele olha para você – confessou calmamente. Havia um tom ameaçador em sua voz que ela nunca ouvira antes. Algo que fez seu sangue gelar.

– Como ele me olha?

– De um jeito que me dá vontade de torcer o pescoço dele.

O que isso significava? Será que ele a olhava como se a quisesse? Foi isso que Marjorie também vira, certo? Ou era mais do que apenas desejo? Havia algo mais em seus olhos? Ele olhava para ela como Alasdair?

Ela não tinha percebido algo assim, mas talvez Tamhas tivesse visto algo mais do que ela. O pensamento fez seu sangue gelar. Talvez o guarda estivesse certo. Talvez fosse uma boa ideia deixar Konnor ir embora. Ninguém o conhecia e não se sabia se ele poderia ser uma ameaça – para ela, para Colin ou para qualquer outra pessoa no castelo.

– Talvez você esteja certo – assentiu ela. – Ele deve ir embora. Sabia que podia confiar em você.

Os olhos de Tamhas queimaram. Algo em seu olhar a deixou desconfortável, e ela desejou que ele a deixasse. Era demais. Muito amor, muito apoio, muita devoção. O rapaz era seu amigo de infância e ela o conhecia desde sempre. Era como outro irmão para ela. Marjorie sabia que seu amigo tivera uma queda por ela quando eram adolescentes. Mas agora, ele era um homem, tinha desejos e necessidades. Se perguntava por que o rapaz nunca se casara.

Não queria pensar nele assim.

Tamhas acenou com a cabeça e uma mecha de cabelo preto caiu em sua testa.

– Direi a ele.

O rapaz se virou para sair, mas ela o chamou.

– Diga a ele para partir amanhã, assim, pode descansar mais uma noite.

Tamhas deu outro aceno de cabeça e caminhou em direção à torre. Estranhamente, ao pensar em Konnor indo embora, ficou muito triste.

CAPÍTULO 9

Mais tarde naquela noite, Konnor dirigiu-se ao grande salão. Era um edifício de pedra separado que parecia uma igreja sem a torre dos sinos. Tinha paredes altas de rocha áspera com argamassa e janelas estreitas e compridas sem vidro que estavam divididas horizontalmente pela sombra lançada pelos muros de cortina, uma parte escura e outra laranja brilhante que refletia o sol da tarde.

O estômago de Konnor roncou enquanto mancava para dentro usando sua muleta. Raios de sol de um laranja-dourado entravam pelas fendas das janelas e incidiam sobre as longas mesas onde os homens estavam sentados e inclinados sobre suas tigelas e copos. O grande salão cheirava a pão fresco, carne cozida, legumes e cerveja. Konnor não conseguia distinguir os escudos de madeira com emblemas pintados que decoravam as paredes. Havia uma grande lareira acesa com as chamas tremeluzindo alegremente e o chão estava coberto de tapetes feitos de junco.

Cerca de quarenta pessoas estavam presentes no salão, ocupando metade das longas mesas disponíveis. Braseiros feitos de pedaços de ferro retos e rebitados ficavam entre as mesas, e o fogo dentro deles lançava sombras diabólicas nas paredes ásperas. Uma criada com um vestido longo de lã e um lenço branco na cabeça caminhava pelas mesas com uma cesta de pães, distribuindo-os.

Quanto mais tempo ficava ali, mais frequentemente considerava a possibilidade de uma viagem no tempo. Uma pequena parte dele se perguntava se Sìneag estava certa afinal, mas o resto, o adulto lógico que era, não estava convencido. Konnor já tinha visto a morte de perto e testemunhado a dor da pessoa mais próxima dele no mundo, portanto, não acreditava em milagres nem magia. Devia haver outra explicação, e se Marjorie se recusava a contar a ele, encontraria alguém que o fizesse.

Olhares pesados e avaliadores caíram sobre ele. Guerreiros que conversavam alegremente tornaram-se cautelosos e até mesmo antipáticos. Excelente! Mas não estava ali para fazer amigos e, sim, para obter informações.

Konnor olhou para a mesa principal e viu que havia um grande trono de madeira com entalhes intrincados e lá estava Marjorie, a rainha das Highlands. Ela usava um lindo vestido medieval azul com mangas drapeadas. Seu cabelo estava preso em uma trança e seus lábios brilhavam, vermelhos, enquanto mordia um pedaço de pão e o mastigava. Konnor desejou ser aquele pedaço de pão que ela segurava e tocava com os lábios. Seus olhos se encontraram e a moça ficou imóvel por alguns instantes, linhas severas se formando ao redor de seus lábios.

Desviando o olhar, Konnor procurou por um lugar vago. Viu os dois rostos familiares dos guerreiros com quem tinha visto Marjorie conversando e foi se sentar à mesa deles.

– Este assento está ocupado? – perguntou ele, de pé ao lado da cabeceira da mesa.

Todos pararam e o olharam. O Highlander com longos cabelos brancos presos em um rabo de cavalo franziu a testa. Malcolm.

– Não – respondeu, movendo-se no banco sem quebrar o contato visual. – Sente-se.

Do outro lado da mesa, estava sentado um homem alto e

magro que parecia ter cerca de trinta anos. O rapaz tinha cabelos longos e escuros presos parcialmente em um rabo de cavalo e uma barbicha na parte inferior do queixo.

– Tamhas – disse o homem, mas seu rosto praticamente dizia que ele queria matá-lo na primeira chance que tivesse.

Por que Konnor se sentia como se estivesse entrando em uma armadilha? Todos os seus instintos lhe diziam para ficar alerta. Seus músculos se contraíram e seus joelhos flexionaram um pouco. Ele relaxou a pegada em sua muleta, caso precisasse usá-la como arma.

O homem ao lado de Tamhas, que era um pouco mais jovem que Malcolm, tinha uma estatura baixa e robusta, além de barba e cabelos grisalhos. Seus olhos eram inteligentes e o nariz grande e carnudo. Konnor gostou dele imediatamente.

– Muir – o homem acenou com a cabeça com um sorriso nos olhos.

– Konnor Mitchell – apresentou-se Konnor.

– Procurei por você em todo o castelo – falou Tamhas.

Konnor apertou os lábios.

– É mesmo? O que você queria?

O homem pegou um caneco vazio e despejou um pouco de cerveja dentro, então o passou para Konnor.

– Sente-se e beba. Vou lhe dizer o que eu queria.

Konnor olhou para os outros dois homens sentados à mesa. Ambos acompanhavam o diálogo com a testa franzida.

Inclinando a cabeça, Konnor sentou-se no banco e bebeu a cerveja. Estava quente e tinha gosto de Guinness fraca.

– Tem algo mais forte do que isso? – indagou ele, enxugando o lábio superior com a manga.

– Sim. – Malcolm colocou a mão em seu cinto e pegou um odre de couro. – *Uisge*.

Ele verteu o líquido em quatro canecos e os homens pegaram seus recipientes e beberam sem brindar. A bebida desceu queimando por sua garganta e Konnor percebeu que era *moonshine*, não uísque.

– Humm. Por que vocês bebem *moonshine* em vez de um scotch adequado?

Os homens trocaram olhares confusos.

– Quem fala assim? – Muir deu uma risadinha. – O que é um scotch adequado? Scotch o quê?

– Acho que ele pode ser um pouco retardado – constatou Malcolm.

As mãos de Konnor apertaram o caneco.

– Vamos lá pessoal. Parem de fingir. Todos nós sabemos que vocês têm essa coisa de comunidade eclética acontecendo, mas esperava que pudéssemos conversar de homem para homem. Parem com essa merda.

Malcolm ficou de queixo caído.

– Merda? É você quem deve parar com isso. – Ele removeu uma adaga do cinto e a cravou no tampo da mesa, com o punho cerrado ao redor do cabo.

Tamhas se inclinou para frente.

– Tudo é estranho em você. A maneira como fala, suas roupas, até mesmo seu maldito cabelo. Não consigo imaginar de onde vem. Você é um nobre? Um *sassenach*? Pertence a algum clã? Acontece que se eu não consigo entender sua origem, você é uma ameaça para nossa senhora e isso é algo que não posso aceitar.

Konnor rangeu os dentes.

– Sou um cara normal dos Estados Unidos. Qual é o problema com vocês? Estas são calças cargo normais. – Ele apontou para suas pernas. – Esta é uma jaqueta do exército, e isso, é uma camiseta.

Os homens o olhavam com cara feia enquanto apontava para as roupas.

– Nunca vi nada assim na minha vida – afirmou Malcolm. – E que material fino é esse? Lã? Linho?

– Não sei – disse Tamhas. – E não quero saber.

A animosidade não incomodava Konnor, pois na marinha, havia todos os tipos de pessoas e ele não tinha medo de nenhuma delas. Não gostava muito desses homens aqui, embora entendesse por que estavam agindo daquela maneira. Eles achavam que estavam protegendo Marjorie e, com base em sua dedicação impressionante a ela, Konnor ficaria feliz em contratar cada um deles como guarda-costas em sua empresa.

– Minha função é proteger a senhora – observou Tamhas – e, no momento, você é mais uma ameaça do que um amigo, simplesmente porque não acredito no que disse e não confio em você.

Tamhas lançou um olhar em direção à mesa principal e à própria senhora, e Konnor viu algo em seus olhos. Seria desejo, admiração, amor?

O cara estava apaixonado por ela?

Um ciúme inexplicável o atingiu em cheio. Isso não era da conta dele. Não pertencia àquele lugar e não havia absolutamente nada entre ele e Marjorie – e não haveria. Mas Konnor queria socar o cara só por ter olhado para ela daquela maneira.

– Você é o guarda dela? – Konnor perguntou.

– Sim – respondeu Tamhas. – Eu e Muir somos.

Konnor o analisou da perspectiva de alguém que tem uma empresa de segurança. O homem era alto, embora provavelmente um pouco mais baixo do que Konnor. Sob a túnica de linho ligeiramente suja, podia-se perceber ombros largos e músculos fortes. O rapaz parecia um atleta profissional. Tinha os olhos inteligentes de alguém que podia pensar por si mesmo e avaliar as ameaças e, embora precisasse vê-lo em ação, certamente podia ver a dedicação à Marjorie.

Konnor se inclinou para frente.

– E quanto a este cerco que vocês estão esperando? Quem são os MacDougalls, realmente?

– Um dos clãs mais poderosos das Highlands do leste – informou Tamhas, parecendo um pouco confuso.

Talvez Konnor conseguisse descobrir a verdade desta forma.

– E que tipo de armas trarão para o cerco? Uma catapulta ou algo assim?

Tamhas recostou-se e cruzou os braços sobre o peito.

– Eles poderiam se quisessem. Certamente têm a riqueza necessária para contratar um engenheiro de guerra e mandar construir uma.

Konnor tamborilou com os dedos na mesa.

– Eles vão trazer espingardas?

– Espingardas? – Malcolm falou como se tivesse ouvido a palavra pela primeira vez.

Ah! Dá um tempo.

– Então, apenas espadas e escudos? – Konnor disse já sem esperança de que eles mostrassem algum sinal de razão e se abrissem com ele.

– Não, lanças e arcos também – Malcolm falou. – Talvez até mesmo bestas.

Lanças e arcos... Bestas... Eles não iam desistir dessa história.

Konnor se inclinou para frente e olhou para eles de forma conspiratória.

– Mas são de plástico, certo? Como adereços em um filme?

– Plástico? Que diabos é isso? – exclamou Tamhas. – E o que é um filme?

Konnor suspirou, pelo menos havia tentado. Deveria simplesmente aceitar seu fracasso e ir embora. No final das contas, tudo o que queria era sair dali.

Olhando para o pão e o pedaço de queijo, Konnor estendeu a mão para pegá-los, mas Tamhas agarrou a adaga de Malcolm e a enfiou entre a sua mão e a comida.

Konnor poderia desarmá-lo com dois movimentos fáceis e enfiar a adaga bem no olho do homem, mas apenas olhou para o rosto feroz de Tamhas.

– Olha, isso é perigoso. Você deve ter cuidado ao brincar com brinquedos de adultos, ou pode se cortar – disse, provocativamente.

– Cale-se. Você está aqui por causa do bom coração da senhora, mas até ela já está sem paciência agora e o quer fora daqui amanhã.

Konnor olhou para Marjorie, que havia se virado e conversava com uma criada. Seu cabelo comprido e escuro tinha caído sobre os ombros e seus olhos brilhavam enquanto segurava o caneco graciosamente. O peito de Konnor se apertou só de pensar em deixá-la.

– Ela disse isso? – indagou ele.

– Sim, com suas próprias palavras.

Konnor se perguntou o que havia mudado. Ela estava com medo de deixá-lo ir porque acreditava que talvez fosse um espião, mas agora queria que fosse embora. Será que era por causa do elogio que fizera?

Bem, ele iria embora no dia seguinte. Ótimo. Estava grato a Marjorie e Isbeil por tratá-lo, alimentá-lo e cuidar dele. Contudo, apesar da estranheza daquele lugar, uma parte dele não queria ir embora e, essa parte não queria deixar Marjorie.

No entanto, mesmo se ficasse, não seria possível haver algo entre eles, independentemente de quão atraente ela fosse. A vida o ensinara que o amor romântico só levava à dor. Ele experimentara isso por si mesmo. Embora tentasse evitar relacionamentos, havia gostado de uma mulher o suficiente para tentar essa coisa de namorada-namorado. Isso acontecera há cinco anos. A moça era doce, gentil e bonita. Trabalhava como enfermeira, falava espanhol e surfava. Era voluntária em um abrigo para moradores de rua. Ótimo sexo. Era um pacote completo.

Eles namoraram por cerca de três meses, até ela dizer que não o conhecia de verdade e começar a fazer perguntas sobre sua infância. Queria conhecer sua mãe e sugeriu que fizessem uma viagem de fim de semana à Ilha de Santa Catalina.

Ele nem sequer tinha contado a Andy sobre o que suportara com Jerry, como poderia contar a ela?

Demorou apenas algumas semanas depois disso para se separarem. Bem, para ela terminar com ele porque Konnor era *"problemático e emocionalmente indisponível"*.

– Bom – disse ele. – Então, ela finalmente voltou à razão.

Tamhas removeu a adaga e Konnor arrancou um pedaço de

pão. Mas enquanto mastigava e olhava para Marjorie, não pôde deixar de se perguntar como conseguiria esquecê-la.

CAPÍTULO 10

O som de passos no corredor acordou Konnor mais tarde naquela noite, e ele abriu os olhos sem mover nenhum outro músculo, percebendo que ainda estava em seu quarto no castelo. Estava escuro, parecia ser o meio da noite, e a tocha na parede estava apagada. Até onde sabia, estava sozinho ali.

Ouviu outro arranhar de sapato contra o chão de pedra em algum lugar fora de seu quarto. Automaticamente, deslizou a mão para baixo do travesseiro para pegar sua arma, mas não havia nada lá. Amaldiçoou silenciosamente. Obviamente, não tinha uma arma, nem mesmo uma faca. O castelo estava cheio de espadas, lanças e flechas, mas ele não tinha nada.

Sentou-se e apanhou a muleta. Tinha pegado o jeito de andar durante o dia, subindo e descendo as escadas, caminhando pelos pisos de pedra irregulares e pelo pátio. Sem calçar os sapatos, levantou-se e foi em direção à saída. Colocou a ponta da muleta de madeira no chão o mais silenciosamente que pôde. Quando chegou à porta, concentrou-se, tentando ouvir os sons. Alguém gritou, depois, houve grunhidos e xingamentos abafados.

Droga.

O quarto de Marjorie ficava ao lado do dele. Konnor abriu

uma frestinha da porta. O patamar da escada estava iluminado por uma tocha.

Vazio.

Os sons vinham do patamar circular das escadas que conduziam ao andar superior. Ele ouviu o som de metal retinindo suavemente, quase inaudível, e então, passos.

Isso não parecia nada bom.

Pegando a muleta em suas mãos como uma arma, moveu-se para o patamar sem fazer barulho, ignorando a dor em seu tornozelo. Um grito abafado chegou até ele vindo de cima.

O que havia ali? Será que era o quarto de alguém? Ele continuou caminhando em direção às escadas, certificando-se de pisar sem fazer barulho. Quando estava no meio do caminho, ouviu uma voz.

– Não faça nenhum som ou corto sua garganta – um homem falou em um sussurro alto.

Konnor espiou ao redor da parede redonda do andar superior, seu tornozelo queimando de dor. Vazio, porém, uma das portas estava aberta.

Movendo-se em direção a ela, olhou para dentro do ambiente e viu três homens no quarto. Dois seguravam um menino em sua cama, tentando amarrá-lo, e o outro estava parado na porta, de costas para ele.

Sem hesitar, Konnor deu cinco passadas e acertou a nuca do homem que estava na porta com a muleta. O intruso caiu no chão como uma rocha. Os outros dois olharam para Konnor, assim como o menino. O garoto tinha, provavelmente, dez anos, olhos grandes que brilhavam na escuridão do quarto e se debatia e chutava para tentar se livrar dos idiotas.

O sangue de Konnor ferveu. Não os deixaria machucar a criança.

Um dos homens saiu do lado da cama e desembainhou a espada, a lâmina brilhando à luz do luar. Ele atacou com a espada, mas Konnor se abaixou, deu um passo para o lado e acertou a lateral do corpo do homem com a muleta, que se encolheu de dor, mas se levantou novamente.

O menino se debatia com mais força e o homem ao seu lado grunhia de dor. De repente, um grito perfurou o ar, mas o homem silenciou o garoto por um momento com um tapa forte. Passados alguns segundos, o menino gritou novamente, mas o homem o amordaçou.

– Acabe logo com ele – o cara rosnou. – Ele é só um aleijado com uma vara!

Um aleijado com uma vara?

Konnor girou a muleta e atingiu o homem na lateral da cabeça. Sua espada caiu no chão com um grande estrondo, e Konnor se abaixou para pegá-la, mas seu oponente era mais esperto do que pensava. O homem enfiou os dois cotovelos na nuca de Konnor e uma dor explodiu em sua cabeça. Ele caiu para frente contra uma parede, derrubando as espadas de madeira e os escudos que estavam pendurados ali.

Havia uma espada de verdade que brilhava à luz da lareira. Konnor a agarrou, girou e golpeou o homem. A lâmina cortou a carne e o sangue espirrou nele quando o homem gritou de dor e caiu.

Sem saber se estava segurando a espada direito, atacou o terceiro intruso, mas acertou apenas o ar. O homem que segurava o menino o soltou, então desembainhou a própria espada e veio em direção a ele com uma série de golpes descendentes. Konnor se defendeu das investidas com sua espada e deu um passo para trás.

Clang. Clang. Clang.

O quarto foi tomado pelo som de metal contra metal.

Com o canto do olho, Konnor viu Marjorie aparecer na porta com uma espada na mão e seu estômago se revirou de medo por ela. Precisava agir. O homem que enfrentava no momento não era maior do que ele, mas era muito mais experiente. Konnor tomou a iniciativa e partiu para a ofensiva, mas seu oponente desviou facilmente de seus ataques.

Em algum momento durante aquela cena de espadas afiadas, sangue, o homem inconsciente caído no chão e a tentativa dos intrusos de machucar Marjorie, um pensamento lhe ocorreu.

Isso é real.

Ele soube disso da mesma forma que sabia que poderia morrer pela espada do intruso. Este castelo não era uma pequena comunidade medieval, não era um culto e não era um sonho. Qualquer que fosse a explicação para tudo isso, este era um mundo – ou uma era – completamente diferente.

Subitamente, a viagem no tempo não parecia mais uma explicação tão impossível.

As costas de Konnor estavam contra a parede. Seu oponente ergueu a espada bem acima da cabeça e Konnor viu a morte de frente, mas, então, Marjorie apareceu atrás do homem e pressionou a ponta de sua espada no pescoço dele. O homem congelou, os olhos arregalados.

– Sim, seu porco – disse Marjorie. – Se quer viver, jogue sua espada no chão para longe de você e afaste-se *dele.*

O lábio do intruso curvou-se para baixo em um rosnado raivoso, mas soltou a espada, que caiu no chão com um estrondo alto. Konnor, então, posicionou a ponta de sua própria arma na garganta do homem.

– Coloque as mãos atrás da cabeça – falou ele –, e deite-se no chão de bruços.

O cara obedeceu e quando se deitou no chão, os olhos de Marjorie e Konnor se encontraram. Ele percebeu que a moça estava de camisola e a forma de seu corpo era visível sob o fino material branco à luz do luar.

Marjorie correu até o menino, que agora estava de pé. Com a espada tremendo em suas mãos, cortou as amarras de seus pulsos e o puxou para um abraço.

– Ah, Colin, meu menino – ela disse, sua voz um sussurro trêmulo. O garoto escondeu o rosto em seu peito.

– Estou bem, mãe – afirmou ele.

Mãe? Mãe...

Konnor permaneceu imóvel e sem palavras, olhando para o menino. Ele o tinha visto andando pelo castelo com sua espada de madeira, conversando com os guerreiros e os servos, brincando com um cachorro e parado nos muros observando os campos ao redor do castelo. Até já vira o garoto falando com Marjorie, mas não tinha percebido que era filho dela. Pensava que era... apenas um menino.

Mas agora, podia ver as semelhanças. Seus rostos eram do mesmo formato e tinham o mesmo cabelo castanho-escuro rebelde. O garoto era magro, mas tinha ombros e braços fortes. Seu queixo se projetava para frente obstinadamente enquanto o olhava com certa apreensão.

Konnor piscou, voltando ao presente. Marjorie havia sido violentada e tivera um filho.

– Obrigada, Konnor – ela sussurrou com lágrimas brilhando em seus olhos. – Pensei que tinha acordado de um pesadelo. Se não fosse por você...

O som de passos trovejou escada acima através do patamar. Malcolm e mais cinco homens apareceram correndo, com as espadas em mãos.

– Senhora, Colin, vocês estão bem? – Malcolm gritou, olhando ao redor do quarto.

– Sim – afirmou Marjorie.

– Quem são eles? – Malcolm perguntou.

– Acordei com gritos e pancadas vindo do quarto de Colin. Eles vieram atrás dele, e Konnor o salvou.

Malcolm deu três passos gigantes em direção ao terceiro homem e ficou de joelhos. Pegou uma adaga e a pressionou contra a orelha do cara.

– Quem é você? – perguntou.

– Acho que vocês sabem bem quem nós somos – o homem respondeu e cuspiu no sapato de Malcolm.

– MacDougalls, é claro – afirmou Marjorie, com a voz trêmula. – Quem mais poderia ser?

Malcolm se levantou e chutou o homem no estômago.

– Veio levar o filho da nossa senhora? Bem, isso não vai acontecer, não é mesmo? – Ele rosnou. – Leve-os embora. – Virando-se para Marjorie disse: – Não se preocupe, moça, vou questioná-los. Precisamos saber como entraram e vamos ver se há mais homens no castelo.

Marjorie olhou para Colin.

– Vá para a cama, querido. Vou ficar aqui com você até sabermos que não há mais ninguém no castelo.

– Posso ficar com você – ofereceu Konnor –, até sabermos que é seguro.

Marjorie olhou para ele, parecendo perdida e abalada, então, concordou com a cabeça. Colin deitou-se na cama e ela o cobriu com um cobertor. Enquanto os homens de Cambel carregavam e arrastavam os MacDougalls para fora, Marjorie sentou-se na cama ao lado de Colin e começou a acariciá-lo. Konnor, em pé ao lado da porta, observava os dois, e algo em seu peito saltitava sem parar. Algo em que ele não queria pensar.

Depois de um tempo, o menino fechou os olhos e adormeceu.

Um tempo mais tarde, Malcolm enfiou a cabeça para dentro do quarto.

– Está tudo livre, senhora. Não há mais ninguém aqui. Pode ir dormir.

Marjorie se levantou e beijou Colin na cabeça.

– Você pode colocar um homem para protegê-lo, Malcolm? Vou dormir melhor assim.

– É claro, senhora. Eu mesmo vou protegê-lo.

– Obrigada.

Marjorie e Konnor desceram as escadas até o piso inferior. Ela parou diante da porta do seu quarto, colocou os braços ao redor do corpo e começou a tremer.

– Você está bem? – indagou ele.

Ela não respondeu por um momento, em pé, parada como uma árvore balançando ao vento forte.

– Achei que tinha acordado doze anos atrás e estava prestes a reviver os piores dias da minha vida.

CAPÍTULO 11

Enquanto falava, uma escuridão recaiu sobre seu corpo e sua alma, e um frio tomou conta de seu corpo. Marjorie entrou no quarto, subiu na cama, se cobriu com um cobertor e estremeceu. Mesmo doze anos depois, ainda sentia a pressão de dedos em seus pulsos, o peso de um dos homens em suas pernas e a palma imunda em sua boca.

A possibilidade de seu filho passar pela mesma coisa fez seu estômago revirar e sua cabeça girar.

Konnor entrou no quarto atrás dela e fechou a porta.

– O que aconteceu? – ele perguntou, trazendo-a para fora do buraco negro das suas memórias.

Não, ela não podia voltar para lá. A memória ainda era muito recente e assustadora, mas ela não podia desmoronar agora, todo o castelo precisava dela. Que boba era de achar que estava se curando.

– Estou com frio – disse Marjorie.

Enrolando-se no cobertor, levantou-se e foi até a lareira. As brasas ainda estavam quentes e brilhantes. O calor se espalhou pelo seu corpo quando ficou de joelhos em frente ao fogo e abriu os braços. Ela estendeu a mão para a pilha de lenha e colocou mais alguns pedaços de madeira na lareira.

– Como você os ouviu? – Marjorie indagou sem olhar para Konnor. – Nem eu mesma ouvi até que já era tarde demais.

– Treinamento militar – esclareceu Konnor. — Sou fuzileiro naval e lido com segurança.

Olhando por cima do ombro, ela viu quando Konnor estremeceu de dor ao se abaixar para se sentar na beirada da cama. De repente, percebeu que ele estava sem camisa e aquela era uma linda visão. Ele se sentou com o pé machucado sobre o outro joelho. Marjorie podia ver seus ombros largos na semiescuridão do quarto enquanto os músculos de seus braços flexionavam para massagear a perna ao redor da tala. Esta era a primeira vez que um homem – um homem seminu – entrava em seu quarto, e ainda assim ela se sentia tão segura com Konnor quanto com seus irmãos.

– Lida com segurança? – ela disse. – Então foi assim que aprendeu a lutar com espadas?

Subitamente, percebeu que ele havia protegido seu filho com a espada de seu avô. Se isso não era um sinal de que Sir Colin cuidava do bisneto, não sabia o que era.

Konnor balançou a cabeça.

– Essa foi a primeira vez na vida que eu segurei uma espada.

– Então, como você pode ser segurança de alguém?

Ele franziu os lábios, moveu a mandíbula e uma expressão pensativa nublou seu belo rosto.

– Posso lhe fazer uma pergunta? – Ele parou por um momento, então falou: – Em que ano estamos?

Marjorie deu uma risadinha.

– Em que ano estamos? Este é o ano de nosso Senhor, 1308.

Konnor exalou lentamente, seus lábios formando a letra *O*. Reação estranha...

– Por quê? – Marjorie indagou. – Você se esqueceu?

A moça se voltou para a lareira e colocou alguns gravetos sob as toras de madeira para que queimassem mais facilmente. Depois, inclinou-se para frente e soprou com cuidado as brasas até que os gravetos pegaram fogo.

Marjorie virou-se de volta para Konnor enquanto ele esticava a perna e a observava com o cenho franzido, como se não conseguisse decidir sobre algo importante.

– Não me esqueci – ele finalmente respondeu. – Então, você realmente não sabe o que são os EUA?

– Não.

– Hummm. Quem governa a Escócia?

– Rei Robert de Bruce, embora estejamos lutando contra o rei Edward da Inglaterra, que se aliou a vários clãs escoceses, incluindo os MacDougalls. É por isso que meus irmãos, meu pai e o resto do meu clã não estão aqui.

Konnor esfregou a testa.

– E a palavra "democracia" significa alguma coisa para você?

– É algo que os gregos tentaram uma vez, não é?

Assentindo, abaixou a cabeça em desespero. Depois, colocou as mãos na testa e passou os dedos pelos cabelos. Isso não parecia certo.

– Konnor, o que foi? – Marjorie perguntou. – Por que o ano, o rei e a democracia importam?

Ele respirou fundo, olhou para ela e então soltou o ar.

– É importante porque você diz que é 1308 e, a última vez que verifiquei, era 2020. Eu nasci em 1987. No meu tempo, não há mais reis além dos simbólicos e a democracia é como o mundo funciona, na maior parte, de qualquer maneira.

Marjorie estremeceu, tentando entender o que ele acabara de dizer. Suas palavras não faziam sentido, mas ele parecia convencido de que eram verdade. Na realidade, parecia desesperado, confuso e até um pouco assustado. Falava como um louco, mas se comportava como alguém em apuros. Talvez estivesse ciente da sua loucura.

– Diga alguma coisa – pediu Konnor. – Você deve estar pensando que sou maluco.

Marjorie riu.

– É exatamente o que eu penso. Sou uma mulher lógica e de bom senso, não acredito em superstições nem em magia. Você quer dizer que Isbeil estava certa sobre o túnel através do tempo?

Konnor se levantou, usando a cama para se apoiar, colocou a muleta embaixo do braço e fez um movimento em direção a ela, mas estremeceu de dor. Então, sentou-se de volta na cama e começou a refazer a atadura em seu tornozelo.

– Eu não sei, Marjorie, ok? Por mais insano que pareça, acho que é a única explicação. A alternativa é que estou sonhando tudo isso, mas o sangue, as espadas e a dor na minha perna parecem muito reais. – Ele deu um nó na atadura e olhou para ela. – Você parece muito real.

O fogo brilhava intensamente na lareira agora, dando ao quarto um brilho dourado e agradável. Marjorie colocou mais lenha enquanto partes de sua mente lutavam umas com as outras. Ela era uma highlander e crescera ouvindo contos de kelpies, fadas e magia, mas também era cristã e uma pessoa de bom senso que sabia que aquelas eram apenas velhas histórias. Ainda assim, até mesmo a parte lógica dela podia perceber que Konnor não estava apenas falando sobre coisas estranhas, estava vestido de maneira diferente. Aquelas calças verdes largas com bolsos, os sapatos com sola grossa que ela nunca tinha visto antes, e sua jaqueta e túnica curta eram feitas de um material fino que ela nem sabia o nome. Havia algumas letras em inglês em sua túnica que diziam "Born to Be Wild". Além disso, havia o seu corte de cabelo, seu estranho sotaque e a maneira de falar. As palavras que usara ao chegar: ambulância, hospital, telefone. Se era mesmo do futuro, as coisas deveriam ser diferentes por lá.

– Olha, não espero que acredite em mim, ok? – Konnor disse. – Mas amanhã, voltarei àquelas ruínas com a rocha e tentarei voltar ao meu tempo. Espero que saiba agora que não sou uma ameaça para você.

Ao pensar em ele ir embora, seu peito se apertou.

– Sim – ela confirmou. – Não acho mais que seja um MacDougall. Você me salvou daqueles homens e serei eternamente grata por isso.

Ela engoliu em seco enquanto um buraco se formava dentro do peito.

– Vá dormir um pouco. Estou bem.

O rosto dele se iluminou e Marjorie desejou que não fosse alegria de poder ir embora.

– Boa noite – disse ele, mancando em direção à porta, a muleta batendo no chão.

Ao se lembrar do sangue no chão do quarto de Colin, lhe veio à mente que Konnor derrotara dois homens mesmo estando ferido. Ele não era apenas um grande guerreiro, era também valente e engenhoso. Se realmente viera do futuro, algo em que ela ainda não acreditava totalmente, talvez conhecesse alguns truques ou algo assim que pudesse ajudá-los a defender o castelo.

– Embora, eu gostaria que ficasse por mais tempo – confessou para as costas nuas dele.

Konnor parou e se virou para ela.

– O quê?

Marjorie se levantou e enrolou o cobertor com mais força ao seu redor.

– Os MacDougalls vão nos atacar, Konnor. Nunca estive em uma guerra e nunca matei ninguém. Meu castelo está desmoronando, e temo que não tenhamos homens suficientes para nos defender. – Ela engoliu em seco, seus olhos ardendo. – Se os MacDougalls pegarem Colin... Ou a mim novamente... – A moça se engasgou com as palavras, sem conseguir puxar o ar e dizê-las em voz alta.

O rosto de Konnor escureceu como um céu tempestuoso.

– Novamente?

Dando um passo em sua direção, ele a levou até a cama, seus olhos colados nos dela. Já era tempo, Konnor precisava saber o que essa batalha significava e o quanto significaria para ela se ele ajudasse.

– Aconteceu há doze anos. Nossos clãs eram aliados, e o MacDougall era nosso suserano. O filho do chefe... – ela fez uma pausa e engoliu o nó na garganta – Alasdair – disse cuspindo o nome como uma maldição –, pediu minha mão em casamento, mas havia algo nele de que nunca gostei, pois nunca fora gentil com ninguém. Perguntei ao meu pai se poderia recusar e ele consentiu, então recusei a oferta de Alasdair.

Marjorie soltou o ar, reunindo forças para contar a Konnor o pior. Olhou para as mãos, incapaz de encontrar seu olhar e uma sensação familiar de vergonha queimou suas bochechas. Boba. Como se fosse culpa dela o que Alasdair fizera. E, ainda assim, ela acreditava que tinha sido. Se tivesse sido mais forte...

– Um dia, fui colher flores fora do castelo. Só minha criada estava comigo. Cavaleiros surgiram do nada, e um deles me agarrou e me colocou em seu cavalo. Fiz de tudo para me soltar, mas não consegui.

As lágrimas turvavam sua visão, mas ela viu a mão de Konnor se fechar de raiva.

– Alasdair me manteve prisioneira – conseguiu dizer com a voz engasgada pelas lágrimas que não paravam de rolar. – Todos os dias, ele vinha, me batia e me tomava como se eu fosse sua propriedade.

Marjorie enxugou os olhos com as mãos, mas as lágrimas continuavam caindo e ela não conseguia olhar para Konnor.

– Meu clã finalmente descobriu quem era o responsável pelo sequestro e, então, foram atrás de mim. Meu irmão Craig matou Alasdair durante o confronto. Meu avô também foi morto nessa mesma ocasião.

Marjorie finalmente olhou para ele. As narinas de Konnor estavam dilatadas, seus olhos vermelhos e lacrimejantes, e sua boca franzida em uma careta. Seu peito subia e descia rapidamente. Ele respirava ruidosamente. A raiva dele lhe trouxe certo alívio.

– Você foi... – ele murmurou. – E Colin é filho dele?

– Sim.

– E você tem medo de que eles levem Colin se vierem?

Ela assentiu com a cabeça.

Konnor balançou a cabeça.

– Não, não vão levar, Marjorie. Vou ficar e ajudá-la. – Ele estendeu a mão, mas hesitou, olhando nos olhos dela. Era como se pedisse permissão para tocá-la. Algo relaxou em seu estômago e ela colocou as mãos nas dele. Suas palmas eram grandes, quentes e calejadas. Marjorie sentiu um grande conforto.

– Ninguém vai tocar em um fio de cabelo seu, nem do seu filho, não se eu puder evitar.

Seus olhos azuis a encararam com determinação, as chamas dançando em seu rosto em um tom dourado. Nesse instante, Marjorie se sentiu segura e protegida, e pela primeira vez na vida, quis beijar um homem.

CAPÍTULO 12

KONNOR SE MEXEU e se revirou na cama depois de voltar para seu quarto, sem conseguir dormir. Agora sabia, sem sombra de dúvida, que Marjorie e sua mãe haviam sido vítimas da mesma escuridão.

Konnor não poderia deixá-la depois do que descobrira. Se aqueles idiotas dos MacDougalls já haviam sequestrado e estuprado a moça uma vez, ele não poderia simplesmente voltar ao século XXI e deixá-la em perigo. Não deve ter sido fácil para ela dar à luz uma criança fora do casamento neste século. Certamente, era uma mulher forte. Será que tinha escolhido ficar sozinha por causa de seu trauma? Se esse fosse o motivo, ele conseguia entender totalmente, pois essa também tinha sido a razão para a sua própria escolha.

Marjorie não havia acreditado na ideia de viagem no tempo. Na verdade, ele mesmo não acreditava muito, mas quanto mais pensava, mais fazia sentido. Precisava falar com Isbeil novamente e pedir mais detalhes sobre as lendas das Highlands e os túneis através do tempo. Tinha que ter certeza de que conseguiria voltar ao seu tempo por aquela rocha.

Seu peito se apertou de preocupação por sua mãe, que tinha ficado sozinha sem seu apoio financeiro e emocional.

Lembrou-se do dia em que seu pai morrera. Konnor tinha seis anos. Seu pai também era um fuzileiro naval e tinha sido ferido em ação, sendo enviado para o Walter Reed Medical Center em Maryland, nos arredores de Washington DC. Konnor entrara no quarto do hospital e ficara paralisado ao ver seu pai forte branco como o travesseiro e respirando com dificuldade.

– Ajude sua mãe – dissera o pai. – Proteja-a. Você é a única pessoa que ela tem.

Dois anos mais tarde, ele se lembrara dessas últimas palavras do pai na noite em que Jerry batera em sua mãe. Mamãe havia colocado o jantar na mesa, e o clima estava pesado e silencioso, como se todos estivessem com medo de respirar.

Um prato de frango assado, dourado e apetitoso, estava no centro da mesa. Mamãe cobria o hematoma no rosto com sua franja loura. Ela usava uma calça rosa e um suéter de mangas longas, apesar do clima quente, talvez para esconder as marcas arroxeadas em forma de dedos que decoravam seu antebraço.

Jerry e Konnor estavam sentados à mesa, esperando que ela servisse o purê de batata em seus pratos. O padrasto o olhava com os olhos injetados de sangue e girava o copo de uísque na mão.

– Como foi a escola hoje, Konnor? – ele perguntou.

Proteja-a. Você é a única pessoa que ela tem. As palavras de seu pai ecoavam em sua mente e a culpa por não tê-la protegido na noite anterior corroía seu estômago, mas, ele poderia fazer algo hoje. Jerry tinha que saber que não podia simplesmente bater em sua mãe.

– Foi bom – disse ele, suas mãos tremendo de medo e raiva. – Mãe, você está bem?

Ela o olhou com os olhos arregalados e deu um sorriso forçado, mantendo a cabeça baixa. – É claro. Nunca estive melhor. Quer ervilha?

– Mãe, eu ouvi. Ontem à noite, eu ouvi tudo.

Os olhos de sua mãe se arregalaram de horror e ela derrubou o prato que caiu com força sobre a mesa, espalhando as ervilhas pelo chão. O rosto quadrado de Jerry ficou vermelho, seu bigode tremendo. Ele se levantou e a agarrou pelo braço, então, se preparou para bater nela.

– Pare com isso! – Konnor gritou e se jogou para frente para agarrar o braço de Jerry. O padrasto o empurrou para trás, o menino cambaleou e caiu, batendo a cabeça na beirada da cadeira. Konnor choramingou, sua cabeça explodindo de dor.

– Jerry! – a mãe exclamou e o empurrou para longe do filho.

– Não se atreva a me empurrar, sua vadia – o padrasto gritou e lhe deu um tapa. Então, a agarrou pelos cabelos e aproximou seu rosto do dela.

– Faça isso mais uma vez... – Ele estava lívido, bêbado e cuspindo as consoantes.

– Não toque nele – mamãe rosnou.

Plaft. Plaft. Konnor assistiu com horror quando a cabeça de sua mãe foi para a esquerda e depois para a direita com o golpe.

– Vou tocá-lo sempre que me desrespeitar dessa maneira em minha própria casa. – Como se para demonstrar, agarrou a gola da camiseta de Konnor e o levantou. O menino olhou para seus olhos cinzentos, embriagados e injetados de sangue, e começou a se contorcer.

Poff. Veio um soco, direto na bochecha. Outro em seu estômago, cegando-o de dor.

– Pare com isso! – Mamãe gritou e virou Jerry em sua direção. Ele soltou o menino que caiu no chão. Então, sua mãe se colocou entre os dois. – Vá para o seu quarto, Konnor – ela sussurrou. – Tranque a porta.

E, como um covarde, ele obedeceu. Não ficou para ajudar, não distraiu Jerry, simplesmente correu e deixou a mãe levar a surra em seu lugar.

Mas agora que era um homem adulto, levaria todos os golpes por ela, a protegeria e cuidaria dela até o dia de sua morte.

Uma batida na porta o fez retornar ao presente. A luz da manhã entrava pela janela de fenda em seu quarto. Konnor se sentou na cama e seu tornozelo latejou em resposta. Marjorie apareceu na porta e passou o olhar por seu torso nu antes de retornar aos seus olhos, um leve rubor cobrindo suas bochechas. Ele ficaria lisonjeado se não estivesse preocupado em deixá-la desconfortável.

– Konnor, quero fazer uma reunião com meus homens sobre as defesas do castelo. Você quer se juntar a nós?

Juntar-se a ela? Será que já confiava tanto nele assim? Ele não tinha experiência com castelos, espadas e arcos, mas se ela precisava da sua ajuda, faria tudo que pudesse.

– Sim, claro. – Ele colocou o pé no chão, pegou um sapato e o calçou na perna boa.

– Vou lhe esperar no patamar enquanto se veste – avisou Marjorie.

– Está bem.

Enquanto Konnor colocava as roupas, percebeu que sua perna estava bem melhor e que não precisava mais de uma muleta. Depois de se vestir, foi em busca de Marjorie. Ele a encontrou parecendo limpa e bonita, com seu cabelo escuro em uma única trança que caia sobre o ombro. A moça usava uma calça e uma túnica curta, estava vestida como um homem novamente, mas o cinto apertava sua cintura fina. A bainha da espada estava pendurada em suas costas e a alça atravessava o meio de seus seios na parte da frente. Konnor se esforçou para olhar para o rosto dela e não permitiu que seu olhar se movesse nem um centímetro para baixo, mas mesmo os lábios carnudos dela eram uma tortura.

Os dois desceram a torre, atravessaram o pátio e entraram na torre seguinte. Depois de subir dois lances de escada, passaram pela entrada que ligava a torre à parede da fortificação. Malcolm, Tamhas e mais dois homens armados estavam lá esperando.

Tamhas estreitou os olhos enquanto estudava Konnor.

– Precisamos decidir o que fazer com o muro. – Marjorie apontou para os pés deles.

O muro tinha cerca de três metros de largura, com merlões e ameias com fendas para os arqueiros em intervalos regulares.

Porém, no lugar onde estavam, não havia mais merlões e parte do chão e do muro havia desmoronado. Seria perigoso para os defensores ficarem ali. O muro estava mais baixo nessa parte e seria fácil de escalar. Konnor olhou para baixo e percebeu outro problema. Os escombros e as pedras que haviam caído não tinham sido removidos, portanto, formavam uma bela rampa que tornaria ainda mais fácil para os atacantes entrarem no castelo.

– Os MacDougalls entraram por aqui. – Marjorie apontou para a área.

– Sim – acrescentou Malcolm. – Os desgraçados escalaram sem que ninguém visse na escuridão, mataram três vigias e se esgueiraram para dentro. Foi bem fácil.

– Quando vocês acham que eles vão atacar? – Konnor perguntou.

Ele, então, ficou de joelhos, estremecendo de dor no tornozelo, e tocou a pedra fria e áspera. A parte desintegrada havia se transformado em uma substância semelhante à areia. Konnor passou a mão sobre ela e sentiu as pequenas lascas afiadas contra a pele.

– Não sei – disse Marjorie. – Os espiões não disseram nada sobre isso.

– Acho que em breve – ofereceu Malcolm. – Provavelmente estão esperando que seus homens voltem com Colin. Assim que perceberem que não vão voltar, o chefe saberá que os temos e que sabemos sobre a invasão e, então, pode decidir atacar logo de uma vez.

Konnor concordou com a cabeça. Precisavam consertar os danos ao muro do castelo e rápido. Mas se tivessem apenas alguns dias, não conseguiriam rochas e argamassa suficientes para que desse tempo de secar.

– Precisamos encontrar um pedreiro e pedir que faça o conserto, certo? – Marjorie anunciou.

Malcolm concordou com a cabeça, mas Tamhas franziu a testa.

– Provavelmente, você só terá dias, Marjorie – retrucou Konnor. – Duvido que possa ser feito tão rapidamente.

– Bem, não, mas com certeza o pedreiro saberá pelo menos como consertá-lo em parte em alguns dias.

Isso não iria funcionar. Konnor começou a suar frio ao pensar no que poderia acontecer a Marjorie, Colin e seu povo se os MacDougalls entrassem. A adrenalina disparou em seu sangue.

– Não, você está errada – Konnor disse. A cabeça de Marjorie se voltou tão rapidamente para trás que foi como se tivesse sido esbofeteada. – O que você precisa fazer é assumir o controle da situação.

Ele tocou a argamassa seca em uma fenda entre as rochas e se levantou.

– O que você precisa fazer é dificultar a entrada do inimigo aqui. Em vez de contratar um pedreiro para começar o conserto do muro, peça a um ferreiro para fazer pontas de ferro para dificultar a escalada da parede, como pontas de flechas grandes. Ou você pode pedir aos homens que as façam de madeira, mas faça com que o ferreiro as prenda firmemente no muro. – Konnor imaginou espinhos antipombas que eram usados como proteção anti-intrusão em cercas e paredes. – Faça com que o inimigo não consiga escalar aqui.

Marjorie o olhou com os olhos arregalados.

– Mas essa é apenas uma solução temporária.

– Você não tem tempo para um reparo adequado. Também vai precisar remover os escombros lá embaixo. – Konnor apontou para o muro e todos olharam para ver sobre o que ele estava falando. – Assim, não terão uma rampa para subir.

– Vão ser necessários muitos homens para esse trabalho – disse Marjorie – e eles precisam treinar para se preparar para a luta.

– O que eles precisam é ser espertos – afirmou Konnor. Marjorie abriu a boca e franziu a testa novamente, claramente infeliz por ele a contradizer. – Em seguida, você deve construir fileiras de estacas de madeira na base das paredes para que eles não possam usar escadas de cerco.

Marjorie balançou a cabeça, os olhos brilhando.

— Você não tem ideia do que está sugerindo. Seria necessário usar todos os homens para isso e eles precisam aperfeiçoar suas habilidades de combate para quando o inimigo entrar.

— O que estou sugerindo evitará que o inimigo entre.

Malcolm concordou com a cabeça.

— Konnor está certo, moça. Acho que tem boas ideias.

— Ele não pode contradizer a senhora desse jeito, ela sabe melhor — contradisse Muir.

— Ainda não terminei — falou Konnor. — No Iraque, usamos drones para detecção precoce, mas vocês podem colocar vigias na floresta em todas as direções, de preferência de onde os MacDougalls provavelmente virão. Combinem com eles um sinal, algo que seus homens possam reconhecer. Algo que possa lhes dar um aviso prévio.

— Mas isso significaria arriscar a vida de mais homens! Já perdi três na noite passada. Não posso perder outro. — Marjorie tremia de raiva. Suas bochechas estavam vermelhas e seus olhos disparavam raios. Como uma deusa celta da guerra, estava pronta para lutar contra ele.

— Mas... — Konnor começou.

— Não, já chega. Quando pedi sua ajuda, não tive a intenção de sugerir uma estratégia que pudesse minar a minha. Você não sabe como fazemos as coisas por aqui e não conhece este castelo. Vá embora. Não preciso mais da sua ajuda. Eu e meus homens decidiremos, não você.

A rejeição dela doeu, mas pior foi o medo que sentiu por ela. Os erros que estava prestes a cometer a colocariam exatamente no pesadelo do qual estava tentando escapar.

— Ouça-me... — Konnor tentou argumentar.

— Vá embora — Tamhas insistiu. — Você ouviu a senhora.

— Marjorie...

– Vá – ela repetiu e se virou, seus ombros subindo e descendo rapidamente com a respiração rápida.

Konnor ficou olhando para as costas dela, suas narinas dilatadas, seus punhos cerrados. *Vá para o seu quarto, Konnor. Tranque a porta.* A impotência daquele garotinho que ele fora fez seus braços pesarem, envolvendo-o em um casulo pegajoso e apertado. Ele não conseguira proteger a mãe do perigo naquela época e Marjorie, esta linda rainha das Highlands, precisava mais de sua proteção do que qualquer outra pessoa depois do que sofrera no passado. Ele não deixaria nenhum mal acontecer ao filho dela.

Não iria abandoná-la, não iria deixar a raiva da moça afugentá-lo.

– Você quer que eu vá embora? – indagou ele, e ela se virou para olhá-lo com seus olhos verdes em chamas. – Bem, que pena, pois eu não vou a lugar nenhum. Conforme-se.

Ignorando os olhos arregalados dela e a sensação de aperto em seu peito, caminhou em direção à torre. Precisava fazer algo. Não podia ir embora nem ficar parado assistindo-a cavar a própria cova. Encontraria um carrinho e começaria a remover os escombros da base do muro sozinho.

CAPÍTULO 13

KONNOR PEGOU uma pedra e a jogou no carrinho de mão, que caiu fazendo um grande estrondo. Ele já estava trabalhando há um tempo e a dor em seu tornozelo era insuportável.

O muro norte do castelo pairava sobre ele em contraste com o céu azul. Os dois guardas parados em cima do muro lhe lançavam olhares curiosos de vez em quando. Apesar do sol, o vento chicoteava sua pele nua e suas costas molhadas de suor.

Ele não entendia as mulheres. Primeiro, Marjorie queria sua ajuda, depois, pediu que fosse embora. O que havia mudado exatamente? Tudo o que fizera fora dar seu conselho, como ela queria. Ignorando a dor nas palmas das mãos, que estavam em carne viva, ele se abaixou e pegou outra pedra, suas narinas dilatadas, seu sangue ainda fervendo de raiva com a dispensa da moça.

Ele a jogou na pilha e se endireitou, respirando profundamente para se acalmar. O ar cheirava a peixe, água de lago, flores e esterco. Ovelhas pastavam pacificamente nas proximidades. Konnor acompanhou o rebanho com os olhos e então olhou para a floresta de onde ele e Marjorie haviam saído. O riacho que seguiram em seu caminho para o castelo dois dias atrás o levaria de volta às ruínas com a rocha mágica. Poderia partir e voltar ao seu tempo e à civilização, então, poderia esquecer toda essa besteira.

Sim, voltaria para casa. Iria se certificar de que sua mãe estava bem e a visitaria duas vezes por semana, como sempre fazia. Consertaria algumas coisas na casa, levaria o lixo para fora, realizaria algumas tarefas para ela e lhe faria companhia. Sua mãe cozinharia e lhe mostraria as novas pinturas que havia finalizado. Ela começara a pintar após a morte de Jerry por sugestão do terapeuta e isso lhe fizera muito bem.

Sua arte costumava ser *dark*, uma combinação de cores pretas e vermelhas, mas com o tempo, se tornou mais clara e começou a variar em temas: uma praia ensolarada da Califórnia, a paisagem das Montanhas Rochosas em uma tempestade de neve, flores e coisas do tipo.

Antes de viajar à Escócia, Konnor lhe comprara mantimentos e sua mãe lhe mostrara sua pintura mais recente, que retratava um navio solitário em um mar turbulento. Algo sobre as ondas escuras, o céu negro e aquele único triângulo branco da vela lhe deu uma pontada no coração. Será que ela se sentia solitária como o barco?

Ou era ele que se sentia assim?

– Mãe, está muito bonita – dissera com um nó na garganta. – Não sou especialista, mas acho que deve mostrar isso a alguém. Quantos quadros você tem agora em seu galpão?

Sua mãe balançou a mão e riu. Seus olhos azuis escureceram ao fitá-lo. Ela colocou uma mecha de cabelo loira atrás da orelha e disse: – Não faço ideia. Centenas, talvez? Dez anos de dor e dezessete anos de terapia, querido.

Terapia, sim. Graças a Deus pela terapia! Com o passar dos anos, ela até mesmo começara a se vestir com roupas mais coloridas. Suéteres e calças cinzas sem graça foram substituídos por blusas leves e soltas, saias longas e coloridas. Ela começou a pintar o cabelo regularmente e a experimentar novos cortes.

Chegou a organizar reuniões semanais do clube do livro em sua casa, nas quais, pelo menos pelo que lhe dissera, principalmente, bebiam vinho e conversavam.

– Você é ótima, mãe – Konnor insistiu. – Os quadros deveriam estar em uma galeria.

– Ah, pare com isso. – Ela se levantou, segurando a parte inferior das costas com uma mão e a pintura com a outra. Os brincos que uma de suas amigas lhe fizera com vidro marinho tilintaram.

– Todo o meu trabalho artístico é como entradas no meu diário pessoal. Quem iria querer comprar minha terapia? A propósito, pensei em você quando pintei este aqui.

O peito de Konnor se apertou. Será que tinha percebido sua solidão? Bem, era sua mãe afinal, então não deveria se surpreender. Sim, ele estava solitário. Uma parte dele queria um relacionamento, uma conexão real, mas isso era impossível, pois só machucaria a mulher com sua incapacidade de se abrir.

Konnor colocou dois mil dólares que havia sacado do banco na mesa de centro.

– Isso deve ser o suficiente até eu voltar.

Sua mãe olhou para o dinheiro.

– Essa quantia é demais, Konnor.

– Só por garantia. Não vou estar aqui, então, vou me sentir melhor se você tiver um pouco mais do que o necessário.

Sim, ele voltaria e veria outra pintura dela. Então, continuaria gerenciando seu negócio. Precisava contratar mais gente, porque estava recebendo cada vez mais trabalho de Hollywood.

Ele se lembraria de Marjorie e se torturaria pensando que a deixara no meio do perigo quando prometera protegê-la. Glenkeld não tinha nenhuma chance nas condições em que estava. A imagem dela, ferida e sangrando, tomou conta de sua mente. Seu cabelo castanho escuro espalhado pelo chão e seus olhos escurecendo com a morte. Uma dor apertou sua garganta e ele parou para respirar.

Mas o que poderia fazer? A moça não queria a ajuda dele.

Konnor estava ali sozinho, tirando as malditas pedras. Além disso, Marjorie estava certa, ele não conhecia este mundo e precisava ouvi-la, não apenas dar-lhe ordens.

Konnor tinha visto pessoas morrerem em batalha antes – seus amigos e companheiros da Marinha que se foram muito cedo. Cada vez que pensava neles, uma dor aguda perfurava seu peito.

Não poderia salvar a todos, mas poderia engolir seu orgulho, voltar para o castelo e encontrar uma maneira de trabalhar junto com Marjorie para protegê-la.

Sim, havia visto a moça pela primeira vez há poucos dias e não a conhecia realmente, mas sentia muito mais por ela do que queria admitir. A rainha das Highlands poderia colocá-lo de joelhos. O que acontecera com a moça no passado os conectava além de palavras, embora ela não soubesse disso. Konnor simplesmente não podia ir embora.

Será que acreditava em destino? Na verdade, não. Pelo menos não tinha acreditado até então. Mas depois que descobrira que ele e Marjorie tinham certas coisas em comum, as palavras de Isbeil sobre encontrar a pessoa a quem você está realmente destinado viajando através da rocha não soavam tão absurdas quanto deveriam.

O fato era que Konnor não conseguiria viver consigo mesmo se partisse e deixasse Marjorie em perigo. Simplesmente não conseguiria. Tinha que tentar consertar as coisas.

A maneira certa de fazer isso seria se abrindo com ela e trabalhando juntos, o que poderia lhe custar muito mais do que a moça podia imaginar.

Poderia lhe custar o coração.

Marjorie passou a lâmina de sua espada pela pedra de amolar e ouviu um assobio reconfortante. A lâmina realmente não precisava ser afiada, mas depois de Konnor deixar o conselho daquela maneira, ela precisava de uma desculpa para se exercitar fisicamente e se distrair.

Sair a cavalo teria sido bom, mas não colocaria os pés para fora do castelo enquanto houvesse alguma chance de os MacDougalls estarem por lá, esperando que ela cometesse um erro.

Marjorie estava tão brava com Konnor. Que homem irritante! Ela só lhe pedira seu conselho e ajuda como guerreiro, não esperava que ele apresentasse uma estratégia inteira na frente dela e de seus homens e minasse completamente o que tinha em mente.

A verdade era que fora seu orgulho que tinha sido ferido. Era inexperiente, mas era a responsável pelo castelo e todo o seu clã. Precisava parecer que sabia o que estava fazendo e Konnor apontara que ela não sabia.

Marjorie passou a lâmina sobre a pedra novamente, as mãos quentes dentro das luvas de ferreiro.

– Acho que já está afiada o suficiente – falou Konnor.

O coração de Marjorie deu um pulo e galopou contra suas costelas. Erguendo os olhos, o viu parado na porta da ferraria, então, endireitou-se e passou as costas da mão enluvada na testa. Suas bochechas queimavam, mas devia ser por causa do exercício, não porque ele a olhava calorosamente com seus lindos olhos. Como é que um homem podia ter cílios tão longos? E o que foi aquela sensação agradável de calor que se espalhou por seu estômago ao vê-lo?

– Você precisa de algo?

– Sim. Preciso manter minha palavra.

– Hã?

– Prometi ajudar e fazer qualquer coisa para proteger você. Na minha vida, já vi muitas pessoas serem feridas e não pude fazer nada a respeito, mas posso fazer algo para tentar salvar você.

O coração de Marjorie deu um pulo novamente. Essas palavras derreteram o gelo dentro dela. Será que estava sendo verdadeiro? Poderia confiar nele? Afinal de contas, o rapaz era um estranho, por mais bonito e charmoso que fosse.

– Por quê? Por que é tão importante ficar e me salvar? Não sou ninguém para você. Até pouco tempo, a única coisa que queria era voltar para... de onde quer que você veio.

– Você me ajudou – disse ele. – Sou um fuzileiro naval e protejo as pessoas. Não serei capaz de viver comigo mesmo se não tentar protegê-la.

Ela o estudou e viu uma expressão cruzar o seu rosto, indicando que ele travava uma batalha interior.

– Não, há algo mais – afirmou ela.

Konnor entrou na ferraria e parou ao lado dela com os olhos fixos na espada. Na semiescuridão da oficina, o mundo exterior desapareceu, tudo o que ela podia ouvir era o som de seu coração batendo em seus ouvidos.

A mão dele estava posicionada casualmente ao lado da dela.

– Sim, há algo mais. Eu conheço a dor pela qual você passou – falou ele finalmente.

Por um momento, ela ficou sem ar.

– Você foi...

– Eu não. – Konnor encontrou seu olhar e Marjorie se engasgou com a dor que viu ali. – Aconteceu com alguém muito próximo a mim.

Ela olhou para baixo e sua visão ficou turva.

– Não preciso que ninguém me diga que sou fraca – sussurrou –, que não sou adequada para o papel de protetora do castelo, que preciso mostrar um pouco de coragem.

Konnor estendeu a mão e gentilmente ergueu o queixo dela, fazendo-a olhar para ele.

– Não foi isso que eu quis dizer. Eu acho... acho que você é a mulher mais forte que eu conheço.

A garganta dela se apertou enquanto tentava engolir as lágrimas, então, balançou a cabeça.

– Como? Eu treinei para ser uma guerreira por anos, e ainda assim, nunca estive em uma batalha real. Ontem, se não fosse por você, teria perdido meu filho para os MacDougalls. Provei que não conseguiria defendê-lo em minha própria casa.

Konnor removeu a mão e ela rapidamente enxugou os olhos, então, passou o outro lado da espada pela pedra, colocou a lâmina contra a luz e inspecionou a ponta. Estava lisa e sem deformidades, como o primeiro gelo no lago. Perfeita. Afiada.

– Acredite em mim, não preciso de um forasteiro para me lembrar de quão poucas chances temos sob minha liderança.

– Olha, Marjorie – ele gentilmente pegou as mãos dela e abaixou a espada –, você é a melhor chance que o castelo tem, porque se importa com o lugar como ninguém. Porque ninguém mais passou pelo que você passou, e ninguém vai colocar o corpo e a alma em risco como você.

O nó em sua garganta se desfez e ela pôde respirar com mais facilidade.

– E quanto ao que lhe falta em conhecimento e experiência – continuou Konnor –, é para isso que serve o trabalho em equipe. Você tem Malcolm, que parece ter bastante experiência em batalhas, e tem Tamhas. Você também tem a seus guerreiros e a mim.

Ela afundou no azul de seus olhos, e tudo ao seu redor ficou turvo, exceto ele.

– Se me deixar ficar e ajudar, é claro.

Jesus, a voz dele a envolveu e acariciou, trazendo-lhe um alívio reconfortante. Seu rosto estava tão perto que ela podia ver cada fio de barba em seu queixo. Qual seria a sensação se a tocasse? Afiada e áspera? Ou macia? Ela gostaria dos dois jeitos. Seus olhos eram azuis escuros, como o lago antes da chuva. Ah, poderia afundar neles, deixar-se levar para suas profundezas.

– Sim – ela disse. – Se não falar mais comigo daquela maneira.

Ele concordou com a cabeça, e uma risada brincalhona escapou de seus lábios.

– Não tive a intenção de ofendê-la ou insinuar que é incompetente. Deveria ter perguntado o que você tinha em mente primeiro. Preciso aprender como são as coisas... por aqui.

Prometo que vou ouvir o que tem a dizer e sugerir que trabalhemos juntos. Está bom assim?

Marjorie sorriu e uma esperança floresceu em seu peito.

– Também não sou uma mestre na diplomacia.

Seus olhos se encontraram e o coração de Marjorie chegou às alturas.

– Estava pensando que talvez você pudesse me ensinar a lutar com uma espada – sugeriu Konnor.

A ideia de lutar com ele, de ver seus grandes braços empunhando uma espada, deixou suas pernas bambas.

– Sim, posso fazer isso. Também gostaria de saber mais sobre o que você sugeriu, sobre a remoção dos escombros e da construção das estacas como meio de defesa.

– Ótimo – disse ele. – Já comecei com o trabalho.

– Mas e a sua perna? Você consegue treinar com ela assim?

Ele encolheu os ombros.

– Acho que sim. – Gentilmente, Konnor tirou a espada das mãos dela. – Podemos começar com você me mostrando como afiar isso.

O cheiro dele lhe assaltou os sentidos, algo como a brisa fresca do mar misturada ao aroma de urze. E magia.

Sua boca ficou seca e ela lambeu os lábios. Então, tirou as luvas e as deu a ele, que colocou a espada na bigorna para poder vesti-las.

– Pegue a espada, escolha a parte que deseja afiar e coloque as mãos de modo que encostem nessa parte.

Ele seguiu as instruções, mas pegou apenas uma pequena seção da espada.

– Assim não.

A moça colocou as mãos nas dele e as separou um pouco mais. Seus braços se tocaram e uma corrente elétrica percorreu sua pele. A respiração dela acelerou. Sem retirar as mãos de cima das dele, o ajudou a posicionar o lado plano da espada contra a pedra.

– Agora, deslize-a para frente, sem fazer força, mas não muito gentilmente, assim. – Ela fez um movimento e os seus corpos se tocaram. O toque foi eletrizante, uma sensação estranha, porém gostosa, que a fez querer mais. Não queria abandonar a sensação ainda.

Eles repetiram o movimento várias vezes e a pele de Marjorie derreteu contra a dele. Ela sentiu o olhar de Konnor e ergueu os olhos da lâmina. Ele estava tão perto e a observava com angústia nos olhos e calor.

Basta se inclinar para frente e encontrará os lábios dele. Como serão? Duros ou macios? Qual será o sabor deles?

Alguém tossiu e Marjorie deu um pulo para trás, para longe de Konnor. Colin estava parado na porta, olhando para Konnor como se o homem tivesse acabado de matar alguém.

– Mãe – o menino falou, olhando feio para os dois –, Malcolm me enviou para dizer que o ferreiro aprova o plano e pode começar a forjar as pontas de ferro.

Marjorie mordeu o lábio. Seu pobre menino não tinha sido ele mesmo desde ontem. Estava ansioso e preocupado, ela tentava ocupá-lo com diferentes tarefas pelo castelo para distraí-lo.

Marjorie havia aceitado algumas das sugestões de Konnor depois de pensar sobre elas. Após se acalmar, percebera que o homem estava certo sobre muitas coisas. Precisava dizer ao ferreiro que as pontas precisavam ser afiadas o suficiente para evitar que os homens se segurassem nelas.

– Que bom. Muito bom. Estou indo.

Decepcionada por precisar se separar de Konnor, pegou sua espada das mãos dele e disse: – Vejo você mais tarde, para o treinamento.

Sem esperar por uma resposta, marchou em direção a Colin, beijou-o na cabeça e saiu da ferraria para o ar fresco. Contudo, nem mesmo isso acalmou o fogo em suas veias.

Konnor havia despertado algo dentro dela – algo que pensava que nunca iria experimentar em sua vida, Uma coisa surpreendente, maravilhosa e assustadora. Não sabia exatamente o que era, mas sabia que tinha atingido sua alma.

Não. Melhor não o tocar ou chegar mais perto.

Marjorie tinha a sensação de que se chegasse muito perto de Konnor, correria o risco de ter o coração partido, mas não tinha certeza se conseguiria resistir.

CAPÍTULO 14

KONNOR ESTUDOU a espada de madeira de Colin e se remexeu desconfortavelmente. O que se diz a um menino de onze anos?

– Então você é o homem que minha mãe encontrou na floresta? – perguntou Colin. – E aquele que me salvou?

As palavras "me salvou" soaram mais acusatórias do que agradecidas.

Konnor pigarreou.

– Sim. Suponho que sim.

– Por que você veio aqui?

– Eu... me machuquei. – Konnor apontou para seu tornozelo. – Sua mãe me ajudou.

Colin bateu com a espada no pé, ainda olhando feio para ele.

– Então, por que não vai embora?

– Porque quero ajudar. Quero proteger sua mãe dos bandidos.

Da mesma maneira que gostaria que alguém tivesse protegido minha mãe naquela época. Como eu gostaria de ter feito.

– Ela não precisa da sua proteção. Tem a mim e a Tamhas. Se for para alguém se casar com minha mãe, será ele.

Colin o examinou com olhos avaliadores e calculistas, e sem outra palavra, deixou a ferraria.

Konnor ficou olhando para a porta vazia e iluminada pelo sol.

Qual era mesmo o ditado? Um elefante em uma loja de porcelana? Era bem assim que se sentia com crianças.

Não tinha ideia de como era uma família saudável. Sim, foi bom que decidira nunca se casar. O que poderia oferecer como marido e pai depois do que vira em sua infância?

Ele se lembrava vagamente de seu pai verdadeiro. O que Konnor realmente sabia sobre ele? As últimas palavras que seu pai lhe dissera eram a memória mais vívida que tinha. Na maior parte do tempo seu pai estivera em batalha e depois morrera. Então, havia sido Konnor e sua mãe contra Jerry.

Com um gosto amargo na boca, saiu mancando para o pátio. *Clang. Clang. Clang.* Espadas se chocavam contra espadas enquanto uma dúzia ou mais de homens lutavam no pátio ensolarado de terra batida. As paredes do castelo formavam um quadrado de granito.

Ele viu Colin correr em direção a Tamhas, que parou de treinar por um momento e bagunçou o cabelo do menino. O garoto, com os ombros caídos, olhou para o guerreiro. Os dois conversaram, e o homem jogou a cabeça para trás, rindo do que o menino dissera.

Tamhas se abaixou, colocou sua espada no chão e pegou uma vara de combate. Então, assumiu uma posição, dobrando os joelhos e segurando a espada na frente do corpo. Com uma risada, acenou com a cabeça para Colin, que assumiu a mesma posição com sua espada de madeira. Os dois lutaram, Tamhas gritando comandos e encorajamentos para o garoto. Uma imagem perfeita de um relacionamento pai e filho.

Konnor engoliu a amargura em sua boca. O homem deveria ficar com Marjorie. Ele conhecia a história dela e claramente se importava com a moça e o menino. Poderia protegê-los, pois conhecia as regras deste mundo medieval.

O que Konnor estava fazendo ali? Estava em uma situação que mal entendia, fingindo e se iludindo que poderia proteger uma mãe e seu filho contra um exército. Ela claramente tinha pessoas que podiam fazer isso muito melhor do que ele.

A sensação de impotência que conhecia tão bem e odiava dominou seu corpo. A impotência pela qual vinha lutando durante toda a vida, a mesma que imaginou ter desaparecido com a morte de Jerry.

Não, Konnor não se permitiria ser assim. Era um fuzileiro naval, havia combatido terroristas e piratas, levado tiros e lutado por seu país. A única razão pela qual se juntara ao exército fora para proteger os outros como gostaria de ter protegido a si mesmo e a sua mãe. Será que conseguiria manter uma mulher e seu filho seguros?

Não sabia, mas ao ver Colin, a escuridão que havia trancado bem dentro de si veio à tona. Todos os dias em que servira na Marinha haviam ajudado a banir essa escuridão.

Tudo o que sabia era que preferia morrer a deixar que algo de ruim acontecesse a Marjorie ou ao menino. E isso significava que precisava colocar suas dúvidas de lado e começar a agir.

CAPÍTULO 15

NA MANHÃ SEGUINTE, o tornozelo de Konnor parecia ainda melhor enquanto descia para o grande salão para comer mingau. Isbeil o examinara na noite anterior e dissera que estava se curando melhor do que esperava. Como suas calças cargo estavam empoeiradas e sujas e sua camiseta cheirava a suor, pediu roupas limpas e foi dar um mergulho no lago, esperando que fosse um substituto bom o suficiente para um banho.

Vestido com calças curtas e uma longa túnica de linho presa com cinto que chegava aos joelhos, se sentia como se estivesse usando uma fantasia para um cenário de filme histórico, exceto que não havia câmeras e nenhum diretor. Konnor ficou com seus sapatos confortáveis de caminhada. Era o único que não usava calçados medievais pontudos. Graças a Deus pelas pequenas alegrias.

Duas duplas de homens lutavam com espadas em um canto do pátio e um som rítmico vinha da ferraria, que ficava do outro lado do pátio. Um burro puxava uma carroça cheia de pedras através dos portões abertos, suas grandes rodas de madeira rangendo tristemente. Em outro canto, os homens construíam o que parecia ser uma mesa de serra: uma construção simples de madeira com pranchas presas em forma de X em cada extremidade e unidas por um grande tronco nas intersecções. Seria usada para prender a madeira enquanto ela era cortada em pedaços.

Ao se aproximar do grande salão, Konnor viu Marjorie entrando pelas portas. Ele não deveria ficar surpreso que ela pudesse fazer com que o simples ato de caminhar parecesse sensual. Seus quadris se moviam sob a túnica em um movimento elegante e felino. Ao contrário das criadas que ele vira andando por ali, Marjorie usava roupas masculinas: uma túnica e calças semelhantes às que ele usava, mas nela, pareciam calças de harém. Diferente de todas as mulheres que já vira, ela também tinha uma espada em seu cinto. Seu cabelo estava preso em uma trança que caía sobre seu ombro e peito, cachos escuros emolduravam seu rosto e balançavam ao vento.

Quando seus olhos se encontraram, os lábios vermelhos dela se separaram e uma pequena expressão de alegria passou pelo seu rosto. Parando a cerca de um passo à frente dele, seu perfume de ervas e frutas o atingiu. A moça parecia estar corando. O pensamento espalhou calor por seu peito e ele precisou se controlar para não acariciar a bochecha ruborizada dela com os nós dos dedos. Na penumbra de um dia nublado, sua pele brilhava como pedra polida contra seu cabelo escuro. Se a Branca de Neve existisse, seria parecida com Marjorie. Ela era a mulher mais bonita que ele já vira.

Os dois se olharam por um momento e ele sentiu um sorriso idiota se espalhar pelo seu rosto.

– Oi – ele disse.

– Bom dia, Konnor. – Ela balançou um pouco a cabeça e mordeu o lábio, como se quisesse impedir que um sorriso surgisse em seu rosto. Então, o examinou e perguntou: – Está se sentindo melhor?

Ele ergueu o tornozelo e moveu o pé. Sentiu dor, mas nada comparado ao que já sentira antes. Dando uma risadinha, disse: – Vou viver.

– Que bom. Você acha que aguenta uma aula de luta com espada hoje?

– Claro.

Marjorie sorriu. – Bem, então, coma alguma coisa e se junte a mim aqui quando estiver pronto. – A moça se afastou e foi em direção aos homens que lutavam.

– Até já.

Konnor nunca devorou uma refeição tão rapidamente como aquela, jogando para dentro colheradas de mingau sem gosto. O salão estava vazio, mas os homens que comiam lançavam olhares curiosos para ele. Uma serviçal, que não tinha visto no castelo ainda, parou para conversar, mas ele conseguiu escapar de suas perguntas curiosas com respostas monossilábicas. Só queria acabar logo com a comida e ir encontrar Marjorie.

Konnor saiu para o dia nublado e foi direto para o pátio. A moça estava conversando com Tamhas e segurava duas varas longas e arredondadas nas mãos, que colocou contra o chão como bastões de esqui.

O guerreiro pairava sobre ela com um sorriso torto no rosto, algo que Konnor reconheceu imediatamente como sendo o sorriso de um homem que se sente atraído pela mulher com quem está conversando, e não gostou nem um pouco. Sentiu uma pontada de ciúme que o fez querer socar o sujeito, contudo, não tinha o direito de fazer isso. Marjorie não era dele, e ele iria embora logo de qualquer maneira. Estaria melhor com um homem de seu tempo.

Enquanto Konnor caminhava, sua doce voz chegou aos seus ouvidos, ressoando direto em seu peito como a vibração de um diapasão. Ela encontrou seu olhar, e tudo em sua vida começou a fazer sentido novamente.

Tamhas olhou para ele com animosidade explícita.

– Konnor – disse quando este veio ficar ao lado de Marjorie. – Ainda não foi.

– Não tenho a intenção de ir até ter certeza de que Marjorie e Colin estão seguros – afirmou ele.

– Existem outras pessoas que podem cuidar disso – retrucou Tamhas.

– Muito bem. – Marjorie ergueu as mãos segurando os bastões de madeira. – Muito bem. Você está pronto para treinar, Konnor?

– Pronto é meu nome do meio, Branca de Neve – brincou ele.

Tamhas foi até o muro e cruzou os braços sobre o peito olhando feio para Konnor.

Marjorie entregou-lhe um dos bastões.

– Quem é Branca de Neve, e por que me chamou dessa forma?

– Porque você me lembra a Branca de Neve.

Konnor sentiu o peso do bastão com a mão direita e depois com a esquerda.

Marjorie posicionou-se ao lado dele.

– Dobre os joelhos assim e sempre os mantenha dobrados. Isso lhe dará flexibilidade.

Quão difícil isso pode ser? Ele pensou em Star Wars e em todos os filmes de ação históricos que vira. Copiando os heróis desses filmes, segurou o bastão verticalmente com as duas mãos perto do ombro direito e dobrou um pouco os joelhos, usando a posição de luta padrão do judô. Marjorie o observou com uma expressão divertida no rosto.

Ela moveu as mãos dele para que segurasse a base do bastão acima do ombro e seu toque enviou uma doce onda elétrica por seus braços. Seus olhos se encontraram, e ele se esqueceu de respirar enquanto afundava no jade pálido de suas íris.

– E quem é a Branca de Neve? – Ela se afastou, embora seus olhos ainda estivessem nele.

Konnor se lembrou do conto de fadas original dos Irmãos Grimm. Sua mãe lhe contara que havia discutido a história em seu clube do livro.

– Ela é uma princesa de um conto de fadas que foi afugentada de seu castelo e acolhida por sete anões. Eles a abrigaram e protegeram de uma bruxa malvada que a perseguia.

A moça engoliu em seco.

– Ah, é mesmo?

– Mas a bruxa a encontrou.

Marjorie piscou e perguntou: – E, então, o que aconteceu?

– A princesa comeu uma maçã envenenada e caiu em um sono profundo. Pensando que estava morta, os anões a colocaram em um caixão de cristal.

Sua expressão era indecifrável.

– Hum.

– Então, apareceu um príncipe – Konnor abaixou a espada, seus braços repentinamente se recusando a cooperar, e murmurou –, e ele a encontrou no caixão de cristal.

Marjorie não disse nada, mas suas bochechas coraram.

– Em seguida, a acordou.

A moça suspirou e balançou a cabeça uma vez.

– E quanto à bruxa malvada?

– O príncipe deu um jeito nela.

Marjorie arqueou uma sobrancelha.

– Certo. Bem, não sei por que o lembro dessa Branca de Neve. Assuma sua posição, Konnor. É hora de treinar.

Rindo, fez o que ela pediu.

– E a propósito – ela agarrou o bastão com as duas mãos e assumiu a posição –, não acho que um príncipe possa acordar alguém que foi envenenado por uma bruxa. Além do mais, o príncipe não deveria lutar as batalhas no lugar de Branca de Neve.

Konnor inclinou a cabeça, estudando-a, fascinado. Ela dobrou os joelhos, assumindo uma postura de lutadora, e olhou para ele por baixo das sobrancelhas.

– O objetivo é cortar o meu pescoço. Ataque.

Sua voz soou como se fosse feita de aço. Cristo, como ela era bonita, esta rainha guerreira, com as costas retas e os braços segurando o bastão perto do ombro. Konnor saltitava sobre os calcanhares para cima e para baixo, ainda tomando cuidado para não colocar muito peso sobre o tornozelo.

Teria cuidado para não machucá-la, é claro. Ficava desconfortável só de pensar em bater nela ou empurrá-la acidentalmente.

Embora tivesse lutado muitas vezes com parceiras do sexo feminino em suas aulas de judô e servido com mulheres no exército, a ideia de machucar Marjorie de qualquer forma era perturbadora.

Avançando com um golpe descendente, e tendo cuidado para não usar toda a sua força, mirou no pescoço dela, conforme instruído, mas ela defendeu o ataque com uma força surpreendente e, depois, fez um movimento circular que ele não viu até que já era tarde demais. Seu bastão caiu no chão.

Uau. Konnor a tinha visto treinar com outros guerreiros. Ela era incrível, mas uma coisa era ver e, outra, era sentir em primeira mão essa linda mulher acabar com ele.

– Pegue a sua espada – disse a moça com um sorriso irônico e satisfeito. – Ataque. Não se contenha. Como pode ver, eu aguento.

Konnor se abaixou e pegou o bastão. Marjorie não era uma flor frágil, era uma Branca de Neve que podia lutar suas próprias batalhas contra o mal.

– Vejo que preciso me cuidar – disse ele, assumindo a posição.

– Venha, ataque – falou ela, recuando vários passos para lhe dar espaço para atacá-la.

Com uma leveza no centro do seu diafragma, como a alegria que se sentia em uma partida de futebol, algo que não acontecia com frequência, ele se aproximou dela. Uma hesitação tomou conta de seus braços ao golpeá-la com o bastão, mas a moça respondeu ao golpe com um contra-ataque forte e preciso. Konnor golpeou-a novamente, e ela desviou. Pela terceira vez, ele a atacou, mas Marjorie se protegeu com a facilidade de um mestre.

A moça era boa.

– Vamos, Konnor! – ela gritou com fervor e um sorriso enorme iluminou seu rosto. – Mais forte.

Ele não conseguiu evitar que um sorriso tomasse conta de seu rosto e ela mordeu o lábio.

– Não acho que já tenha visto você sorrir antes – informou a moça. – Precisamos treinar com mais frequência.

Ele se pegou pensando que, contanto que conseguisse colocar um sorriso daqueles no rosto *dela*, faria qualquer coisa.

Konnor foi para cima dessa vez com um sentimento diferente, pois sabia que ela aguentaria e que era mestre nas armas. Que mulher! Ela já havia passado por muita coisa, e ainda assim, se superara e ganhara mais força e poder do que antes. A experiência não a quebrara e, sim, a moldara como o fogo molda o aço.

Konnor atingiu um estado que costumava atingir no treinamento de judô – quando sua mente tirava um descanso e seu corpo assumia o controle. Eles dançaram pelo pátio, trocando golpes fluidos e conectados. Marjorie o deixou atacar, defendeu, então, o atacou também, fazendo com que recuasse.

Os bastões se chocavam e Marjorie o golpeava sem parar. Esquerda, direita, esquerda, direita. Seu tornozelo doía e os músculos dos ombros queimavam com o exercício. Sem conseguir bloquear dois ataques dela, gemeu quando o bastão acertou suas costelas e, depois, o quadril. Certamente, não estava sendo boazinha com ele.

Konnor recuou tentando se proteger do ataque, mas seu pé enroscou em algo. O tornozelo machucado cedeu com um forte estalo de dor, ele tropeçou e Marjorie se inclinou tentando segurá-lo para que não caísse. Ao tentar evitar a queda, ele a agarrou pela manga e os dois tombaram no chão.

Konnor caiu de costas e Marjorie, com seu corpo quente, macio e agradável, tombou por cima dele. O cheiro floral e almiscarado dela, proveniente do exercício, combinado com seus seios pressionados contra seu peito e as pernas abertas dela, o fizeram endurecer. A moça sentiu, e seus olhos se arregalaram, seus lábios se separaram e suas sobrancelhas se juntaram.

Mas que diabos ele estava fazendo, ficando duro daquele jeito? Não dava a mínima para a reação de ninguém, exceto pela dela. Deve tê-la assustado, provavelmente desencadeando memórias desagradáveis ou algo assim, porém, ela não parecia estar com medo. Seus lábios estavam tão próximos que se ele se inclinasse um centímetro poderia beijá-la.

Na verdade, parecia que ela estava...

Excitada?

A percepção fez com que os olhos dela se arregalassem e o medo cintilou através deles. A moça se afastou, com as bochechas vermelhas e os olhos lacrimejando.

Tamhas estava ao seu lado em um segundo.

– Senhora? – disse ele, posicionando-se entre ela e Konnor. A moça, então, colocou os braços ao redor do corpo.

Konnor se levantou lentamente.

– Não quis lhe causar desconforto.

– Não me sinto muito bem – falou ela. – Talvez seja melhor que continue treinando com Tamhas.

Marjorie se virou e saiu, escapando para a torre. Konnor, impotente, observou sua postura curvada, sentindo-se péssimo. Tamhas o olhou, um rosnado raivoso saindo de sua boca.

– Você a machucou? – ele grunhiu.

– Não – disse Konnor, olhando para a entrada da torre onde ela tinha acabado de desaparecer.

– O que aconteceu? – perguntou Tamhas.

O que aconteceu foi que ele a expôs a algo para a qual ainda não estava pronta. Realmente deveria ficar longe da moça. A última coisa que ela precisava era de um cara ficando com tesão perto dela.

– Devo tê-la machucado, afinal – Konnor murmurou.

Tamhas deu um passo em direção a Konnor e apontou o dedo indicador para ele.

– Você não vai tocar nela novamente.

– Pode acreditar em mim, cara – disse Konnor, pegando o graveto. – Não tenho a menor intenção de fazer isso.

Virando-se para Tamhas, apontou para o bastão de Marjorie no chão.

– Vamos treinar ou não?

Franzindo o cenho para ele, Tamhas pegou o bastão.

– Não vou pegar leve com você.

– Não quero isso mesmo. – Konnor ficou em uma posição de

luta; na verdade, precisava descarregar energia e estava louco para tentar dar uma surra no guerreiro. Finalmente, lutar

de homem para homem.

Enquanto Tamhas vinha para cima dele, atacando vigorosamente, Konnor pensava que ela merecia ser amada e valorizada. Alguém precisava ajudá-la a se curar. Esse homem não era ele, pois não ficaria ali por muito tempo. Voltaria para sua vida real assim que soubesse que ela estava segura.

E até lá, se certificaria de manter distância.

CAPÍTULO 16

MARJORIE OFEGAVA, inclinada na rocha dura e fria da parede.

Ar. Ela precisava de ar. Não era o suficiente, mesmo no alto do muro do castelo, com todo o céu acima, assim como um teto infinito, e o chão bem abaixo.

O que havia acontecido? Um homem ficara excitado por causa dela. Isso era algo natural para uma mulher normal. Mas ela não era normal. Estava danificada e ferida. Ainda estava quebrada.

Ela, a guerreira que havia treinado por anos, ficara assustada.

Tinha sido maravilhoso treinar com Konnor. Ele era um bom parceiro, embora obviamente inexperiente em luta com espadas, mas rir com ele, sorrir ao seu lado e até mesmo respirar o mesmo ar que ele a fizera se sentir viva. Porém, quando a protuberância inconfundível e dura entre as pernas de Konnor pressionara sua barriga, ela perdera o ar.

Não porque ficara indignada ou com medo, mas porque ficara excitada. Algo quente e agradável tomou conta de seu sexo, um lugar que ela só conhecia como fonte de dor e tortura.

E isso foi assustador. Era algo novo, maravilhoso e completamente inesperado. Era esse o sentimento que todas as mulheres normais tinham com um homem? Teria sido um sinal de que estava se curando?

E se fosse, por que tinha sido tão assustador? Por que a esperança se misturara com o pavor em sua alma e apertara seus pulmões como se tivessem encolhido ao tamanho de um novelo de lã?

Ela sabia porquê. Não conseguia confiar em outro homem depois do que Alasdair fizera. Sentia-se suja, manchada, usada como um pedaço de tecido sem valor.

Lágrimas brotaram e caíram pelo seu rosto, deixando rastros. Ela escorregou pela parede até se sentar no chão frio e sujo, então escondeu o rosto entre as palmas das mãos.

Queria ser normal. Queria ser uma mulher comum que pudesse se apaixonar e ser totalmente feliz. Mas como poderia, se no fundo ainda era aquela moça atormentada, desamparada e desesperada que tinha sido abusada?

Konnor estava certo. De certa forma, estava em um caixão de cristal depois de ser envenenada pelo mal, presa em algum lugar entre a morte e o sono. Será que um príncipe poderia realmente acordá-la? Será que Konnor poderia?

– Moça? – veio a voz de Isbeil, e Marjorie ergueu a cabeça.

A mulher parou na entrada da torre, apoiada na pedra dura com uma das mãos. Seus olhos escuros cravaram em Marjorie – os olhos perspicazes de uma curandeira; os olhos carinhosos de uma amiga. Ela era a coisa mais próxima que Marjorie tinha de uma mãe, embora sua madrasta – Domhnall, mãe de Owen e Lena – que morrera alguns anos atrás, tivesse sido solidária e amorosa.

Isbeil e Owen foram as duas pessoas que a ajudaram a se curar depois que ela voltara do Castelo Dunollie.

– Isbeil – ela sussurrou e sentiu seu rosto se retesar quando outra onda de choro a atingiu.

– Está tudo bem, acalme-se – Isbeil a consolou. – Estou indo. Você sabe que não gosto de altura. – A senhora começou a caminhar lentamente em direção a Marjorie, arrastando os pés pelo chão em vez de erguê-los e segurando-se na parede. – O ser humano não foi feito para ficar tão alto acima do solo – a velha murmurou. – Por que você não escolheu chorar em algum lugar dentro do seu quarto, moça? Estou indo. Estou indo. Não se preocupe.

Marjorie observou a mulher baixa se aproximar, o rosto enrugado e rígido de concentração. O vestido marrom simples varria o chão enquanto ela cambaleava sobre as pernas curtas na direção de Marjorie.

Ah! Como Marjorie poderia ficar sentada, chorando e sentindo pena de si mesma quando a velha senhora estava fazendo algo tão difícil por ela? Enxugando as lágrimas apressadamente, levantou-se e correu para a mulher. Marjorie a segurou sob o cotovelo enquanto Isbeil apoiava o punho contra o peito.

– Você está bem, Isbeil? – Marjorie perguntou.

A velha olhou para ela e seu rosto enrugado e envelhecido de repente se iluminou em um largo sorriso banguela, mostrando apenas alguns dentes amarelos remanescentes.

– Sim, moça – falou ela e deu uma batidinha na mão de Marjorie que a sustentava. – Estou bem e você também está. Veja, quando está muito ocupada cuidando dos outros se esquece, de alguma forma, de entregar-se à sua própria tristeza.

Marjorie riu sem vontade.

– Deveria saber que você estava apenas me enganando.

– Não estava lhe enganando, não gosto dessa altura nem um pouco. O que aconteceu? – Isbeil cobriu a mão dela com a sua. – É aquele viajante do tempo?

O rosto de Marjorie se fechou.

– Viajante do tempo? Você não acredita nisso, não é?

A velha inclinou a cabeça para o lado e ergueu o queixo para olhar por trás do merlão.

– Fui às ruínas procurar a rocha que ele mencionou, moça. – Ela olhou atentamente para Marjorie. – Está lá. Plana, grande e com uma marca de mão. Uma impressão em uma rocha como se ela fosse de argila e alguém tivesse colocado a palma nela.

Marjorie soltou a mão de Isbeil.

– Isso não significa que ele viajou no tempo.

A senhora suspirou e apoiou os punhos nos quadris.

– Só isso não, mas eu senti a magia das fadas. Sim, aquele lugar está saturado de magia. É como o cheiro de lavanda. E quando toquei na rocha... O ar mudou como se muitas borboletas invisíveis estivessem batendo suas asas em torno dela. Embora eu não tenha visto a fada, sabia que ela estava lá, talvez me observando por trás de uma árvore.

Marjorie sentiu um arrepio. Será que a velha curandeira havia ficado louca? Não sabia quantos anos Isbeil tinha, mas a velha já era enrugada e idosa desde conseguia se lembrar. Quando crianças, Marjorie, Craig, Owen, Domhnall e Lena se amontoavam perto do braseiro no grande salão para ouvir Isbeil contar-lhes histórias das Highlands. Seus pequenos olhos negros refletiam as chamas laranja enquanto sua boca escura contra a pele parecia couro. Depois de ouvir as histórias, as crianças ficavam com medo de chegar perto do lago por pelo menos um ano, pensando que um *kelpie* pudesse sair da água e os levar.

– Você está achando que fiquei maluca? – Isbeil questionou com um sorriso triste.

Marjorie não respondeu. A velha era da família. Durante toda a sua vida, sempre soube que podia confiar na mulher tanto quanto em si mesma. E embora não acreditasse nas lendas e histórias de fadas e heróis antigos, fora criada ouvindo e absorvendo-as como o leite de sua mãe, juntamente com as narrativas bíblicas.

Algo dentro dela lhe dizia que se Isbeil dissesse que Konnor era um viajante do tempo, ele era, não importava o quão louco isso parecesse. A estranheza da fala dele, suas roupas, as palavras que usara, suas maneiras e até mesmo seu cabelo formaram, de repente, uma imagem completa, e ela soube.

– Não, Isbeil – disse. – Acredito em você.

Ele tinha mesmo viajado no tempo, dissera a verdade. E, de alguma forma, uma louca mistura de esperança e medo em sua alma pendeu para o lado da esperança. Assim, Konnor entrou no círculo muito seguro e protegido de pessoas em quem ela podia confiar com sua alma.

O único problema era que isso significava que, mais cedo ou mais tarde, ele precisaria retornar ao seu tempo e desapareceria da vida dela para sempre.

CAPÍTULO 17

O CORAÇÃO de Marjorie deu um pulo quando alguém entrou no grande salão. Ela olhou por cima do caneco de cerveja, na esperança de ver uma certa pessoa com cabelos castanhos e um par de ombros largos que a faziam ficar com a boca seca. Em vez disso, viu Alpin, um dos guerreiros.

Droga.

Ela não via Konnor desde o treinamento com espada. Onde ele estava? Era hora da refeição da noite e quase todos estavam ali, enchendo o salão com o som de vozes. Sua grande cadeira parecia dura e lisa sob seus dedos, e o ar quente estava abafado pelo grande número de pessoas.

Todos pareciam exaustos, mas diferente de ontem e dos dias anteriores, a atmosfera estava animada. Como se depois de um árduo dia de trabalho, tivessem visto algum progresso. Os olhos dos guerreiros estavam mais brilhantes, os ombros mais retos, o queixo mais erguido. Podiam-se ouvir até risos ocasionais aqui e ali.

Era mais do que Marjorie podia pedir a eles, visto que muitos poderiam morrer defendendo o castelo muito em breve.

Um homem entrou. Sem muleta.

Konnor.

Ele era alto e tão bonito que seu estômago se contraiu e seus joelhos ficaram bambos. Olhando para ela, meneou a cabeça e foi se sentar em uma das mesas com outros guerreiros. Sem falar com ninguém, curvou os ombros sobre uma tigela de ensopado e começou a comer. Marjorie gesticulou para Muir, que sempre ficava de olho nela.

– Chamou-me, senhora?

– Por favor, diga a Konnor para vir comer comigo.

Os olhos dele endureceram, mas não protestou.

– Certo.

O coração de Marjorie batia rápido como as asas de um pássaro em seu peito enquanto Muir caminhava até ele e se inclinava para falar em seu ouvido. Konnor olhou para ela, com a boca em uma linha reta, mas assentiu com a cabeça, se levantou com sua tigela e mancou até lá.

Muir o observou se aproximar e não foi o único. Parecia que todos os pares de olhos no salão estavam sobre eles.

Konnor sentou-se ao lado de Marjorie e a olhou com expectativa, seus olhos impossivelmente azuis um tanto duros.

– Você me queria? – ele perguntou.

Ah, como queria. Ela ansiava por sua presença perto dela como o calor de um fogo nas profundezas escuras e congelantes do inverno. A intensidade do sentimento a assustou e excitou. Nunca quisera estar perto de alguém como queria estar perto dele. Nos poucos dias em que se conheciam, se tornara mais apegada a ele do que jamais fora a qualquer outra pessoa. Como poderia ter passado a se importar tanto com alguém em tão poucos dias? E o que isso significava?

Apesar de tudo, não conseguia se distanciar dele.

– Sim. – Ela pigarreou. – Quer uma bebida?

Ele assentiu com a cabeça e a moça despejou um pouco de *uisge* de uma jarra em um caneco vazio próximo. Konnor inclinou a cabeça em agradecimento e bebeu o conteúdo do copo. Então, fez uma careta.

– Humm. – Ele olhou para o caneco em dúvida. – De novo o *moonshine*.

Marjorie escondeu um sorriso.

– Conversei com Isbeil. Ela foi até a antiga fortaleza para ver a rocha por si mesma. Disse que a encontrou e acredita em sua história sobre atravessar o tempo.

Konnor ergueu uma sobrancelha e recostou-se.

– É mesmo? E você?

Marjorie endireitou os ombros.

– Eu também. Isbeil nunca esteve errada na vida. Ela sabe dessas coisas, sobre magia e tal.

– Quer dizer que não havia acreditado em mim antes?

– Não. Não completamente.

– Mas acredita nela?

– Sim.

Marjorie queria acrescentar que sentia muito, mas se conteve. Não lhe devia desculpas por suspeitar que ele poderia ser uma ameaça, mas adorara o vislumbre de confiança que surgira entre eles depois de ele tê-la salvado dos MacDougalls, e queria mantê-lo.

Konnor suspirou e colocou mais *uisge* em seu caneco, um pequeno sorriso surgindo em seus lábios.

– Olha, eu não a culpo. Também não teria acreditado se alguém me falasse sobre viagem no tempo.

Um alívio a percorreu.

– Mas agora, quero saber tudo sobre o seu mundo. Fale-me sobre o futuro. – Ansiosa para ouvir as histórias, se aproximou da beirada da cadeira e cruzou as mãos sobre a mesa.

Ele riu.

– O que quer saber?

– Tudo. As palavras que você mencionou, hospital, telefone, ambulância... Como as pessoas vivem? O que elas comem? Bebem? Como se vestem?

Ele se inclinou para mais perto dela, e a moça se moveu em direção a ele também.

– Tenho algo muito importante a dizer – falou ele e ergueu o caneco. – Vocês, escoceses, fazem um uísque muito melhor do que este na minha época.

Ele bebeu o conteúdo do recipiente e gemeu.

– *Uísque?*

– Bem, não é como esse *moonshine* no futuro, posso lhe afirmar. A bebida é requintada. Suponho que seja preciso algumas centenas de anos para que vocês possam aperfeiçoá-lo.

– Que bom que gosta de uma bebida escocesa. – Ela acenou com a mão. – O que mais?

– Existem máquinas enormes – Konnor se aproximou ainda mais e seu cheiro a atingiu –, chamadas de aviões que voam no ar. Elas transportam pessoas através do oceano em questão de horas.

A cabeça de Marjorie girou. Máquinas? Oceanos? Aviões? O que são todas essas coisas?

– Você está me dizendo que as pessoas podem voar? – ela o questionou.

– Com a ajuda da tecnologia, sim.

A pele de Marjorie se arrepiou. Ela imaginou algo como um dragão das histórias e pessoas sentadas em suas costas. Sim, essa seria uma maneira rápida de viajar.

– O que mais? – disse, movendo-se um centímetro mais para perto dele.

– Um hospital é onde os doentes são tratados. Eles curaram muitas doenças que vocês têm agora, e as pessoas vivem muito mais no futuro. Os idosos têm seus quadris substituídos por quadris artificiais feitos de metal. Morrer durante o parto não é uma ameaça tão grande quanto no seu tempo, o que é uma benção. Órgãos que não funcionam também podem ser substituídos.

O barulho no grande salão desapareceu. Ela parou de enxergar qualquer outra pessoa ali. Existia apenas Konnor sentado diante dela, e aquelas imagens que ele criava em sua cabeça. Marjorie ouvia com a boca aberta, a imaginação correndo solta. Tudo parecia uma grande feitiçaria sendo amplamente aceita e praticada. Colin adoraria ver isso tudo.

– As pessoas no futuro desenvolveram habilidades mágicas?

Konnor riu baixinho e balançou a cabeça. Marjorie sorriu junto com ele. Ele tinha o sorriso mais lindo do mundo. Seus dentes eram muito brancos, e covinhas que não podiam ser vistas em seu rosto geralmente severo se formavam em suas bochechas.

– Desculpe, não estou rindo de você – afirmou ele. – É que foi adorável vê-la dizer que é mágica.

Ela não tinha se ofendido. Não achara que ele estava rindo dela. Konnor estendeu a mão e roçou os nós dos dedos na bochecha dela. O toque fez sua pele formigar.

– Realmente parece feitiçaria – disse ele –, mas não é. É ciência. Tecnologia. O mundo se desenvolveu muito desde então.

Ele olhou em volta e Marjorie pigarreou, subitamente ciente de que estava sentada perto demais dele. Suas cabeças estavam praticamente se tocando.

Ela se afastou, lamentando ter que interromper o momento mágico.

– E quanto às casas? Cavalos? Ou as pessoas voam para todos os lugares no seu tempo?

– Não, em vez de cavalos, temos carros. Eles são como suas carroças. Como carrinhos com teto e volante. Eles andam rápido, de noventa a cento e trinta quilômetros por hora, e tornam mais fácil ir de um lugar para outro.

Marjorie deu uma risadinha.

– Mas isso não é bruxaria? Um carrinho que se move sozinho?

Ele riu também, e ela o acompanhou.

– Você precisa ver por si mesma – afirmou.

O sorriso de Marjorie se apagou. Realmente adoraria ver toda essa magia. Seria mesmo possível?

– Seria uma pessoa de sorte se algum dia tivesse a oportunidade.

– Bem, sou sortudo por ter visto a sua época. Quando eu voltar...

De repente, o bom humor também sumiu do rosto dele.

– O que vai fazer então? – ela questionou.

– Ninguém vai acreditar em mim se eu contar – ele disse e deu uma risadinha.

Marjorie engoliu em seco, sua perna tremendo sob a mesa.

– Você tem uma esposa? Filhos?

A boca dele formou um sorriso triste e ele olhou para baixo.

– Não.

– Ah.

Uma alegria surgiu dentro dela por Konnor não ter esposa nem filhos, mas havia uma tensão na voz dele que dizia que havia algo mais nessa história.

– Por que não? Você é um bom homem... Forte e capaz...

E bonito, teimoso e tão doce.

Konnor a olhou e ela pôde ver que seus escudos haviam sido erguidos, mas havia desejo e uma dor infinita em seus olhos.

– Não quero infligir minhas trevas em nenhuma mulher ou criança.

Marjorie respirou fundo, estudando-o, tentando entender do que estava falando. Konnor desviou o olhar, e quando encontrou os olhos dela novamente, seus escudos haviam se fechado.

– Não importa – falou ele. – Mas talvez você fique feliz em saber que as mulheres têm direitos iguais aos dos homens. Elas trabalham, ganham dinheiro, podem escolher se querem ter filhos ou não. Existe um excelente controle de natalidade.

As bochechas de Marjorie ficaram ruborizadas.

– Você quer dizer que as mulheres podem não engravidar depois de...

Ele olhou para ela com os olhos escuros.

– Isso mesmo.

– Você faz a vida no futuro parecer tão boa.

– É uma vida bastante conveniente, mas também temos problemas.

Marjorie passou o dedo por um entalhe na mesa. Realmente gostaria de ver tudo isso por si mesma. Claro que era impossível.

– Você me deu muito com que sonhar à noite, Konnor – disse ela.

Seus olhos se encontraram e a garganta dela secou.

– Acredite, você também me deu muito com que sonhar.

Marjorie deu uma risadinha. Konnor estava mais relaxado do que nunca e ela não se sentia à vontade assim há muito tempo. Era como se estivessem em sua própria ilhota e ninguém mais existisse.

– Diga-me – falou a moça suavemente –, quando você disse que não queria infligir suas trevas em uma mulher, o que quis dizer com isso?

O rosto de Konnor se fechou e o casulo invisível ao redor deles ameaçou se quebrar.

– Eu...

Mas ela não podia recuar agora.

– Por favor, Konnor, posso sentir o peso em seus ombros. Eu lhe contei a pior coisa que aconteceu comigo, algo de que tenho vergonha e que me quebrou. Quase me quebrou. – Disse aproximando a mão da dele, sem a tocar. – Também quero conhecer as suas trevas.

Ele franziu a testa, angústia aparecendo em seu rosto. Marjorie encontrou coragem, estendeu o braço e cobriu a mão dele com a sua.

– Você vai me contar?

A boca de Konnor curvou-se torta para baixo e ele continuou olhando para ela, obviamente dividido.

– Adoraria lhe contar, Marjorie, mas não posso. Você nunca mais vai me olhar com admiração em seus olhos.

A moça balançou a cabeça.

– Não me importo. Quero a verdade. Feia, monstruosa, devastadora. Conte-me o pior.

Respirando fundo, assentiu com a cabeça. Então, pegou a jarra com *uisge,* dois canecos e se levantou.

–Venha, vamos dar uma volta.

CAPÍTULO 18

Eles subiram as escadas do muro do castelo, Konnor tentando não prestar atenção no traseiro de Marjorie balançando de um lado para o outro diante dele. Uma vez no muro, a moça pediu às duas sentinelas que fossem para a outra torre, dizendo que ela e Konnor ficariam ali de guarda.

O sol estava se pondo atrás das montanhas do outro lado do lago, dando às águas um brilho dourado, rosa e roxo, as montanhas formando apenas um contorno preto. O ar resfriou a pele de Konnor e o vento trouxe o aroma da água do lago. Ele respirou o cheiro de grama, árvores e flores. Isso sempre o lembraria de Marjorie, a rainha guerreira Highlander do passado.

Parado ao lado do parapeito, encostou-se no merlão, sentindo as pedras frias sob as mãos. Seu tornozelo doía um pouco agora, mas parecia muito melhor. Ainda assim, evitou colocar peso sobre ele. Precisaria de toda a sua força para a batalha.

Ele olhou para Marjorie, que estava ao seu lado, com seu cabelo exuberante caindo em cascata pelos ombros e costas, a mais leve brisa brincando com os fios. Ela se virou e encontrou seu olhar, e um pequeno sorriso apareceu em seus lábios. O vento fez cair uma mecha de cabelo em seu rosto, e Konnor teve vontade de estender a mão e afastá-la.

Em vez disso, colocou um pouco de *moonshine* em seus canecos. Para uma bebida caseira, esta era excelente, mas sentia falta do bom uísque escocês do século XXI.

– Saúde! – Konnor brindou e bebeu o líquido que desceu por sua garganta deixando um agradável rastro de queimação.

Será que realmente iria contar a ela? Havia decidido lá embaixo, no grande salão, que faria isso, mas embora Marjorie tivesse dito que queria saber seu segredo mais sombrio, duvidava que o aceitasse.

Quando ela descobrisse que Konnor carregava as trevas de que ela tinha tanto medo, ele não iria suportar o olhar de horror e aversão no rosto dela.

Ainda assim, queria contar. A necessidade incomodava e doía como uma ferida em sua alma. A moça lhe contara seu trauma mais profundo, e ele queria fazer o mesmo. Queria dar tudo a ela, ser tudo para ela. Queria poder tirar a sua dor e fazê-la se sentir segura para ajudá-la a ver o quão verdadeiramente poderosa e magnífica era, esta mulher highlander medieval com os olhos mais lindos que já vira.

– Conte-me, Konnor – pediu a moça.

Ele respirou fundo o ar doce e começou.

– Quando eu tinha seis anos, meu pai morreu, deixando minha mãe e eu sozinhos.

Uma profunda tristeza tomou conta do rosto de Marjorie.

– Sinto muito, sei como é.

Eles se olharam por um longo momento, algo os conectando mais profundamente do que nunca.

– Sua mãe? – ele perguntou.

– Sim. Minha mãe morreu antes que eu pudesse me lembrar dela. Meu pai se casou novamente logo depois com uma doce mulher chamada Christina, a mãe de Owen, Domhnall e Lena.

Então, ela tinha uma madrasta também... Konnor nunca tinha falado sobre isso com ninguém, não de verdade, não com a possibilidade de se conectar com as pessoas por meio disso. Na escola, fora um garoto taciturno que preferia resolver os problemas com violência e mau comportamento. Era problemático e certamente estava a caminho da prisão. Essa tinha sido a sua maneira de lidar com a situação violenta em casa, aquela que ele não conseguira mudar.

Foi só quando sua mãe o fez entrar para o time de futebol, aos 12 anos, que aprendeu a canalizar essa violência no esporte. Até se tornara capitão do time, não por sua habilidade de fazer amigos, mas por suas habilidades no futebol.

Konnor brincava com o caneco em suas mãos.

– Então, você tem um bom relacionamento com ela?

– Sim. Ela foi minha segunda mãe.

Konnor franziu os lábios.

– Foi?

– Ela morreu.

– Sinto muito.

– Obrigada.

– Mas fico feliz em saber que você teve um bom relacionamento com ela. Deus sabe que já teve traumas suficientes em sua vida. Eu não tive tanta sorte. Minha mãe se casou novamente dois anos após a morte do meu pai, com um cara chamado Jerry. Mudamos para a casa dele logo depois e, cerca de uma semana mais tarde, ele começou a... – sua garganta se contraiu.

Konnor nunca dissera as palavras em voz alta, nem mesmo para sua mãe. Evitavam falar sobre Jerry, mas ele estava lá, entre eles, invisível e onipresente.

Konnor engoliu o que parecia ser uma pedra presa em sua garganta. – Ele batia nela – disse cuspindo as palavras.

Com esforço, olhou para Marjorie. Os cílios dela tremeram e duas linhas apertadas se formaram ao redor de sua boca.

– Eu tinha oito anos – continuou Konnor –, e o assisti agindo assim, incapaz de fazer qualquer coisa a respeito.

– Seu padrasto batia em você também? – ela perguntou sem emoção na voz, embora seus olhos estivessem úmidos e brilhassem com uma mistura de raiva, compaixão e dor sem fim.

– Sim, mas muitas vezes minha mãe acabava apanhando no meu lugar.

Uma lágrima rolou pela bochecha dela.

– Konnor... – ela murmurou com a voz engasgada.

Como seu nome podia soar tanto como uma oração? Como podia ressoar em seu peito como o doloroso estalo de um trovão?

Seus olhos se encheram de lágrimas e ele as afastou. Porém, tarde demais. A emoção, a compaixão dela, o fato de estar falando sobre o maior trauma de sua vida pela primeira vez... tudo isso enfraqueceu suas defesas, liberando os fantasmas do passado.

Lágrimas rolaram em uma onda de memórias enfurecidas e devastadoras, arrastando todas as emoções e deixando um vazio dentro dele.

– É por isso que preciso voltar para ela.

– Ah! – A moça mordeu o lábio com uma expressão triste no rosto. Será que não queria que ele fosse embora?

– Eu não pude protegê-la naquela época, Marjorie – explicou ele como se sentisse necessidade de se justificar. – Preciso protegê-la agora – Konnor murmurou.

– Sim. Claro, você precisa cuidar de sua mãe.

Ela era um anjo por dizer isso, mas Konnor ainda sentia que precisava explicar, fazê-la entender.

– Tentei protegê-la dele na época. Uma vez. A primeira vez.

Lágrimas queimavam seus olhos e ele apertou a ponta do nariz, desejando que não rolassem.

Ela colocou a mão quente, pesada e calmante em seu ombro.

– Você era um menino de oito anos... – Marjorie disse. – O que poderia ter feito?

– Alguma coisa. Deveria ter chamado a polícia.

Ela não replicou e ele a olhou. Certo, a moça tinha aquela expressão confusa no rosto. A moça não sabia quem era a polícia.

– Eles são responsáveis pela aplicação da lei. Garantem que haja ordem e que as pessoas sigam a lei.

– Ah, sim. Precisamos de pessoas desse tipo. O chefe pune quem infringe a lei, rouba ou mata.

– Minha mãe me disse para não os chamar – explicou ele. – Disse-me que era apenas uma fase, que Jerry não estava bem, mas que ficaria melhor. Quando eu cresci, percebi que era porque precisávamos do dinheiro. Ela vendera nossa casa quando nos mudamos para a casa de Jerry e minha mãe havia largado o emprego. Tinha dado a ele todas as nossas economias.

– O pai dela ou os irmãos não poderiam ajudar?

– Não havia ninguém. – Konnor suspirou, se afastou do merlão e passou os dedos pelo cabelo. – Só a irmã dela, Tabitha, mas acho que nunca soube. Não até que Jerry morreu e minha mãe começou a terapia.

– Terapia?

Ele olhou para ela.

– Cura da alma – falou ele suavemente. – É assim que minha mãe a chama.

Marjorie assentiu e deu um pequeno gole em seu *uisge*.

– Sim, é necessário. Não sei se teria conseguido sem meu irmão Owen e Isbeil. Foram os dois que ajudaram minha alma a se curar. E Colin, é claro.

– Como você se sentiu ao descobrir que estava esperando o filho do seu agressor? Não deve ter sido fácil.

Marjorie franziu os lábios e eles ficaram vermelhos contra sua pele cor de alabastro.

– Não foi. – Ela abaixou a cabeça e suas bochechas ficaram vermelhas. – Eu odiava aquela criança que crescia dentro de mim. Os pensamentos que tive sobre ela enquanto estava em meu ventre, tenho vergonha deles. Pensamentos maus, desejando o pior... Coisas abomináveis.

A pele de Konnor se arrepiou. Não conseguia imaginar Marjorie desejando mal a ninguém, muito menos ao próprio filho.

– Contudo, quando colocaram aquele bebê em meus braços, e eu olhei em seus olhos pela primeira vez, tudo aquilo desapareceu como um pesadelo ao acordar. Percebi que não havia nada nele além de bondade. Vi que era um presente de Deus, que não tinha nada em comum com o pai malvado e que nunca teria, contanto que eu pudesse fazer algo a respeito. Precisei me reerguer e começar a viver, mas tive um bom motivo para fazer isso, graças ao meu filho.

O sorriso mais doce se espalhou por seus lábios.

– Colin é a razão de eu ser uma guerreira e não um fantasma se escondendo do mundo em minha torre.

O peito de Konnor se apertou. Como seria amar uma criança assim? Ele nunca saberia. Será que era sequer capaz de amar dessa maneira?

– Ele é um ótimo garoto – afirmou.

– Verdade, Colin é uma criança incrível.

Konnor suspirou e deu um grande sorriso.

– Mas, Konnor, se estava com medo de me contar que você e sua mãe foram espancados e abusados pelo seu padrasto, não precisava se preocupar.

Ele cerrou a mandíbula e engoliu em seco.

– Não é dessa treva que eu estava falando.

A leveza do momento tornaria mais fácil o que ele estava prestes a dizer. Konnor encontrou os olhos dela e bebeu o resto do *moonshine*. A angústia em seu peito diminuiu um pouco e Marjorie o olhou com compaixão e carinho. Estava tão perto que podia sentir seu cheiro, aquele que reconheceria em uma multidão. A moça se importava com ele e queria conhecer suas trevas.

Ah, maldição.

Seria esta a última vez que ela iria querer ficar perto dele? Será que voltaria a falar com ele? Mas não havia caminho de volta, precisava contar a verdade. Sua respiração ficou presa na garganta e seu estômago se apertou como se estivesse prestes a pular em um precipício.

Marjorie, não me odeie.

– Eu o matei, Marjorie.

Ela ficou sem expressão. Konnor esperava que a moça arfasse

em choque, chorasse ou, então, arregalasse os olhos de horror.

Não, ela estava completamente imóvel, parada como as águas do lago. O silêncio pairou entre eles. Apenas grilos estridulavam e folhas farfalharam suavemente nas árvores. Um leve zumbido de vozes podia ser ouvido no grande salão.

Um medo o percorreu e seu corpo estremeceu. Estava feito, tinha estragado tudo. Não deveria se importar, pois nunca houvera a chance de uma vida juntos para eles de qualquer maneira. Mas, droga, sentia algo por essa mulher encantadora. Que tudo vá para o inferno.

– Você me odeia? – Konnor perguntou.

– Se eu odeio você? – A voz dela saiu áspera. – Não, claro que não. Craig também matou Alasdair. Se não o tivesse feito, e eu tivesse forças para isso, faria eu mesma.

Konnor suspirou, um alívio percorrendo suas veias. Mas talvez fosse apenas porque ela não percebera o que isso significava.

– Aguentei as surras dele por dez anos. Uma noite, quando eu tinha dezoito anos, percebi que não precisava mais aguentar isso, podia lutar de volta e algo se partiu dentro de mim. Um ódio inimaginável que eu nutrira por tanto tempo tomou conta de mim e fiquei cego de raiva. Eu o empurrei contra a parede e bati nele até que minhas mãos ficaram escorregadias de sangue.

O rosto de Marjorie estava imóvel como uma pedra.

– Olhei para minhas mãos ensanguentadas, para o rosto transfigurado dele e me odiei. – Konnor fechou os olhos, querendo engolir as próximas palavras, lamentando ter dito isso tudo em voz alta. – Eu me tornei *ele*.

O silêncio pairou sobre eles, espesso e palpável, como uma parede invisível. Planetas poderiam ter nascido e morrido nos segundos que se passaram.

E, então, ela interrompeu o silêncio com uma única palavra.

– Jamais.

– Ele não foi o primeiro homem em quem eu bati. Fiquei violento depois que minha mãe se casou com ele, mesmo quando criança, da idade de Colin. Se eu não tivesse entrado no futebol, que é um esporte de equipe, teria continuado entrando em brigas e roubando coisas. Depois, me alistei na Marinha. Sempre quis fazer isso, porque meu pai tinha sido fuzileiro naval.

Ele engoliu o nó doloroso que havia se formado em sua garganta.

– Como fuzileiro naval, não hesitei em matar pessoas, Marjorie.

– Meu avô, meu pai, meu tio e meus irmãos também não. – Ela engoliu em seco. – Eu também não vou hesitar quando os MacDougalls vierem. Este é o caminho de um guerreiro.

– Mas...

– Você já ergueu a mão para uma mulher ou uma criança?

– Não.

– Então, você não tem nada em comum com seu padrasto.

Konnor soltou o ar tremulamente. As palavras dela foram como um bálsamo fresco em uma ferida de queimadura.

– Enojado com o que eu tinha feito e com medo de acabar com a vida dele, saí de casa – disse Konnor. – Ele estava vivo quando saí. Mais tarde, descobri que conseguiu chegar até o carro e tentou dirigir, provavelmente para ir ao hospital. Mas no caminho, um outro carro bateu contra o dele e Jerry morreu. – Seu estômago deu um nó. – Se eu não tivesse batido nele ou se o tivesse levado para o hospital, poderia estar vivo hoje.

As palavras e a culpa o queimavam como ácido.

– Acredito que foi o destino que nos uniu – disse ela. – Compartilhamos dessa escuridão, dessa experiência com a violência. Talvez por essa sua relação com uma mulher que foi abusada, você foi o primeiro homem com quem me senti segura, além de meus irmãos.

Ela colocou a mão no peito dele e o coração de Konnor bateu forte. Marjorie pensava nele como um irmão? Seus ombros caíram de decepção. Queria que ela pensasse nele como um homem; porém, se sentia segura com ele e era isso que importava.

– Você me faz querer ter uma vida normal.

A moça se aproximou de forma que seus quadris e estômagos se tocaram. Konnor afundou nas profundezas de seus olhos levemente puxados. No crepúsculo, eles tinham a cor de uma floresta depois da chuva, o que o fez perder o fôlego, hipnotizado por sua magia e mistério.

– Você me faz querer amar alguém – ela sussurrou –, e beijar alguém.

O sangue de Konnor ferveu.

– Você quer me beijar?

Ela soltou o ar.

– Sim, muito.

Konnor ergueu a mão e segurou o rosto quente e macio dela.

– Eu quis fazer isso desde o primeiro momento que a vi.

Os olhos dela brilharam de empolgação, antecipação e desejo.

Lentamente, para lhe dar a chance de recuar se mudasse de ideia, ele se inclinou na direção dela sem quebrar o contato visual. Então, gentilmente, cobriu-lhe os lábios.

O beijo foi dado com tanta suavidade que ele pensou que fosse enlouquecer. Ela cheirava a campo florido, vento e liberdade. Konnor tocou seus lábios suavemente, então repetiu o movimento. A boca sedosa e quente dela, além de seu cheiro, fizeram a cabeça dele girar e seu sangue ferver.

Marjorie deu um gemido doce quase inaudível.

Caramba.

Konnor passou os braços em volta dela, trazendo-a para mais perto e pressionando seus lábios com mais força. Ela não se afastou. Na verdade, colocou os braços em volta do pescoço dele. Konnor passou a língua por seus lábios e ela os abriu.

Com um gemido, mergulhou nas profundezas da boca dela, até encontrar sua língua, tocá-la e brincar com ela. A moça tinha um gosto mágico, uma mistura de *uisge* e sua própria doçura.

Ela respondeu enquanto ele a provocava, mas então, de repente, se afastou, deixando-o de mãos vazias e com um frio se espalhando por seu corpo.

CAPÍTULO 19

MARJORIE OFEGOU. Seu coração batia como um exército de tambores celtas. Suas bochechas ardiam de calor e seus seios doíam de desejo. Uma leve brisa esfriou seu rosto, e ela inalou o ar avidamente, esperando que isso a acalmasse.

Que bruxaria era essa? Será que um beijo poderia causar isso?

Sim, poderia. E o pior era que ela queria mais. Onde estava o medo que esperava sentir? Agora, havia apenas curiosidade, admiração e desejo.

– Foi demais? – perguntou Konnor.

Em seus olhos escuros, podia-se ver uma mistura de desejo e preocupação. Seu corpo estava rígido sem saber o que fazer. Ele parecia querer dar um passo em direção a ela e tomá-la em seus braços, mas se conteve.

– Eu... – Marjorie suspirou. – Não sei. Sim, foi demais, mas também não foi o suficiente.

– Você nunca tinha sido beijada antes? – Konnor quis saber.

– Não dessa forma. – Ela se virou e encostou as costas no merlão. – Antes de Dunollie, eu já tinha beijado duas vezes, mas nada parecido com isso. E então, Alasdair...

Os beijos dele deixavam sangue e seu toque hematomas. Konnor trouxera cura, admiração e magia.

Ele estava em pé ao lado dela, de forma que seus ombros se tocavam. Mesmo através de sua túnica, podia sentir o calor emanando dele como uma fornalha – ou talvez fosse ela. O toque causou uma onda de arrepios em seu braço. Ela podia sentir o adorável perfume dele em seu nariz e sua voz profunda parecia acariciá-la... Marjorie colocou a palma da mão contra o merlão de pedra para se acalmar.

– Desculpe, não quis ser tão dramática – disse ela. – Mas é difícil. Não sei o que pensar. Achei que, quando um homem me tocasse, só conseguiria sentir dor.

Konnor se virou para ela e segurou seu rosto com a palma da mão grande e áspera.

– Você não tem ideia do quanto eu gostaria de matar o monstro que fez isso com você.

Ela se apoiou na palma da mão dele e fechou os olhos, apreciando o toque caloroso.

– Seu corpo foi feito para se deleitar sob o toque de um homem que a ama e a idolatra.

Marjorie deixou que as palavras a banhassem por um longo e doce momento. Um homem que a *amasse*... a *idolatrasse*...

Não, isso não seria possível depois de Alasdair. Estaria contaminada para sempre. Impura. Estragada pelo mal. Nenhum homem iria querer juntar sua vida à dela – e ela, por sua vez, jamais aprisionaria alguém em um casamento com uma esposa indigna e covarde.

Escudos invisíveis se ergueram ao redor de seu coração, escondendo-o em um casulo de ferro. Estranho, sequer tinha percebido que os havia abaixado com Konnor.

E ainda mais estranho era que ela não queria erguê-los novamente enquanto estivesse perto dele. Seu corpo realmente se deleitava sob seu toque.

– Konnor, você é muito gentil comigo, mas não acho que algum homem iria querer isso.

Seu olhar, de um profundo azul, a capturou.

– Você não tem ideia de como está errada.

Marjorie ficou imóvel em resposta ao desejo que sentiu em sua voz e a parede inteira que havia erguido em volta de seu coração ameaçou desmoronar com a possibilidade do que ele estava insinuando... Que a felicidade era real, que alguém poderia realmente amá-la.

Konnor?

Seus escudos se ergueram novamente, espalhando um frio pelo seu peito. Ela queria acreditar, queria ver um futuro em que existissem doces beijos, no qual as noites não fossem cheias de solidão e dor, mas sim de calor, alegria e amor. Um em que Konnor estaria ao seu lado todos os dias e no qual ela se sentiria corajosa, segura e protegida.

Mas Alasdair lhe ensinara uma lição que jamais esqueceria.

Além disso, Konnor deixara bem claro que precisava voltar para cuidar de sua mãe. Como ela se sentiria se Colin um dia desaparecesse sem lhe dizer uma palavra?

– É tarde, Konnor. – Ela se desencostou do muro. – É melhor eu ir dormir, e você também. Deixe sua perna se curar. Amanhã, continuaremos praticando com as espadas. Eu gostaria de treiná-lo, mas se preferir treinar com Tamhas, tudo bem.

Konnor abriu a boca para dizer algo, mas decidiu ficar quieto. Então, a olhou e deu um sorriso suave e carinhoso.

– Você está certa, Marjorie. E eu só vou treinar com você, pelo tempo que me quiser.

No dia seguinte, Marjorie observou Konnor se aproximar ao sair da torre. Sua respiração ficou presa na garganta e sua boca secou enquanto admirava seu bíceps protuberante, o peitoral largo e rígido e o abdômen duro delineado pela túnica de linho fina que o vento pressionava contra sua pele.

Ele a pegou olhando enquanto caminhava, e o dia sombrio e cinza ficou mais claro ao seu redor, as cores tornaram-se vivas e os sons se distanciaram, substituídos pelas batidas fortes de seu coração.

Marjorie percebeu que a barba por fazer dele estava ficando mais escura e longa no queixo, e com o cabelo preso na nuca, parecia um homem de sua época de túnica e calças curtas, mesmo com seus sapatos grandes.

Ele parecia um senhor poderoso, com seu físico forte, suas costas retas, postura orgulhosa e olhar escuro, o olhar de um homem que já vira a morte e o mundo. A maneira como olhava para ela fazia seus ossos derreterem e seu sangue ferver.

A moça ficou imaginando como seria a vida dele em seu tempo. Como era sua casa? Como era aquela carruagem de ferro enfeitiçada que ele dirigia?

Percebeu, então, que Konnor a deixaria em breve. Logo, voltaria para seu mundo futuro com todas aquelas coisas mágicas. Ele tinha alguém que precisava dele lá. Não pertencia a essa época, mas como ela odiava esse pensamento!

Ele parou diante dela, e um sorriso lento se formou em seus lábios.

– Bom dia, Marjorie – disse, e os joelhos dela vacilaram.

– Bom dia para você também, Konnor – ela respondeu e lhe entregou o bastão de treinamento. Quando o pegou, seus dedos se tocaram, enviando uma onda elétrica agradável através de seu corpo.

– Pronto?

Konnor segurou o bastão com as duas mãos, assim como ela o ensinara.

– Pronto para acabar com você, moça.

Marjorie forçou os cantos de sua boca a permanecerem abaixados, embora as palavras dele lhe trouxessem uma estranha sensação de euforia, como a liberdade de um vento suave movendo-se pelas colinas verde-púrpura das Highlands.

Ela também assumiu a posição.

– Desta vez – falou –, tente me surpreender.

Inclinando a cabeça em resposta, deu três passos em direção a ela e abaixou o bastão em um movimento forte, mirando sua cabeça. Com rapidez, a moça desviou o golpe e Konnor tentou do outro lado. O pátio se encheu de um ruído rítmico de madeira.

Seus olhos se encontraram e ele tentou um golpe lateral que ela desviou, mas, então, Konnor iniciou uma onda de ataques. A moça deslizou para trás enquanto ele avançava. Konnor não estava mal para um segundo dia de treinamento, Marjorie se pegou pensando. Ao contrário de outros iniciantes, os movimentos dele tinham força e graça. Os rapazes inexperientes normalmente mantinham os joelhos esticados, mas os dele estavam dobrados, permitindo-lhe se mover com facilidade e reagir rapidamente. Seus ombros estavam eretos e ele mantinha o equilíbrio.

Talvez, no final do dia, ela pudesse começar a treiná-lo com espadas de verdade e até mesmo dar-lhe um escudo. A força de seus golpes reverberou em seus braços e ombros, fazendo os músculos dela doerem fortemente.

Clang, clang, clang, soavam os bastões.

Tum, tum, tum, soava seu coração.

Konnor deu um passo à frente, e ela deu um passo atrás, a dança transformado os dois em um só. Esse pensamento nunca lhe cruzara a mente durante todos os seus anos de treinamento, não com nenhum de seus companheiros de treino. Como seria ser um só com ele, como uma mulher e um homem, sem espadas, sem bastões de madeira e sem roupas?

O beijo da noite anterior invadiu sua mente. Os lábios quentes e macios dele contra os seus lhe fizera derreter. A língua de Konnor havia sondado, provocado e brincado com a dela, e seus braços fortes a tinham envolvido sem prendê-la. Eles a tinham protegido.

Excitado.

Adorado...

Um golpe forte acertou seu ombro.

– Ai! – ela gritou e uma onda de irritação consigo mesma a percorreu.

Ele parou e colocou o bastão voltado para baixo.

– Tudo ok? – Konnor perguntou.

Essa palavra estranha do futuro... Tudo *ok*. Provavelmente queria saber se ela estava bem. Seu ombro doía, mas era seu orgulho que estava mais ferido. Marjorie era a mestre aqui e, ainda assim, deixara seu aluno distraí-la com um beijo. A moça cerrou a mandíbula e segurou o bastão com força.

Com um golpe rápido como um relâmpago, perfurou o ar bem na frente do coração dele, indo direto para as costelas. Konnor, então, ergueu o braço para desviar o ataque.

– Defenda-se! – Ela cerrou os dentes enquanto girava para dar outro golpe forte.

Enquanto seus bastões se chocavam, prometeu a si mesma que não daria nenhuma moleza a ele e que também não se distrairia mais com as doces memórias da noite anterior. Ela era uma guerreira antes de tudo. Isso não era uma dança e ele não a estava cortejando.

Era uma guerra, e o objetivo era treinar outro guerreiro que a ajudaria a proteger seu filho e seu castelo. Nada mais do que isso. Não importava como era bom estar com ele nem quão doce era o ar enquanto o homem estava por perto.

Era melhor proteger seu coração, pois se Konnor sobrevivesse à batalha contra os MacDougalls, a deixaria e voltaria para seu tempo, e a ideia de perdê-lo fazia seu coração doer.

CAPÍTULO 20

O SOL ESTAVA se pondo sobre as colinas do outro lado do lago quando Konnor foi nadar. Os dois haviam treinado praticamente o dia todo. Depois de bater nela acidentalmente, a moça decidiu não lhe dar moleza e, no final, acabara encharcado de suor. Mais tarde, haviam começado a treinar com espadas de verdade. Vê-la com uma nas mãos fora uma experiência e tanto. Marjorie usava seu cérebro e seu corpo para lutar, com movimentos precisos, golpes calculados e manobras enganosas. A combinação era impressionante.

Depois de nadar, Konnor lavou a túnica e as calças que usara para treinar e agora as carregava sob o braço enquanto voltava para o castelo. Ele estava sem camisa e usava as calças limpas que uma serviçal lhe dera. Era bom sentir essa sensação de limpeza em seu corpo. Seus músculos estavam agradavelmente doloridos, como sempre acontecia após um bom exercício. Especialmente depois de um com Marjorie. Ele adoraria treinar assim com ela todos os dias.

A leve brisa causava uma sensação agradável em seu torso nu. Konnor tentava ignorar a dor aguda que sentia quando se apoiava na perna machucada. Seu tornozelo ficaria bem, já sofrera ferimentos piores.

Ele respirou fundo o ar puro e fresco. Não havia nenhum rastro de avião no céu, nada de poluição, nenhum saco plástico ou garrafa de água nadando no lago. O castelo estava a trezentos metros de distância, e Konnor viu, com satisfação, que a pilha de entulho que antes havia contra o muro já não existia mais. Os homens estavam colocando estacas afiadas no solo sob a torre norte, assim como sugerira. No alto do muro, uma mistura de pregos de ferro e madeira e até mesmo facas de cozinha estavam sendo presas à parede.

Isso o fez se sentir muito melhor quanto às chances de sobreviverem ao cerco, embora ainda não houvesse sinal do inimigo.

Os homens na base da muralha moviam-se lentamente, visivelmente cansados após um dia inteiro de trabalho pesado. Eles paravam de vez em quando, apoiando-se nas pás e enxugando o suor da testa, sem dúvida sonhando com o jantar depois de um dia honesto de trabalho, assim como Konnor estava. Sim, jantar na companhia de Marjorie e um caneco de cerveja gelada era tudo o que queria agora.

Fazia pouco tempo que não via a moça – provavelmente menos de uma hora havia se passado –, mas já sentia sua falta. Uma dor incômoda em seu peito ao ver o castelo surgiu em seu coração. O que Marjorie estaria fazendo agora?

Caramba. Nunca tinha pensado tanto em uma mulher quanto pensava nela. Parecia que, desde que a conhecera, tinha se fortalecido e mudado de alguma forma. Konnor havia lhe confidenciado sobre Jerry, sobre o que fizera com ele, e mesmo assim a moça o aceitara, sem sequer gritar de horror. Até mesmo o beijara...

Parecia que Marjorie tinha enchido o seu peito com um turbilhão de luz, alegria e gratidão. Ele estava tão cheio desses sentimentos que seu coração estava prestes a se abrir como uma melancia madura.

O que isso significava?

Estava ferrado, era isso que significava.

Estava perdido, tinha se esquecido de sua promessa de não se apegar e não se envolver emocionalmente. Um medo gelou seus ossos. Não estava se apaixonando por ela, ou será que estava?

Enquanto caminhava, viu um pequeno punhado de avelãs verdes cercadas por folhas pontudas caídas no chão. Quando seu pai estava vivo, os dois costumavam brincar de jogar futebol no quintal. Foi assim que o gosto de Konnor pelo esporte começou. Depois que seu pai morreu, nunca mais tocara em uma bola de futebol. Sentia tanto a falta do pai, que brincar de bola era muito doloroso. Mas enquanto esperava pelo ônibus escolar, fazia embaixadinha com pinhas ou cachos de avelã para ocupar o tempo. Mais tarde, quando Jerry começou a destruir a vida de Konnor e de sua mãe, o futebol parou de ser doloroso.

Jogar tornou-se a salvação. Uma fuga. Uma maneira de se sentir mais perto de seu pai. Talvez fosse por isso que se tornara tão bom e chegara a capitão do time. O mesmo acontecera com a carreira de fuzileiro naval.

Ele parou diante de um cacho de avelã e o chutou, sorrindo para si mesmo. Mesmo aqui, setecentos anos atrás, sentia que seu pai cuidava dele.

Continuou chutando o cacho sem perceber o quão perto havia chegado do castelo. Já estava na frente dos portões quando Marjorie e Colin apareceram. O coração de Konnor deu um salto ao vê-la. Seus olhos se encontraram e se conectaram. A moça lhe deu um leve aceno e ele acenou de volta.

Marjorie percebeu seu torso nu, piscou e corou. Se ele pudesse, mostraria a ela o quanto gostaria de pressioná-la contra seu corpo, pele contra pele, senti-la nua e tremendo contra si. Mas não podia. Konnor engoliu em seco e vestiu a túnica limpa. Marjorie desviou o olhar.

Uma imagem lhe veio à mente – ela o observando voltar de uma caçada, com o rosto radiante de alegria, amor e felicidade, Colin e talvez uma ou duas outras crianças com grandes sorrisos ao seu lado. Uma rotina diária normal, pessoas que se importavam com ele, que dependiam dele.

Uma família.

Uma família? Quem ele queria enganar? Não tinha ideia do que era uma vida diária normal. Sabia que não queria ser como Jerry e que não queria uma família como aquela em que crescera. Mesmo quando seu pai estava vivo, ele ficava mais tempo fora em serviço do em casa, e Konnor só tinha algumas poucas lembranças dele. Então, o que poderia oferecer a uma mulher com um filho de onze anos?

Absolutamente nada.

Mesmo se tentasse, nunca poderia permanecer ali. Sua mãe precisava dele e seu negócio estava esperando por ele. Em que tipo de fantasia estava vivendo?

Essa besteira de abrir o coração e a alegria em seu peito eram apenas uma ilusão.

Konnor chutou o cacho de avelã para cima, dominou com o joelho e o pegou. Marjorie e Colin pararam, esperando que ele se aproximasse. O menino olhou para ele com uma expressão desconfiada.

Marjorie estava atrás do garoto. Ela tinha trocado de roupa e usava um vestido simples da cor de urze com um bordado branco no peito. Seu cabelo estava preso em dois coques, um de cada lado da cabeça, e decorado com fitas brancas tecidas pelo cabelo. Parecia uma nobre senhora medieval de um conto de fadas. Apesar da aparência mais feminina do que quando vestia calça e túnica, tinha uma adaga no cinto em volta da cintura fina.

Estava de tirar o fôlego.

Konnor precisou se controlar para não ficar de joelhos e jurar lealdade a ela como um maldito cavaleiro. Estava perdendo a cabeça. Normalmente, Marjorie se vestia assim para o jantar, mas estava especialmente bonita esta noite.

– É alguma ocasião especial? – indagou ele enquanto se aproximava.

A moça pareceu corar ainda mais.

– Não. Normalmente, não uso calças, Konnor. É assim que me visto todos os dias e o trabalho de hoje já está feito. – Ela lançou um olhar cauteloso para Colin. – Mas é bom me sentir normal, especialmente com o perigo pairando sobre nós.

Colin cruzou os braços sobre o peito e piscou várias vezes, olhando para algum lugar atrás das costas de Konnor. Este seguiu seu olhar, mas não viu nada, apenas os bosques e as colinas gramadas ao longo da costa do Lago Awe. O menino parecia ansioso, um tanto ofegante e tinha o rosto pálido.

Provavelmente ficara mais abalado com a tentativa de sequestro do que imaginava. Konnor fixou os olhos em Marjorie e acenou com a cabeça em compreensão.

– Claro, precisamos nos sentir normais.

– Viu, está tudo calmo. Não tenha medo, querido – disse Marjorie. – Enquanto estiver comigo, com Konnor e com todos esses homens, ninguém vai levar você.

Colin ergueu o queixo, embora ainda estivesse pálido.

– Não estou com medo, mãe.

Konnor acenou com a cabeça. O menino precisava de uma distração e talvez até de um pouco de diversão.

– Ei, garoto, você quer aprender um jogo?

Os olhos do menino brilharam.

– Um jogo?

– Sim, chama-se futebol.

– Futebol?

– Sim, é um jogo típico de onde eu venho.

Os olhos do garoto ardiam de curiosidade.

– Um jogo?

Konnor olhou para Marjorie. De alguma forma, tê-la por perto fazia com que se sentisse menos estranho com o menino. Além disso, falar sobre futebol era algo que o fazia se sentir bem.

– Não tem problema – falou ela. – Normalmente, Colin não tem permissão para sair do castelo, mas você está aqui, eu estou aqui, e meus homens estão construindo as estacas aqui perto, então, acho que é seguro. Pode mostrar a ele.

Konnor deu uma risadinha.

– Certo. Olha, Colin, o futebol normalmente é jogado com

dois times de onze pessoas cada, mas mesmo duas pessoas sozinhas podem jogar. Dá para ser até mesmo uma só, às vezes. Precisamos de uma bola para isso, mas, se não tivermos uma, um cacho de avelã serve.

Konnor olhou para Marjorie.

– Você quer jogar?

A moça deu uma risadinha.

– Eu?

– Claro, se quiser.

– Gostaria de aprender os jogos do futuro. – Seus olhos brilharam.

Colin olhou para ele com olhos arregalados.

– Do futuro?

Marjorie mordeu o lábio.

– Não deveria ter dito nada, não é mesmo? – Ela suspirou. – Colin, filho, você precisa manter isso em segredo, certo?

Colin acenou com a cabeça.

– Juro pela minha vida, mãe.

Marjorie se abaixou para ficar na frente dele, pegou as mãos do menino e o intestino de Konnor se retorceu com a lembrança que lhe veio à mente. Quantas vezes sua mãe se ajoelhara na sua frente para ficar no mesmo nível dos seus olhos quando queria acalmá-lo ou dizer algo importante, ou para fazê-lo perceber que ela o compreendia? Contudo, geralmente era para lhe dar uma ilusão após a outra. *"Jerry vai mudar. Isso acabará em breve. Precisamos apenas deixá-lo se curar e voltar à razão. Ele vai parar, só precisamos ser pacientes. Jerry não está bem."*

– Konnor é um viajante do tempo – contou ela. – Ele foi enviado a esse tempo por uma fada das Highlands.

– Sìneag – disse Konnor sem pensar.

As sobrancelhas de Colin se ergueram.

– Uma fada das Highlands?

– Sim – Konnor murmurou. – Eu nasci... ou melhor, vou nascer, quase setecentos anos no futuro.

– Setecentos? – Colin repetiu com uma expressão de espanto.

Konnor se perguntou como seu jovem cérebro reagiria ao conhecer alguém do ano de 2700. Teria adorado a ideia de algo assim quando tinha a idade de Colin.

– Sim – repetiu como um idiota.

O olhar do menino o examinou de cima a baixo, e ele se sentiu desconfortável.

– Mãe, você tem certeza? – o garoto perguntou. – Pensei que fadas não existissem.

– Aparentemente, existem – disse ela. – O que você acha disso?

– Acho... acho que gostaria de ver o futuro. Do que são feitas as espadas, Konnor? Os castelos são feitos de ouro? Ou vidro? O Rei Robert de Bruce venceu?

Konnor deu uma risadinha.

– Sim, Bruce venceu a guerra e alguns castelos são feitos de vidro, embora tenham uma aparência bem diferente. Alguns são mais altos do que aquela árvore. – Ele apontou para a árvore mais alta do bosque próximo, um pinheiro. – O ouro continua sendo muito valioso.

– Conte a ele sobre as carruagens que andam sozinhas – pediu Marjorie.

– Sim. Existem carruagens que andam sozinhas, sem a necessidade de cavalos.

Colin olhou para ele.

– Elas são movidas à magia?

– Não, à engenharia.

– O que é engenharia?

Konnor riu. Pelo menos o menino não o odiava e parecia estar gostando da conversa.

– Bem, ela explica como as coisas funcionam. O que faz uma flecha disparar de um arco ou como fazer uma roda girar melhor e permitir que um carrinho se mova mais rápido. Ou como projetar um barco ou uma vela para que pegue mais vento.

Colin olhou para o lago.

– Como você pega mais vento?

– Não sei, mas os engenheiros da minha época sabem.

– P-posso ver o futuro também? Mãe, posso?

Marjorie franziu os lábios.

– Sinto muito, querido, também gostaria de ver todas essas maravilhas, mas não podemos. Nossa vida é aqui.

E ele pertencia ao século XXI. Essa era a triste realidade.

Konnor bateu palmas uma vez.

– Bom, quem está pronto para jogar um jogo do futuro?

– Eu! – Colin gritou.

Marjorie riu e sua risada foi como um sino tocando. Konnor desejou podê-la fazer rir assim todos os dias.

– Eu também.

A risada dela foi contagiante, e a empolgação combinada dos dois fez uma alegria brotar no peito dele.

– Ótimo. Marjorie, você vai ser a goleira. Fique aqui. – Ele caminhou até um ponto entre dois arbustos com cerca de 1.5 metro de distância entre eles. – Este vai ser o gol. – Então, ergueu o cacho com quatro avelãs. – Isso vai ser a bola. Colin, precisamos chutar isso para o gol. Marjorie, proteja a entrada do gol, tente desviar a bola e não a deixe passar. Contaremos quem consegue marcar mais gols e essa pessoa vence. Porém, você só pode usar os pés e a cabeça, não pode tocar na bola com as mãos. Entendeu?

Colin assentiu com entusiasmo.

– Sim.

Konnor colocou o cacho de avelã no chão, se posicionou e chutou para a goleira improvisada. Marjorie deu um passo na direção do cacho de avelã, mas já era tarde demais e ele passou voando pelo gol.

Konnor ergueu os braços e correu triunfante.

– *Isso!*

Marjorie e Colin o observaram com diversão no rosto.

– Bom, então, é um ponto para mim – disse ele. – Colin, é a sua vez agora.

Colin sorriu. Marjorie jogou o cacho para ele, que o pegou e colocou no chão. O menino chutou, mas errou.

– Não tem problema – falou Konnor e se aproximou. – Tente novamente.

Colin apontou seu sapato para o cacho e chutou novamente, mas desta vez apenas arranhou a superfície do cacho que rolou na diagonal. Droga. A coisa era pequena demais para sapatos de bico fino.

– É muito pequeno, precisamos é de uma bola maior – disse Konnor demonstrando o tamanho com as mãos.

– Uma bola? Onde podemos conseguir uma?

Uma ideia lhe veio à mente. Era ridículo que estivesse se divertindo tanto com isso. Talvez não fosse tão ruim com crianças. Colin estava mais animado e parecia ter se esquecido dos sequestradores.

– Podemos fazer uma. – Contudo, o que poderia usar para isso? Konnor coçou o queixo. – Acho que o mais fácil seria pegar um punhado de feno e enrolá-lo com uma ou duas camadas de corda de cânhamo, como um novelo de lã, para segurá-lo. Mais tarde, posso ajudá-lo a fazer uma bola de verdade. O que você acha, amigo?

Colin olhou para Marjorie.

– Mãe, você se importa se eu fizer uma bola de futebol com Konnor?

Os olhos de Marjorie se encontraram com os dele. Havia tanta gratidão e luz neles que o deixou sem fôlego.

– Claro que não me importo, querido.

CAPÍTULO 21

A BOLA de feno funcionou super bem e, embora Marjorie tivesse que ir inspecionar o trabalho do dia enquanto ainda havia luz, Konnor e Colin se divertiram muito jogando fora do castelo. O garoto estava claramente feliz por estar além dos muros do castelo por um tempo, e Konnor se sentiu honrado por Marjorie ter lhe confiado a segurança do menino.

Assim que o sol se pôs e o céu ficou azul-escuro misturado com laranja e vermelho, Colin começou a se cansar. Konnor levou o menino de volta para o castelo e os dois comeram juntos no grande salão, onde o mais velho lhe contou mais sobre o futuro: os carros, os barcos e os aviões.

Infelizmente, logo voltaria ao seu tempo, e o menino precisaria ficar ali. Ao falar do século XXI, pensou novamente em sua mãe, e a preocupação fez seu estômago revirar. Ela está bem, disse a si mesmo. Está ótima. Ainda tem dinheiro e pessoas para cuidar dela caso algo dê errado.

A melhor coisa a fazer era se manter ocupado e se preparar para o ataque, melhorando suas habilidades de luta com espada e ajudando nas fortificações do castelo.

Na manhã seguinte, depois de um café da manhã de mingau, Konnor saiu das muralhas do castelo para ver se podia ajudar a fixar as estacas no chão. Cerca de dez homens trabalhavam lá, incluindo Muir e Tamhas.

Malcolm estava mostrando a um homem como cortar a ponta afiada da estaca. Lascas de madeira branca caíam sob a lâmina do machado, saturando o ar com o cheiro de madeira fresca.

Konnor parou ao lado de Malcolm.

– Você precisa de um par extra de mãos?

Malcolm o examinou, avaliando.

– Sim, rapaz. Sempre. – O guerreiro apontou com a cabeça para Tamhas e Muir, que estavam cavando buracos no solo, na base do muro norte. – Você pode colocar as estacas que estão prontas nos buracos. Muir pode ajudar. – Malcolm apontou para a pilha de longas estacas de madeira que se encontravam nas proximidades.

– Claro – disse ele.

Muir se aproximou e o cumprimentou com um breve aceno de cabeça, então, pegaram a pesada estaca juntos. Os dois homens a colocaram sobre os ombros e a carregaram até a trincheira onde outras estacas já haviam sido fixadas.

Tamhas tinha acabado de cavar um buraco e, ao ver o forasteiro, franziu o cenho e suas narinas dilataram.

– Abaixamos no três – disse Konnor. – Um, dois, três.

Colocando a ponta da estaca no buraco, ele e Muir a seguraram em um ângulo de quarenta e cinco graus enquanto Tamhas jogava terra sobre a ponta enfiada no buraco.

– Eu vi você jogando algo com Colin e a senhora – Tamhas rosnou enquanto colocava a terra. – Não ouse chegar muito perto dela.

– Tamhas, meu rapaz, acalme-se – pediu Muir.

– Não me venha com esse ar de superioridade, Muir – ralhou ele por cima do ombro. – Não vou ficar parado e assistir este estranho ferir nossa senhora e Colin.

– A última coisa que eu quero é feri-la – Konnor disse por entre os dentes, seus bíceps queimando com o peso da estaca –, ou a seu filho.

– Bem, isso é o que nós vamos ver. – Tamhas esfaqueou o solo com a pá e depois jogou terra para dentro do buraco.

– Trabalhe mais rápido – ralhou Muir. – Esta estaca não é uma pena. Você já fez isso antes, Konnor? Como soube como melhorar as fortificações?

O rapaz pigarreou. Embora Colin e Isbeil soubessem que ele era de outra época, tinha certeza de que não era uma boa ideia contar a todos. Eles não queimavam bruxas e coisas assim na Idade Média?

– Não, é apenas bom senso. Lutei pelo meu país, então conheço táticas militares.

– E que país é esse? – questionou Tamhas.

Droga. Ele não deveria ter dito isso.

– Duvido que você conheça, fica muito longe.

Tamhas jogou outra pazada de terra.

– Você não acha que conheço outros reinos? Também sou um Cambel, por parte de minha mãe. Fui criado com Marjorie e seus irmãos e educado pelos monges, assim como Craig, Owen e Domhnall. Sei ler e escrever.

O tronco pressionava o peito de Konnor, tornando sua respiração difícil. Ele trocou de posição para mover um pouco o peso.

– Nunca disse que você não sabia. Fica no oeste. Ninguém o conhece.

– O que há no oeste, na verdade? – Muir gemeu. O peso o estava afetando também.

– A Irlanda – respondeu Tamhas. – Você é um *gallowglass*?

O que diabos era um *gallowglass*? Ele esperava que fosse algum tipo de guerreiro.

– Claro – disse ele. – Sou.

– Ah, faz sentido. Eles são brutais. Os MacLeods não fornecem *gallowglasses* à Irlanda? – comentou Muir.

– Eu digo que ele é um mentiroso – retrucou Tamhas.

– Ah, pare com isso – falou Muir. – O rapaz salvou Colin quando os MacDougalls entraram em seu quarto. E ele estava ferido. Tenho bom senso o suficiente para saber que tê-lo ao nosso lado é uma vantagem. Você aprendeu a lutar assim na Irlanda?

Konnor pigarreou.

– Não. Um mestre de judô veio ensinar a arte chinesa de combate. Foi assim que aprendi.

Muir assentiu lentamente, considerando a informação.

– Não basta usar apenas os punhos, cotovelos e joelhos?

– Na verdade, basta – confirmou Konnor. – Só que são usados de forma diferente.

Tamhas jogou a última pazada de terra e colocou um pedaço de madeira sob a estaca para sustentá-la no ângulo correto. Konnor e Muir soltaram o objeto e o primeiro sentiu um alívio em seu braço enquanto o sangue voltava para suas mãos.

– Próxima estaca – Muir disse e caminhou até a pilha.

Konnor se virou para se juntar a ele quando Tamhas o segurou pelo ombro. Seus olhos brilhavam com uma ameaça contida.

– Fique longe dela, seu maldito.

Um acesso de raiva tomou conta de Konnor.

– Não me provoque.

Talvez Tamhas tenha visto algo nos olhos de Konnor, porque sua expressão se tornou desafiadora.

– Não provocar você? – ele debochou. – E o que acontece se eu fizer isso?

O guerreiro empurrou o ombro de Konnor, que ficou cego de raiva. *Calma,* disse para si mesmo. *Você não é mais um colegial. Você sabe como lidar com isso. Lembre-se do que fez com Jerry...*

Mas uma fúria queimava dentro dele, fazendo com que quisesse muito dar um soco na cara de Tamhas. Então, lembrou-se do seu padrasto, do rosto ensanguentado e inchado dele, do olho completamente fechado e o nariz quebrado. Tudo aquilo causado pelas suas próprias mãos.

Não, ele precisava ser mais forte do que o jovem que perdera o controle. Mais forte do que Jerry.

– Vá para o inferno – falou Konnor cuspindo as palavras à

medida que se virava para seguir Muir. Contudo, Tamhas o deteve.

– Não me importo se o próprio Robert de Bruce o treinou. Fique longe de Marjorie, forasteiro. Vejo como ela olha para você e como o garoto está animado. Você vai morrer na batalha ou vai embora logo de qualquer maneira e eu terei que juntar os pedaços do seu coração. Ela já desmoronou uma vez e mal conseguiu se levantar. Não faça Marjorie passar por isso de novo, está me ouvindo?

Tamhas removeu a mão e se afastou. Konnor ficou em estado de estupor, sentindo uma dor no coração. Percebeu que o homem estava certo. Iria embora mais cedo ou mais tarde e a machucaria quando partisse... Surpreendentemente, desta vez, também sairia machucado.

E talvez nunca se recuperasse.

CAPÍTULO 22

NAQUELA NOITE, depois do jantar, Konnor acompanhou Marjorie até seu quarto. Ela permaneceu diante da porta, imaginando... esperando... procurando por um beijo.

Eles tinham tido um dia maravilhoso ontem. Não via Colin tão empolgado há muito tempo. Konnor conseguira animá-lo com o futebol, o jogo do futuro, e ele não parara de jogar desde então.

Hoje, após a refeição do meio-dia, ela havia treinado com Konnor novamente pelo resto da tarde. Ele era... Ah Jesus, como fazia seu coração cantar. Como aquela cena a fazia desejar o impossível – que Konnor ficasse, que pudesse pertencer ao seu tempo, que jogasse futebol assim com Colin todos os dias. Não seria uma maravilha?

Os olhos dele brilhavam como um céu noturno sem fim à luz bruxuleante da tocha. Seu pomo de adão movia-se para cima e para baixo enquanto engolia e seu olhar estava fixo nos lábios dela. Ele fazia seus braços parecerem macios e quentes, e seus joelhos ficarem bambos só de olhar para ela.

– Boa noite, Marjorie – Konnor murmurou.

– Acho que não consigo dormir sem um beijo de boa noite – ela sussurrou, surpresa com a própria audácia.

Então, sem esperar por ele, deu um passo à frente e o beijou.

Ela o beijou!

Konnor a apertou com mais força contra ele, como se estivesse se afogando e a moça fosse sua última esperança. Seus lábios a instigaram mais do que na noite anterior, sua língua lhe provocando um desejo doce e agudo. Marjorie perdeu todo o senso de tempo e espaço.

Só ele existia – seu corpo duro e quente sob as palmas de suas mãos, seus lábios, sua língua e aquele cheiro masculino evidente.

Foi Konnor quem interrompeu o beijo desta vez, mas não a soltou. Em vez disso, pressionou sua testa contra a dela e respirou.

– Se eu não parar agora – ele murmurou –, não vou querer parar nunca mais, Marjorie.

Então não pare, ela queria dizer, mas seus escudos se ergueram novamente, esfriando seus sentidos. Ah, ela queria esmagá-los e deixá-los explodir em pedacinhos, como uma xícara de vidro.

Contudo, esses escudos a haviam protegido de toda dor, sem falhar, por doze anos, e ela não conseguia se imaginar vivendo com o coração tão exposto e vulnerável, porque independentemente de quanto desejasse que Konnor ficasse, ele não ficaria.

– Sim, é melhor – concordou e deu um passo para trás. Ele a olhou com um olhar intenso e pesado. – Boa noite, Konnor.

Naquela noite, Marjorie não teve pesadelos de que estava sendo perseguida e que um homem forte e escuro a prendia. Não, em vez disso, sonhou com lábios quentes e gentis, braços fortes que a protegiam e com uma vida feliz de casada que nunca teria.

No dia seguinte, Konnor parecia muito melhor. Ainda mancava, mas disse que o exercício tinha sido bom para sua perna. Eles treinaram até a refeição do meio-dia e, depois, ele foi ajudar a martelar as pontas afiadas no muro norte. Só o fato de estar perto dele fazia o sol brilhar mais forte e o ar parecer mais fresco. Isso lhe causava uma sensação estranha, como um bando de estorninhos se lançando para o céu.

Mais tarde naquela noite, quando caminhavam juntos em direção à torre, pensamentos sombrios surgiram em sua mente. Quando os MacDougalls atacariam? Konnor sobreviveria? Ela precisava ficar de olho nele durante a batalha. Se ele sobrevivesse e eles ganhassem, quando a deixaria?

Mais cedo ou mais tarde, o faria. Um frio penetrou em seu corpo e fez seus membros gelarem. O que esperava? Konnor nunca prometera ficar com ela para sempre, tinha deixado uma vida para atrás, no futuro. Sua mãe precisava dele e Marjorie tinha que ficar ali. Também havia seu povo em quem pensar, mas estaria sozinha e pensaria nele todos os dias.

Uma chuva quente de verão caía sobre o castelo, fazendo o cheiro de terra úmida pairar no ar. O pátio estava escuro, exceto por algumas tochas nas paredes. O zumbido distante de vozes vinha do grande salão, onde as pessoas ainda estavam jantando.

– Por que você nunca se casou? – ela perguntou.

Konnor parou em seu caminho e se virou para olhá-la com uma carranca.

– Por que quer saber?

– É só... – Ela exalou, tentando segurar as lágrimas que se acumulavam em seus olhos. – Eu nunca me casarei.

O rosto dele escureceu.

– Queria que parasse com isso. Você é o sonho de todo homem. Linda, forte, gentil e inteligente.

Konnor pegou a mão dela, fazendo-a esquentar com o calor de sua pele, e colocou os dedos dela contra seus lábios. Um doce arrepio a percorreu.

– Mas ninguém iria me querer depois de... Você sabe.

– Qualquer homem com olhos e cérebro iria querê-la. E aqueles que não quiserem, não a merecem de qualquer maneira, está me ouvindo?

Ela soltou o ar e acenou com a cabeça. As palavras dele eram como um bálsamo em sua alma dilacerada.

Konnor suspirou.

– A verdade é que não sei o que é ser um bom marido ou um

bom pai. O amor romântico é uma mentira, uma ilusão que só leva à mágoa. Minha mãe amava meu pai e ele morreu. Ela amava Jerry, e ele abusava dela. E depois de toda a violência que já vi e de todas as coisas que fiz, não acho que um homem como eu deva se casar ou se tornar pai.

Marjorie balançou a cabeça.

– Um homem como você? Um homem de honra, corajoso e gentil? Um homem inteligente e educado com experiência militar? Você seria um ótimo pai e marido, mesmo sem ter tido um bom exemplo.

Um homem que derretera seu coração como o sol derretia a cera...

Marjorie abriu a boca para lhe dizer que não se importava, nem um pouco, quando ouviu pés batendo contra a terra do pátio.

– Senhora! Senhora! – Malcolm gritou.

Ela se virou.

– O que foi?

– Os MacDougalls. Eles estão a caminho. Os rapazes enviaram o sinal.

As costas de Marjorie começaram a suar frio.

– De onde?

– Sul, senhora. Na virada para Kinnavar.

Marjorie soltou o ar suavemente e acenou com a cabeça.

– Não estão muito distantes.

Tão perto... Tão perto de Colin! Dela... Seu corpo inteiro começou a tremer.

– Os rapazes estão voltando? Precisamos começar os preparativos para o cerco. Chame todos...

– Espere – disse Konnor. – Eles estão se preparando para dormir durante a noite e provavelmente vão atacar amanhã, certo?

– Sim.

Konnor segurou os ombros dela e olhou em seus olhos.

– Sendo assim, devemos pegá-los de surpresa. Ataque agora, no escuro.

Atacar à noite? Ela podia ver a lógica de sua proposta, mas tremia de medo por dentro. Era fraca demais para lutar contra guerreiros de verdade. As paredes do castelo a protegeriam.

– Eu sei o que está pensando – falou Konnor. – Posso ver em seus olhos, mas você está errada. As paredes só vão atrasá-los. O elemento surpresa é que vai nos fazer ganhar essa batalha. – Konnor olhou para Malcolm. – Você sabe quantos homens eles trouxeram?

– Não, porém os rapazes que estavam fazendo o reconhecimento nos dirão.

– Mas quantos você acha? – Konnor indagou.

– Cem, pelo menos. É de quantos eles precisam para um cerco.

– Isso é o dobro dos homens que temos. Marjorie, você os tem preparado e treinado, está mais do que pronta. Precisamos atacar agora. Surpreenda-os.

– Mas nós estivemos preparando o castelo todo esse tempo...

– E os muros a manterão segura aqui. Eu irei com seus guerreiros para surpreender o inimigo. Sei que você é uma valente guerreira e tenho certeza de que pode derrubar qualquer MacDougall tolo o suficiente para chegar perto, mas morrerei antes de deixar que alguém a machuque. Juro.

Deixá-los ir sem ela? Certamente era mais forte do que isso, não era?

Mas a ideia de enfrentar os MacDougalls a céu aberto deixava sua pele arrepiada. Ela se lembrou de braços duros como pedra ao redor de sua cintura, de lutar desesperadamente para se soltar e da dura anca do cavalo contra sua barriga. O corpo inteiro de Marjorie gelou. E se acontecer de novo?

Pior – e se acontecer com Colin?

O estômago de Marjorie se contraiu e ela balançou a cabeça.

– Mas não posso deixar meus homens... Você mal consegue segurar uma espada!

– Marjorie – Konnor falou –, eu posso fazer isso. Esta é nossa melhor chance. Eles não esperam um ataque, então, vamos passar por eles como uma faca cortando manteiga.

Ele segurou o rosto dela com as duas mãos.

– Vou pegar alguns de seus homens e atacar os MacDougalls esta noite, antes que eles cheguem ao castelo. Dessa forma, os números deles ficarão reduzidos. Talvez possamos até fazê-los recuar.

Ela começou a chorar, as lágrimas caíam mais rápidas e grossas do que a chuva.

– Não. Não posso permitir que arrisque sua vida por mim. Preciso estar lá também.

Precisava ser forte. Depois de todos aqueles anos de treinamento, não podia ficar sentada atrás das muralhas novamente. Tinha que ser forte. Se era para se vingar, tinha que fazer ela mesma.

– Você precisa ficar aqui, Marjorie – disse Konnor, sua voz dura como o aço. – A sua segurança é prioridade. A sua e a de Colin. Não vou permitir que sofra nenhum tipo de violência... Não vou deixar que os MacDougall toquem em um fio de cabelo seu de novo. Está me ouvindo?

Seria tão fácil apenas dizer sim, deixá-lo lutar a sua batalha. Dizer a si mesma que precisava pensar em Colin, que ainda havia preparativos a serem feitos aqui no castelo, estacas a serem preparadas e colocadas no lugar, espadas a serem afiadas.

Tomando seu silêncio como concordância, Konnor se inclinou e a beijou – um beijo rápido em seus lábios.

Então, virou-se para Malcolm.

– Vamos. Escolha seus melhores homens. Iremos assim que todos estiverem prontos.

Ela os observou sair e seu coração começou a bater em disparada. O que estava fazendo? Precisava dizer a eles que estava indo junto. Deveria pegar sua espada, colocar a armadura e, finalmente, derramar o sangue do inimigo, mas os muros eram familiares e seguros. Além do mais, ao pensar em mãos a agarrando, um pânico tomou conta de seu corpo todo.

Não, ficaria aqui. Pelo menos estaria segura.

Ela observou Malcolm reunir os homens, cerca de vinte deles. Os guerreiros se juntaram na escuridão do pátio noturno, na chuva, com suas espadas e as pequenas correntes de suas cotas de malha brilhando fracamente à luz das tochas. Malcolm dava instruções e os homens o ouviam com atenção. Assim como Konnor.

Marjorie ficou parada no muro olhando para eles, o coração batendo forte. *Covarde. Covarde. Covarde.* Esses homens iriam arriscar suas vidas por ela e por Colin. Konnor também.

Konnor! Que não era de seu clã, ou mesmo de seu tempo.

Tamhas apareceu ao seu lado, a chuva pingando de sua barba escassa.

– É uma estratégia inteligente, senhora – disse ele. – Estou feliz que não vai com eles. Vou ficar com você e me certificar de que fique segura.

Marjorie cerrou os dentes, quase os sentindo esfarelar. Queria dizer que não precisava da proteção dele.

Os portões se abriram e os homens saíram na escuridão da noite. Konnor ergueu os olhos e, mesmo no escuro, seus olhares se encontraram. Uma onda passou por ela – ternura, calor, desejo. Ele tocou a testa com o indicador e o dedo médio, fazendo um breve gesto para a frente com a mão... Parecia algum tipo de saudação militar, provavelmente do futuro. Ou um adeus, talvez.

Tamhas continuou falando sobre sua segurança, proteção, bem-estar do Colin, lealdade e algumas outras coisas que nem sequer conseguia registrar em sua mente. Ela observou a silhueta de Konnor ficar cada vez mais longe até que desapareceu completamente na escuridão, bem como as dos outros homens.

– Eu sei que está impressionada com ele, mas eu estive com você durante toda a sua vida. Morrerei por você, senhora. Eu a conheço desde que éramos crianças...

Marjorie continuou olhando para a noite. Não sabia quanto tempo se passara, mas parecia que a conversa de Tamhas havia durado uma eternidade. E se nunca mais os visse? E se tivesse acabado de enviar Konnor, Malcolm, Muir e quase duas dúzias de homens para a morte?

O que estava fazendo?

Estava se permitindo ser fraca. Mais uma vez, era a moça que havia sido agredida, espancada e quebrada, embora todos os dias, durante os últimos doze anos, tivesse lutado consigo mesma – por si mesma. Lutara por sua honra e por sua vida.

E o mais importante, lutara pela esperança.

Nunca havia sentido um desespero tão profundo como quando fora prisioneira no castelo dos MacDougalls. Quando começara a treinar, não tinha percebido, mas cada vez que girava sua espada e imaginava um inimigo, lutava por seu futuro. Pela esperança de recuperar a garota que havia sido antes do pesadelo que a mudara.

E agora, se ficasse sentada esperando e deixasse que os outros lutassem a sua batalha, não teria nenhuma chance de isso acontecer. Nunca seria a guerreira forte que queria ser, não seria um bom exemplo para Colin e jamais teria esperança de um futuro melhor – não apenas para ela, mas para outras moças e mulheres de seu clã.

Já bastava. Hoje à noite, finalmente lutaria uma batalha real pela primeira vez. Era hora de se erguer.

– Vou com eles – falou por cima do ombro para Tamhas, e sem esperar, correu em direção à torre, até seu quarto, para colocar a armadura que a ajudaria a dar aos MacDougalls o que eles mereciam.

CAPÍTULO 23

KONNOR SE AGACHOU ATRÁS de um pinheiro e observou o acampamento com quase todos adormecidos. A chuva caía forte agora, tamborilando contra as folhas e a grama. Muitos dos guerreiros dormiam em tendas, evitando o clima ruim. Havia sentinelas sentadas perto das fogueiras que queimavam aqui e ali, aconchegadas em seus casacos. A chuva forte e barulhenta, embora úmida e desagradável, era outro fator a seu favor.

Alguém se agachou ao seu lado e Konnor se virou para ver quem era.

Marjorie!

– O que você está fazendo aqui? – ele sibilou.

– Estou aqui para lutar – disse ela.

– Volte para o castelo neste minuto!

Tamhas apareceu e agachou-se ao lado dela.

– Acha que não tentei persuadi-la? Pelo menos podemos concordar nisso. O lugar dela é atrás dos muros, em segurança.

– Calem a boca, vocês dois – ela sussurrou.

O fato de estar tão ciente de Marjorie ao seu lado fez Konnor se sentir como se estivesse em sua primeira batalha no Iraque, quando ainda era um garoto, morrendo de medo e com seus punhos cerrados ao redor da arma como pinças de ferro. Só que desta vez, não era pela sua vida que ele temia, era pela dela.

Pela mulher por quem estava se apaixonando.

O pensamento o deixou paralisado e ele parou de respirar.

Seria amor?

Konnor tentou afastar esse pensamento, consideraria isso mais tarde. Precisava se concentrar na batalha agora.

Malcolm lhe dera uma armadura escocesa e um *leine croich*, uma túnica normalmente usada com um cinto na cintura. A armadura de ferro que ele tinha visto em vários filmes de ação históricos era muito cara para os escoceses normais, mas Marjorie tinha lhe dado um capacete pontudo de ferro e uma cota de malha para proteger seu pescoço e ombros. Konnor se sentia como um extra em *Coração Valente*, esperando que Mel Gibson pulasse de um arbusto a qualquer momento.

Exceto que, lá embaixo, os homens na pequena clareira na floresta não eram atores, nem dublês ou extras. Eram guerreiros reais com espadas de aço afiadas e anos de experiência em bata-lha. O que Marjorie não tinha. Konnor tinha experiencia em luta, mas não com espadas. Ele deveria insistir para ela voltar para o castelo antes que fosse tarde demais. Tamhas o ajudaria. Ele poderia amarrá-la e levá-la para casa à força, porém, a moça o odiaria por isso e não era possível impedir uma mulher como Marjorie de fazer aquilo que queria. Tudo o que lhe restava agora era mantê-la segura, fazendo o que fosse preciso. Mesmo que isso lhe custasse a própria vida.

Marjorie estava com a testa franzida, os lábios apertados e o peito subindo e descendo rapidamente sob a armadura de couro que usava. A moça havia lhe contado que seu pai esbanjara na armadura que lhe dera há alguns anos para protegê-la, e Konnor estava feliz por isso.

No que ela estaria pensando? Será que estava realmente pronta para ferir e matar depois de tantos anos de teoria? Ele nunca se esqueceria da primeira pessoa que matara e desejou que ela não precisasse carregar essa memória.

– Quantos homens você acha que há, Konnor? – a moça perguntou.

– Uns duzentos, provavelmente.

Dez vezes mais do que eles tinham. O inimigo tinha duas escadas de cerco, portanto, iria se mover lentamente no dia seguinte, especialmente depois da chuva.

– Sim, esse número me parece certo também – ela disse. – Bem, não seria muito para Bruce. Ele derrotou exércitos de dois mil homens com apenas oitocentos guerreiros. Mas isso aconteceu porque tinha o elemento surpresa e táticas inteligentes.

Vestida com seu capacete e cota de malha, Marjorie o olhava com tamanha dureza em seus olhos que parecia a própria deusa da guerra.

– Somos highlanders e Loch Awe é a nossa terra. É assim que lutamos, junto com a natureza, não contra ela. Usamos nossas cabeças e astúcia, não nossos pênis.

O queixo de Konnor caiu. Marjorie era durona.

Bem, isso ele já sabia.

Olhando ao redor para suas tropas, viu que todos a observavam.

– *Cruachan* – falou ela. Depois, um pouco mais alto. – *Cruachan!*

O grupo todo a ecoou, em um sussurro.

– *Cruachan!*

Mesmo falada baixinho, a palavra soou através de Konnor como o som de um diapasão em sincronia com algo no fundo de seu peito e ele percebeu que era um grito de guerra.

Os guerreiros, semiagachados, deslizaram silenciosamente em direção ao acampamento dos MacDougall. Konnor manteve-se perto de Marjorie, com sua espada em mãos.

Eles aceleravam à medida que se aproximavam e, junto com a velocidade, algo os dominou. Konnor nunca havia sentido isso em nenhuma de suas experiências no Iraque. Como um manto comunitário de fúria de batalha, um espírito de guerra os uniu e se estabeleceu nos ossos e músculos dele. Com um

Cruachan! final eles varreram o acampamento inimigo como uma onda.

Konnor permaneceu perto de Marjorie e a primeira morte que viu foi uma causada por ela. Uma sentinela levantou-se, atônita e nem sequer teve tempo de levantar a espada antes de ser perfurada em seu peito.

Com os dentes à mostra brilhando enquanto atacava, Marjorie estava linda e assustadora, e não parava. Seus olhos de gato brilhavam com fúria. Parecia uma verdadeira deusa celta da guerra.

Konnor encontrou seu primeiro oponente – um homem que tinha acabado de sacar sua espada – e, deixando seu corpo se lembrar do treinamento intensivo que recebera de Marjorie, brandiu sua espada. Ele encontrou a forte resistência do oponente com um estrondo alto, mas o homem estava fraco, provavelmente ainda por causa do sono ou da bebida. Konnor golpeou novamente do outro lado. *Bang.* Seu golpe foi bloqueado novamente, mas o oponente estava com uma perna muito perto da sua, portanto, encontrava-se em uma posição inferior. Konnor desferiu outro golpe, acertando o homem no estômago.

Foi necessária mais força do que ele imaginava, mas o guerreiro segurou a lâmina com as duas mãos e caiu com uma expressão de dor e surpresa. Konnor suspirou, sua primeira vítima. Assim como das outras vezes em que lutara, foi tomado por uma pitada de culpa, mas não teve tempo para pensar muito no assunto, pois outro homem já estava em cima dele.

Foi um massacre. Muitos foram mortos enquanto dormiam, outros mal conseguiram pegar suas armas. Mas logo, os MacDougalls restantes estavam acordados e armados.

Eles saíam de suas tendas urrando gritos de guerra. Marjorie enfrentou outro guerreiro e Konnor quis ajudá-la, mas tinha sua própria batalha para lutar.

Um homem grande veio para cima dele com uma espada. O MacDougall o atacou e Konnor bloqueou o golpe. O guerreiro brandiu sua espada novamente e a lâmina chegou bem perto da garganta dele, que precisou dar um passo para trás para evitar o golpe. O homem, sentindo sua fraqueza, avançou contra ele com uma série de ataques descendentes, mas Konnor conseguiu desviá-los graças ao treinamento com Marjorie.

O guerreiro MacDougall, sentindo que a vitória estava próxima, ergueu a espada com as duas mãos. Usando uma fração do momento em que o torso de seu oponente ficou exposto, Konnor enfiou sua espada na barriga do inimigo. O homem ficou imóvel por um momento e sua arma caiu no chão antes de o guerreiro desabar ao lado dela.

Algo afiado atingiu o ombro de Konnor, que saltou para trás. Outro MacDougall já estava em cima dele e desta vez era um rapaz muito mais jovem e forte. Konnor nem teve tempo de erguer a espada, a lâmina do inimigo veio para cima dele, pronta para perfurar seu coração.

Konnor viu a morte de frente.

Porém, antes que a lâmina atingisse o seu peito, o homem parou a meio caminho e caiu no chão. Marjorie, então, removeu sua *claymore* ensanguentada das costas do inimigo e acenou para Konnor com a cabeça.

– Acredito que estamos quites.

A moça tinha acabado de salvar sua vida. Com o rosto salpicado de sangue, os olhos brilhando e as costas retas, estava mais poderosa, linda e viva do que nunca. Konnor parou de respirar, de se mover e de viver por um momento. Marjorie era o sol e ele era um homem que tinha vivido em uma escuridão eterna até então.

Ela precisava dele. Konnor precisava protegê-la, fazer de tudo para mantê-la viva, mesmo que isso significasse levar um golpe dirigido a ela. Olhando ao redor, viu que mais inimigos vinham em sua direção, então, assumiu a posição e se preparou para o próximo oponente.

– *Cruachan!* – ele gritou, e Marjorie sorriu em sua direção.

Porém, quanto mais pessoas acordavam e vinham até eles,

mais inimigos os Cambels tinham de enfrentar. Logo, ficou claro que estavam sendo empurrados para trás.

Konnor perfurou a garganta de um inimigo e o chutou para longe. Ele trocou um olhar com Marjorie, que tinha acabado de ferir outro homem e estava ofegante, sua espada pingando sangue.

– Precisamos recuar, Marjorie – disse. – Comande a retirada.

Ela olhou em volta, seus olhos determinados.

– Sim – disse respirando fundo. – Bater em retirada! Rápido!

– Bater em retirada! – Konnor ecoou.

Ele se certificou de que Marjorie se virasse e corresse, e então, a seguiu, colocando-se entre ela e os inimigos. Seu povo também recuou e Konnor viu Muir, Tamhas e Malcolm os seguirem, assim como os outros guerreiros. Ele estimou que havia quinze deles vivos.

Os inimigos começaram a persegui-los, mas logo pararam, e Konnor soube que haviam recebido instruções de seu comandante. Pegariam os cavalos, equipamentos e chegariam a Glenkeld com força total.

Assim, só restava esperar para ver se as fortificações do castelo impediriam os MacDougalls ou não.

CAPÍTULO 24

Marjorie se esforçava para respirar, seus ombros e braços doíam após a batalha e sua cabeça latejava por causa de alguns socos fortes que recebera. Seu rosto estava cortado, suas costelas queimavam e ela estava machucada em vários lugares.

Konnor estava ao lado dela no muro, observando o exército MacDougall se aproximar. Ele havia lutado bem com a espada no campo de batalha, Marjorie estava orgulhosa. Konnor parecia um highlander. O que lhe faltava em experiência, compensava com astúcia e destreza.

Marjorie viu os MacDougalls chegarem a Glenkeld com força total. A chuva tinha parado e o céu começava a clarear no leste atrás das árvores, dando uma tonalidade cinza esbranquiçada às coisas. Os pinheiros no bosque próximo pareciam quase pretos.

Esta noite, tinha sido batizada como guerreira em seu primeiro campo de batalha real. Não era mais uma fracote. Suas mãos não haviam tremido e ela tinha que agradecer a Konnor por isso, pois ele lhe dera a força e a segurança necessárias para acreditar em si mesma. Não tinha percebido quanta força havia acumulado depois de todos esses anos.

Graças à ideia de Konnor, os Cambels tinham eliminado cerca de seis dúzias de inimigos, mas ainda não havia como vencer uma batalha em campo aberto. Marjorie podia ver agora que havia muitos mais deles. Trezentos ou mais.

Dessa vez, seria uma questão de defesas.

Seus arqueiros se encontravam escondidos atrás das venezianas de madeira com dobradiças que havia entre os merlões de pedra nos muros. Enquanto Marjorie e seu grupo de guerreiros lutavam, os homens que permaneceram no castelo tinham coberto os tapumes de madeira no topo das torres e os telhados dos edifícios com peles de animais para torná-los à prova de fogo. O muro norte estava o mais seguro possível, considerando o tempo e os recursos limitados de que dispunham. No pátio, seis caldeirões cheios de areia quente pairavam sobre as fogueiras e havia um monte de areia próximo para reabastecê-los.

O castelo precisava aguentar.

A massa de guerreiros estava se aproximando. Uma torre de cerco surgiu no meio deles com um aríete ao lado. Guerreiros carregavam longas escadas de cerco e Marjorie estremeceu ao ver essas armas.

Mas, então, o exército chegou perto o suficiente e *o* ela viu.

Um rosto de que nunca se esqueceria. Um rosto que via frequentemente em seus pesadelos. O pai que deixara seu filho tratá-la como um trapo sujo.

John MacDougall.

O chefe do clã MacDougall, John MacDougall, estava à frente, montado em um cavalo. Ele usava uma cota de malha cara e uma armadura que brilhava à luz clara do amanhecer. Seu cabelo branco estava preso em um rabo de cavalo que descia por suas costas.

Marjorie sentiu um arrepio ao vê-lo. A última vez em que o vira, tantos anos atrás, em Dunollie, ele era muito mais jovem. O mais estranho é que parecia mais baixo agora e menos poderoso, embora seus ombros ainda fossem fortes e largos, e montasse seu cavalo com a graça de um guerreiro altamente experiente.

Seus olhos se encontraram.

Oh, não.

– Marjorie! – exclamou John, com uma expressão de surpresa no rosto. – Foi você quem nos atacou?

Na escuridão da noite e no caos de um ataque surpresa, provavelmente não a tinha reconhecido ou não a tinha visto. *Isso mesmo, seu porco.* O triunfo se espalhou pelo seu interior como uma avalanche de fogo.

– Você não esperava por isso, não é mesmo?

A surpresa em seu rosto se transformou em uma ameaça.

– Melhor ainda, sua garota tola. Você acha que pode *me* vencer? Dê-me meu neto e eu a deixarei em paz.

A deusa do inverno, Beira, provavelmente passara por ali, porque Marjorie se transformou em uma estátua de gelo.

– Ele não é seu neto, seu nojento! É meu filho. Um Cambel, e os MacDougalls nunca tocarão em um só fio de cabelo dele.

– Ele é um bastardo, isso sim. Vou legitimá-lo e torná-lo meu herdeiro. O garoto é filho do meu único filho. Todas as minhas filhas não me deram nada além de meninas.

– Por cima do meu cadáver – grunhiu Marjorie por entre os dentes. – Ele não sabe sobre você, e nunca saberá, se depender de mim.

Ela esperava que Colin estivesse dormindo, mas e se a ouvisse? Ela lhe escondera a verdade sobre sua concepção violenta para protegê-lo do conhecimento, mas talvez precisasse contar a verdade e explicar o que acontecera.

– Essa é a sua palavra final? – John questionou, olhando para ela por baixo das sobrancelhas.

– Sim.

– Então, será sobre o seu cadáver.

Ele colocou o elmo e desembainhou a espada. – *Buaidh no bas!* – Vitória ou morte.

– *Buaidh no bas!* – o clã atrás dele ecoou.

– *Cruachan!* – Marjorie rugiu.

– *Cruachan!* – Dezenas de vozes perfuraram o ar ao seu redor.

Os MacDougalls se lançaram para frente, dividindo-se em dois grupos – metade foi para o muro norte, enquanto a outra metade corria com escadas de cerco em direção ao muro frontal.

— Arqueiros, preparem-se! — Marjorie gritou. — Soltem as flechas!

Três dúzias de flechas voaram pelos ares em um arco alto e desceram até o enxame de pessoas abaixo. Guerreiros caíram com grunhidos de dor.

— Mais uma vez! Atirem! — Marjorie gritou. Ela se virou para o lado interno do muro e bradou para os homens no pátio. — Areia! Tragam a areia aqui e levem um pouco para o muro norte!

Enquanto as flechas voavam pelos ares, no pátio, dois homens carregavam cada caldeirão com a areia quente e os levavam até o topo dos muros. A torre de cerco moveu-se em direção ao castelo, assim como o aríete.

— Atirem nos homens com as escadas! — Marjorie ordenou.

Ela se virou para Malcolm e Konnor.

— Eu irei para o muro norte. Vocês podem segurar o ataque aqui?

— Eu vou com você — disse Konnor.

— Sim, eu mantenho o comando aqui — complementou Malcolm.

Marjorie e Konnor correram ao longo do muro, através da torre até a parte norte. Os MacDougalls estavam tentando encostar as escadas de cerco na parede, mas as estacas na base os atrapalhavam.

— Está funcionando! — Marjorie exclamou. — Konnor, está funcionando.

O rapaz concordou com a cabeça, seus olhos intensos enquanto observava os atacantes. Eles também tinham arqueiros, constatou. Enquanto John MacDougall estava no portão principal, seu primeiro comandante provavelmente estava aqui.

— Apontar — gritou um homem a cavalo com uma armadura completa. Cerca de uma centena de arqueiros se alinharam a alguns metros de distância e encaixaram suas flechas na corda do arco.

– Protejam-se! – Marjorie falou e os guerreiros se ajoelharam atrás das venezianas e de seus escudos. Konnor caiu de joelhos e puxou-a com ele, cobrindo os dois com um escudo.

– Soltem! – veio o comando de trás dos muros. Flechas voaram ao redor deles, batendo no chão de pedra e perfurando a madeira. Konnor grunhiu quando uma flecha atingiu seu escudo.

Enquanto os arqueiros MacDougall recarregavam seus arcos, os arqueiros Cambel tiveram tempo suficiente para respirar e disparar suas próprias flechas contra o inimigo para impedi-los de atacar novamente.

– Apontem para os arqueiros deles – ordenou Marjorie, pondo-se de pé. – Preparar! Soltar!

As flechas voaram. O vaivém das flechas continuou por um tempo. Depois de alguns minutos, Marjorie olhou para baixo e congelou. Os guerreiros MacDougall estavam cortando as estacas de madeira. Eles já haviam cortado o suficiente para apoiar a primeira escada de cerco, e esta já estava subindo.

– Despejem a areia quente nos malditos! – Marjorie gritou.

Grunhindo com o peso, os homens ergueram os caldeirões e os viraram. Um vapor subiu e o ar se encheu do cheiro de pedra quente. Os inimigos gritaram de dor quando a areia caiu sobre eles e queimou sua pele.

Enquanto os homens com os caldeirões corriam para buscar mais areia, os ganchos de ferro da primeira escada de cerco pousaram no parapeito, prendendo-se aos merlões de pedra. Os atacantes tiveram dificuldade para escalar por cima das pontas afiadas das lâminas que decoravam a parte desmoronada do muro. Eles se cortavam e tentavam evitá-las, o que os atrasava. Se as pontas não estivessem posicionadas ali, teriam escalado com facilidade e tomado conta do muro, mas, dessa forma, só passava um de cada vez.

O primeiro inimigo apareceu e Konnor perfurou seu peito e o empurrou para trás. O homem caiu com um grito. A próxima escada balançou no ar do outro lado do muro e os guerreiros

Cambel a empurraram para trás antes que se prendesse aos merlões.

A batalha continuou. Mais e mais guerreiros apareciam, mas os homens de Marjorie lutavam bem e estavam conseguindo defender aquela parte do muro. De repente, ela olhou para o muro principal e se engasgou. A torre de cerco estava bem ao lado dele, e guerreiros MacDougall surgiam de seu topo de madeira. Mais homens subiam as escadas da torre até a plataforma no topo. Marjorie correu para lá para ajudar a impedir o ataque.

O castelo estremeceu com uma forte batida de madeira. O aríete!

– *Cruachan!* – ela gritou para elevar o espírito de seus guerreiros. Enquanto corria até o outro muro, Konnor a acompanhava. Eles chegaram e entraram na batalha.

Bam. Bam. Ela brandiu sua espada contra o escudo de um guerreiro. Marjorie o chutou e girou em um movimento inesperado, acertando seu lado desprotegido e empurrando-o para fora do muro.

Ela lutou e lutou. O som de metal contra metal, gritos e gemidos de dor ecoavam ao seu redor. Eles haviam defendido bem os muros, e não havia mais muitos MacDougalls escalando, mas o aríete continuava batendo contra o portão.

Bam. Bam. Bam.

Um forte estalo foi ouvido e os MacDougalls gritaram em triunfo.

Não, não, não! Os guerreiros inimigos lotaram o pátio. Colin! Ele estava trancado em seu quarto e Tamhas o protegia, mas ela precisava enviar mais homens para lá.

Eles ainda poderiam vencer a batalha. Os MacDougalls haviam perdido uma quantidade significativa de suas forças e agora os Cambels tinham uma chance real de vitória. Ela simplesmente não podia deixar ninguém chegar até Colin.

Marjorie correu para o pátio com Konnor logo atrás dela. Os

dois mergulharam em uma batalha lá embaixo. Não tinha ideia de quanto tempo lutaram, mas pareceu uma eternidade.

E, então, ela viu John MacDougall.

Ele estava a dez metros de distância e caminhava em direção a Konnor, que havia se separado dela e estava acabando com o homem com quem lutava. A espada de John gotejava sangue e sua cota de malha brilhava na luz fraca do amanhecer. Seu cabelo branco estava em desordem.

Marjorie correu, seu sangue fervendo em suas veias. Ele se preparou para golpear Konnor, mas antes que pudesse atacar, Marjorie rugiu.

– *MacDougall!*

O homem parou e olhou para ela. Seu rosto foi tomado de espanto e ele recuou. Marjorie, parando diante dele com a espada nas mãos, assumiu uma posição de combate.

Ela bufou.

– Ah, sim. Você achou que eu iria me encolher e morrer como uma flor pequenina amassada? Não. Nunca. O que acha disso? – Ela apontou para o campo de batalha com sua *claymore*. – Eu sou uma espada forjada pelo fogo sob o qual vocês me colocaram.

A expressão de John mudou de surpresa para raiva.

– Você não é uma espada, é apenas uma garotinha brincado de jogos de homens adultos. Não pôde fazer nada naquela época e não poderá fazer nada agora.

Marjorie se encolheu por dentro. O desamparo que sentira por doze longos anos pesou sobre ela. Suas costelas se contraíram em torno de seus pulmões, e suas entranhas pareciam ter sido arrancadas, deixando-a oca.

– Você acha que vai me vencer? – John MacDougall rugiu. – Pois tente, sua vadiazinha!

Vadiazinha – era assim que Alasdair a chamava. Seus braços ficaram límpidos. Konnor, provavelmente vendo seu semblante, ergueu sua espada, seu rosto distorcido em uma expressão de raiva.

Mas não podia permitir que ele a defendesse, não podia deixar ninguém terminar sua batalha por ela. Marjorie tinha ficado escondida atrás das paredes do castelo por tempo suficiente. Não importava se seria ela ou John MacDougall quem morreria hoje. O que importava era que lutaria suas próprias batalhas.

– Não se atreva, Konnor – avisou Marjorie. – Ele é meu.

Konnor grunhiu e parou. O MacDougall o olhou como se ele fosse um filhote indefeso.

– Sim, rapaz. Vá brincar com os outros. Isso não diz respeito a você.

O coração de Marjorie batia forte em sua garganta. Alasdair estava morto, mas seu pai estava diante dela. Como chefe do clã, poderia tê-la devolvido à sua família naquela época, dado um jeito em seu filho e acabado com a loucura que Alasdair fizera bem debaixo de seu nariz.

Ela segurou sua *claymore* com as duas mãos, que formigavam com a necessidade de lutar contra o último homem vivo responsável por destruir sua vida e sua pessoa.

Seria a lâmina forjada a fogo. Por seu filho, por si mesma e por Konnor, o homem que viera de outra época para lutar ao seu lado.

Seus braços se encheram de energia, como um relâmpago fluindo por eles, e sua espada se tornou uma extensão de seus braços. Com as bochechas quentes e os músculos tensos, ela plantou os pés no chão e esperou.

John MacDougall alongou o pescoço e girou os ombros fortes. Apesar de sua idade, era um adversário perigoso. Ele segurou a espada com as duas mãos e soltou um rugido gutural.

– *Buaidh no bas!* – gritou e se lançou contra Marjorie.

– *Cruachan!* – bradou ela em resposta e disparou para frente.

Suas espadas se chocaram e o impacto jogou Marjorie para trás, roubando-lhe o fôlego. Ela arfou e atacou novamente, apenas para encontrar a forte resistência da espada dele.

Marjorie e John MacDougall dançavam ao redor um do

outro. Com seus músculos tensos, ela procurava por fraquezas em seu oponente. Ele era grande e forte, mas a moça era mais rápida, por ser menor.

As palavras de Malcolm ecoaram em sua cabeça. *Em uma batalha real, um movimento inesperado pode lhe garantir a vitória.*

Era isso que precisava fazer. Surpreendê-lo, assim como tinham surpreendido o acampamento MacDougall.

Marjorie continuou se movendo em círculos lentos para desorientar John. Ele foi para cima dela, golpeando repetidamente. Seu braço absorveu o impacto, que ressoou dolorosamente em sua espinha, o som de metal retinindo em seus ouvidos.

Uma pequena oportunidade surgiu e Marjorie o golpeou na lateral, rasgando sua cota de malha. John MacDougall rugiu de dor e contra-atacou. A moça deu um passo para trás, mas não rápido o suficiente, e a lâmina atravessou sua armadura de couro cortando o seu ombro.

– Ai! – ela gritou, sendo tomada por uma dor inesperada.

O choque de seu primeiro ferimento em uma batalha real a fez congelar por um momento, o que foi um erro, porque o adversário não parou. Ele golpeou para baixo e foi apenas graças ao instinto aprimorado ao longo de anos de treinamento diário que a ajudou a bloquear o ataque com sua própria espada e evitar que sua coxa fosse cortada.

John MacDougall ergueu sua *claymore* para dar-lhe um golpe mortal, mas Marjorie girou para fora do caminho e a arma atingiu o chão ao lado dela. A moça, então, empurrou sua espada para cima, rasgando a cota de malha dele e afundando a lâmina entre suas costelas.

O homem urrou e ela puxou a espada de volta, apontando-a para o pescoço dele, pronta para matá-lo.

Mas, então, parou.

Será que tinha que matá-lo? Poderia mantê-lo prisioneiro. O importante era que tinha vencido a luta. Ela o ferira e agora sabia que era forte. Isso era tudo que queria provar para si mesma – e para os MacDougalls. Não precisava tirar sua vida ou sua liberdade.

Marjorie chutou a espada dele para longe e olhou em volta. A batalha cessou. Os arqueiros estavam nos muros e apontavam suas flechas para os MacDougalls restantes. Os homens estavam exaustos, mas muitos olhavam para ela e John MacDougall com uma pergunta em seus olhos.

– Vá embora – disse Marjorie cuspindo as palavras. – Se sua vida lhe é importante, leve seus homens e vá embora e nunca mais pise em nossas terras.

– Você não decide sobre minha vida. Você venceu, sua vadiazinha. Acabe comigo. Mate-me. Não me quer morto depois do que fizemos com você?

O braço de Marjorie tremeu um pouco.

– Ah sim, eu quero matar você, mas não vou tirar a vida do avô do meu filho. Aceite sua derrota, rasteje de volta para seu castelo e viva com o conhecimento de que nunca verá seu neto. De que a vadiazinha venceu e que ela é mais forte do que você em todos os sentidos.

Levar uma pessoa contra sua vontade e torturá-la não era um sinal de força. Força é conseguir superar essa adversidade e escolher não tirar uma vida. Fazer essa escolha é um sinal de força.

E força representa esperança.

Algo que ela tinha agora.

CAPÍTULO 25

Colin olhava por trás do merlão o restante do exército que acabara de atacar seu lar ir embora. Arthur, sua espada de madeira, tremia em sua mão. Ele não podia acreditar no que acabara de ouvir enquanto observava o homem grande de cabelo branco atacar sua mãe.

– Você nunca verá seu neto.

Esse era seu outro avô, um inimigo de seu clã. Um MacDougall.

Sua família nunca lhe contara quem era seu pai, mas Colin não era bobo e suspeitava que algo ruim havia acontecido com sua mãe.

Agora, sabia que o filho deste MacDougall tinha feito coisas ruins com ela. Sabia que sua mãe era forte, gentil e capaz, porém, às vezes, ele a via olhar para longe com uma expressão triste.

Colin entendia, agora, que Marjorie ficava com esse olhar quando se lembrava das coisas ruins que haviam acontecido com ela e desejou poder protegê-la das memórias, mesmo com sua espada de madeira.

Afinal, sua mãe e Glenkeld estavam em perigo por causa dele. Seu avô malvado poderia voltar e machucá-la para chegar até ele.

Precisava ser como o tio Ian e seu bisavô Colin. Corajoso. Capaz. Tinha que proteger sua mãe e seu clã.

Ninguém iria imaginar que um garoto como ele os seguiria, então, poderia se aproximar e matar o MacDougall sem que ninguém suspeitasse.

Olhando em volta, Colin percebeu que todo mundo estava ocupado. Sua mãe estava ajudando com os mortos e os feridos, Isbeil dava ordens para o clã, direcionando os feridos para o grande salão, Tamhas, que havia deixado seu posto na frente da porta do quarto de Colin quando os MacDougalls recuaram, estava ajudando a carregar os guerreiros feridos e Konnor fazia um curativo em um ferimento na perna de alguém. Não havia mais ninguém nos muros, exceto cadáveres.

A espada de seu avô!

Colin correu até seu quarto. Depois que Konnor lutara contra os seus atacantes, a espada fora limpa, untada com óleo e pendurada na parede e, agora, brilhava como nova. O garoto subiu em um baú e pegou o cabo com as duas mãos. Com um grunhido, ergueu a arma, apenas para vê-la baixar de novo e cair no chão. Era quase tão longa quanto ele. Não, precisava de algo menor e mais leve.

Uma adaga!

Colin voltou correndo para o muro e viu uma adaga solta ao lado de um guerreiro morto. Pegando-a, escondeu-a atrás do cinto e desceu correndo para o pátio, passou pelos portões quebrados e foi rapidamente atrás do exército MacDougall, sem que ninguém percebesse.

KONNOR FRANZIU A TESTA ENQUANTO OBSERVAVA UMA pequena figura correr pelos portões do castelo e se agachar atrás de um arbusto. Ele tinha ido pegar os feridos no muro norte para levá-los para o grande salão, onde Isbeil poderia ajudá-los.

Dado o número inferior de guerreiros que tinham, Konnor ficara aliviado com as poucas baixas que tiveram. A maioria dos cadáveres pertencia aos MacDougalls. Pelo que podia ver, Glenkeld havia perdido cerca de quinze homens, embora todos os que ainda viviam tivessem algum tipo de ferimento.

A pequena figura espiou por trás de um arbusto, levantou-se e correu atrás do exército MacDougall. Um menino. Havia algo de familiar nele... Uma vara branca balançou violentamente presa à sua cintura enquanto corria. Uma espada?

Uma espada de madeira?

Não, não podia ser...

O sangue de Konnor gelou. Alguém passou por ele.

– Por que está me olhando, cara? – Tamhas perguntou enquanto caminhava em direção ao corpo mais próximo. – Não tem nada para fazer?

– Onde diabos está Colin, Tamhas? – Konnor rosnou.

– Em seu quarto, é claro. – Mas sua voz não parecia nada confiante. Tamhas parou e seguiu a direção do olhar de Konnor, que sem dizer uma palavra, correu para verificar o quarto de Colin.

Vazio!

Tamhas parou atrás de seu ombro.

– Não, não, não! – Ele disparou em direção às escadas redondas e desceu. – Eu saí para ajudar com os feridos quando os MacDougalls começaram a ir embora.

Konnor correu atrás dele, o coração batendo forte no peito. Suas pernas não se moviam rápido o suficiente, como se seus pés pesassem uma tonelada e parecessem frios como gelo.

Tamhas correu em direção aos estábulos e Konnor o seguiu, mas todos os cavalos estavam sem sela.

– Maldição – Konnor rosnou. – Vou atrás dele a pé. Não deve estar muito longe.

– Sim, eu vou com você.

Os músculos de Konnor estavam cansados de uma noite sem

dormir cheia de atividade física, batalha e nervosismo, mas reuniu o que restava de sua força e desejou que seu corpo ignorasse a queimação em seu tornozelo. Então, correu atrás do menino.

A grama passava sob suas botas. Uma brisa esfriava seu corpo suado sob a túnica e o *croich leine* enquanto corria. Um pouco adiante, ele avistou Colin, que estava a cerca de uma milha à sua frente, uma pequena figura, prestes a entrar na floresta. Ele e Tamhas correram mais rápido.

Konnor só esperava que os MacDougalls não vissem o menino. Se isso acontecesse, e John MacDougall percebesse quem era o garoto, estaria tudo acabado. Não deixaria o menino ir de jeito nenhum. A batalha recomeçaria e, por mais ferido que John estivesse, os Cambel não conseguiriam vencer em um lugar aberto como aquele.

Eles perderiam Colin.

Konnor não conseguia nem imaginar o que isso faria com Marjorie.

Tinha que recuperá-lo. Ele e Tamhas precisavam fazer isso. Konnor acelerou.

Quando chegaram às primeiras árvores, Konnor estava sem fôlego e sentia umas punhaladas de dor em seu estômago por conta da corrida. Ele e Tamhas pararam, se esconderam atrás das árvores e espiaram.

– Lá está ele – disse Konnor.

Uma túnica branca brilhou entre as árvores a cerca de um quilômetro à frente deles.

– Vamos atrás dele – falou Tamhas.

Ofegando, os dois retomaram a perseguição. O corpo inteiro de Konnor parecia estar em chamas. Estava tão cansado que, em algum momento, sua mente ficou vazia de exaustão enquanto seu corpo continuava funcionando. Ele piscou para tirar o suor dos olhos e viu que, cerca de duzentos metros à frente, um dos MacDougalls havia agarrado Colin e o arrastava pelos ombros.

Konnor gelou. Seu pé enroscou em uma raiz e ele caiu, arranhando as palmas das mãos.

– Vá! – gritou para Tamhas enquanto se levantava.

Droga! Não acreditava em magia, em Deus ou em nenhuma dessas coisas, mas naquele momento, Konnor orou. Pediu a Deus, ao universo, até mesmo a Sìneag, a fada das Highlands, que os ajudassem a salvar o menino. *Por favor, ajude-nos a salvá-lo e trazê-lo de volta.*

Tamhas correu mais rápido, seu cabelo comprido e escuro voando atrás dele. O guerreiro desembainhou sua espada.

– Pare! – ele gritou. O MacDougall parou e se virou.

Seus olhos se arregalaram.

– Tamhas! – Colin exclamou.

O MacDougall levou a adaga ao pescoço de Colin.

– Fique onde está – avisou o guerreiro –, ou eu corto o pescoço dele. Eu sei quem ele é. É o neto bastardo do MacDougall e vou levar o rapaz para ele. O senhor o quer vivo, mas não se importará se o garoto estiver um pouquinho arranhado.

Konnor parou e ofegou, tentando controlar a respiração. Ele desembainhou a espada e apontou para o homem. O guerreiro MacDougall não era alto nem parecia forte, mas segurava o menino.

– Um movimento sequer e cortarei o pescoço dele.

Onde estava o resto do exército MacDougall? Konnor e Tamhas poderiam subjugar o homem facilmente. Ele olhou mais para dentro da floresta e viu as costas dos homens e as carroças se afastando ao longe entre as árvores.

Konnor olhou para Tamhas e fez um sinal quase imperceptível com a cabeça, indicando que ele deveria circundar o homem pelo lado esquerdo enquanto Konnor fazia o mesmo pelo lado direito. Tamhas acenou levemente em concordância.

Mas nesse momento, as narinas do MacDougall se dilataram e ele assobiou.

Ah, pelo amor de...

Os últimos homens da procissão olharam para trás e três deles correram em direção ao companheiro.

Inferno. Quatro contra dois e um refém.

Um deles tinha uma longa lança com uma lâmina de um gume e uma ponta afiada. O outro segurava um machado de cabo longo e o terceiro uma maça.

A lança dava ao primeiro a vantagem da distância. Konnor tinha visto que uma maça podia quebrar elmos e armaduras. Poderia esmagar o crânio de um homem facilmente. O machado era uma arma simples, mas sua longa haste também dava ao inimigo a vantagem da distância, além de ter uma lâmina maior.

Isso não parecia bom.

O primeiro homem deu uma estocada em Tamhas, que saltou para trás bem a tempo, mas o outro homem ergueu sua maça acima da cabeça, lançando-se em direção a ele novamente. Konnor não teve tempo de ajudá-lo, pois o guerreiro com o machado disparou em sua direção com a arma pronta para golpeá-lo.

Konnor se abaixou e a lâmina passou zunindo por seu rosto. Bem perto.

O homem estaria em desvantagem em uma luta corpo a corpo, portanto, a única chance de Konnor seria chegar mais perto. Ele disparou para frente, parando a haste do machado com sua espada. O impacto ressoou em seus ossos. Com a perna livre, chutou o homem, que cambaleou e caiu para trás. Porém, o cabo do machado era longo e, mesmo deitado no chão, o MacDougall o atacou com a arma. Ela teria lhe ferido na perna se Konnor não tivesse pulado para trás. Arriscando perder o braço, agarrou o cabo do machado logo abaixo da lâmina e puxou a arma em sua direção, tirando-a das mãos do guerreiro. Com um movimento fluido, ele acertou o rosto do homem com a ponta de madeira da haste e este ficou imóvel, inconsciente.

Konnor olhou para Tamhas, que ainda lutava contra dois inimigos e havia sido pressionado contra uma árvore.

O primeiro homem, aquele que tinha Colin, estava voltando para junto do exército.

Droga.

Konnor ficou dividido entre ajudar Tamhas e pegar Colin. Tamhas ainda parecia estar se saindo bem, mas se o guerreiro MacDougall conseguisse se juntar ao exército com Colin em sua posse, eles não conseguiriam recuperá-lo.

Não, ele precisava agir agora.

Com o longo machado em uma mão e sua espada na outra, avançou em direção a eles. Konnor olhou para Colin, que o encarou com os olhos arregalados. Se o garoto se movesse um pouco, ele poderia enfiar a lâmina do machado no cara.

Konnor fixou os olhos no garoto.

– Colin, você se lembra do nosso jogo de futebol?

O menino assentiu.

– Cale-se! – avisou o MacDougall, confusão aparecendo em seus olhos.

– Eu posso marcar um gol. Só preciso que você limpe a área para mim.

O garoto piscou, então, seu rosto ficou calmo e concentrado. Ele deu um aceno quase imperceptível com a cabeça, abriu a boca e mordeu a mão do homem.

O guerreiro MacDougall gritou e o soltou, permitindo que Colin escapasse de suas garras ao mesmo tempo em que Konnor largou sua espada, agarrou a haste do machado com as duas mãos e enfiou a ponta afiada da lâmina no rosto do homem.

Sangue jorrou e ele caiu no chão como um saco de batatas. Colin correu para os braços de Konnor, que abraçou o menino.

Ah! Graças a Deus! Ele parecia tão pequeno e, ao mesmo tempo, firme e trêmulo em seus braços. Konnor pressionou seu rosto contra o cabelo rebelde de Colin.

Ao se virar para Tamhas, congelou. Um oponente estava imóvel no chão, porém, Tamhas estava pressionado contra uma árvore e segurava um corte aberto na lateral do corpo. O último guerreiro levantou sua maça acima da cabeça para desferir um último golpe mortal. A espada de Tamhas estava no chão a seu pé e ele estava indefeso.

Konnor soltou Colin e disparou na direção deles com um assobio alto. O som chamou a atenção do MacDougall, que olhou para o lado.

Tamhas, aproveitando a distração, lançou-se no estômago do guerreiro, usando sua cabeça como um aríete. O homem se dobrou com o impacto, mas mesmo assim atingiu as costas de Tamhas com sua maça, que gritou de dor.

Agora, Konnor estava perto o suficiente, e com um movimento limpo, arrancou a cabeça do homem. O sangue jorrou em uma fonte de sangue coagulado e Tamhas caiu no chão junto com o corpo do homem.

Agachando-se ao lado de Tamhas, Konnor o deitou de costas. Então, analisou o corte e o rosto pálido do companheiro. O homem respirava com dificuldade e ofegava. Colin ajoelhou-se ao lado dele com os olhos verdes arregalados.

– Tamhas? – ele disse.

Maldição, o guerreiro não parecia bem. Konnor pressionou os dedos contra o pescoço dele para medir seu pulso. Estava fraco. *Não!*

O homem olhou para Colin e fechou os olhos, seu rosto relaxando de alívio.

– Obrigado, Senhor! – ele murmurou. – Muito bem, Konnor. – Falou e o olhou. – Obrigado por salvá-lo. Vocês dois precisam voltar agora, antes que o exército os note.

O estômago de Konnor se apertou. Ele sabia que Tamhas estava certo, mas simplesmente não podia deixar um soldado caído para trás.

– Deixe-me ver o quão grave é o seu ferimento. Eu posso ajudá-lo.

Ele tirou a mão de Tamhas do ferimento e engoliu em seco quando viu o estrago. Sangue jorrava da ferida aberta e dava para ver os intestinos rosados do homem.

Colin também viu e seu rosto empalideceu, o garoto se virou e vomitou.

Konnor pressionou a mão de Tamhas novamente contra o ferimento. A verdade era que o homem não tinha muito tempo. Droga! As mãos dele tremeram quando pegou a outra palma de Tamhas com as duas mãos. Ele olhou para a floresta, mas ninguém mais os havia notado ainda.

– Olhe para mim, irmão – disse Konnor. Lágrimas arderam em seus olhos e ele piscou, desejando que elas desaparecessem. Já tinha visto outros homens morrerem em batalha. Não acontecia com frequência, felizmente, mas o Iraque tinha sido um campo de batalha sangrento.

– Eu estou aqui com você e Colin também. Não vamos deixá-lo.

Os olhos de Tamhas escureceram e focaram em Colin. Então, ele sorriu.

– Garoto, eu te amei como se fosse meu filho. Cuide de sua mãe, está bem? Ela é especial.

Ele, então, olhou para Konnor.

– Eu te odiei porque Marjorie olha para você como eu gostaria que olhasse para mim. Desejei isso a minha vida inteira e, mesmo assim, bastou alguns dias para ela se apaixonar por você. Eu sei que a moça estará segura com você e que nunca seria minha, independentemente de quanto eu quisesse, mas sei que vai fazê-la feliz. Diga a ela que eu a amava.

De repente, o guerreiro ficou imóvel, com o olhar parado. Colin chorou baixinho ao lado de Konnor, que abraçou o menino e o puxou para perto. Ele também deixou uma lágrima rolar por sua bochecha, pelo homem que deu a vida protegendo o filho da mulher que amava.

As últimas palavras dele queimaram dolorosamente o coração de Konnor. *Faça-a feliz.* Claramente, Tamhas não o conhecia. Tudo o que sabia fazer era machucar as mulheres com a sua frieza. Porém, ele sacrificaria sua vida antes de permitir que alguém machucasse Marjorie.

Eles precisavam voltar para o castelo rapidamente. Alguém do exército MacDougall poderia notar a ausência de seus homens e capturar os dois.

Konnor se levantou.

– Venha, Colin. Vamos voltar. Mandaremos alguém vir buscar o corpo de Tamhas mais tarde. Deixe-me levá-lo para sua mãe. Você já viu coisas ruins o suficiente por hoje.

CAPÍTULO 26

NO MINUTO em que Konnor apareceu no pátio, Marjorie os viu. Ela correu em direção a eles com os olhos arregalados e pegou Colin nos braços com um suspiro. Lágrimas escorriam pelo seu rosto enquanto o abraçava com tanta força que ele gemeu. Ela, então, o segurou a um braço de distância e o sacudiu.

— No que você estava pensando! — Marjorie gritou tão alto que todos no pátio viraram suas cabeças para olhá-los.

— Eu queria vingar você contra o vovô malvado que eu não sabia que tinha.

Marjorie gemeu e o puxou de volta para si. Então, olhou para Konnor.

— Onde está Tamhas? — perguntou.

Konnor olhou para baixo e balançou a cabeça.

— Sinto muito, Marjorie. Ele morreu protegendo seu filho.

— Não! — ela gemeu, então, fechou os olhos e pressionou os lábios contra a cabeça de Colin. — Não... Tamhas não...

Os ombros de Colin sacudiam enquanto ele chorava e lágrimas escorriam pelo rosto de Marjorie enquanto ela abraçava seu filho. Konnor queria pegá-los em um abraço e protegê-los de tudo, mas tudo o que fez foi ficar rígido como uma estátua.

Eles choravam pelo homem que tinha sido bom para os dois,

que morreu por eles, por aquele que poderia ter sido o marido de Marjorie e um ótimo padrasto para Colin.

Konnor queria ter conseguido salvá-lo.

Marjorie enxugou as lágrimas e colocou um sorriso no rosto.

– Venha, querido, não podemos mais ajudar Tamhas, mas podemos tentar salvar aqueles que ainda estão vivos. Vamos ver se Isbeil precisa de ajuda, está bem?

Colin enxugou o rosto com a manga da blusa e concordou com a cabeça.

Um corte no ombro de Marjorie podia ser visto sob a túnica ensanguentada.

– Marjorie, Isbeil precisa dar uma olhada nesse seu ferimento – disse Konnor.

– Não se preocupe – retrucou ela, olhando para ele. – Há outros que precisam mais dela do que eu.

– Então, deixe-me dar uma olhada...

– Konnor – a moça parou e olhou para ele com firmeza –, meu filho precisa de mim agora. Um pequeno arranhão pode esperar.

Konnor cerrava e abria os punhos enquanto a via se afastar, raiva e preocupação o comendo por dentro. Marjorie era uma mulher forte. Não tinha como fazê-la mudar de ideia depois de ter decidido algo e, obviamente, Colin precisava dela. Contudo, também precisava que alguém cuidasse dela.

Não havia nada que ele pudesse fazer sobre isso agora, então resolveu se tornar útil. O dia passou com eles cuidando dos feridos, recolhendo e limpando armas e armaduras e arrumando o castelo tanto quanto possível. À tarde, Konnor ficou parado olhando para a porta do quarto de Marjorie. Ele tinha dado o seu quarto para os feridos. Felizmente, só sofrera alguns arranhões, embora seu tornozelo o estivesse matando. Ficou tentando ouvir algum som, mas como não ouviu nada, resolveu bater.

– Sim? – A voz de Marjorie soou por trás da porta.

Konnor a abriu.

Ela estava sentada de costas para ele com uma túnica caída

no ombro, expondo a pele delicada, uma bela estrutura óssea e um corte com sangue endurecido. A moça limpava a ferida com um pano úmido.

Uma mistura de calor, preocupação e raiva por vê-la ferida percorreu o seu corpo. O que havia de errado com ele para sentir desejo, mesmo vendo que ela estava machucada?

Tudo o que podia fazer era olhar para seu cabelo longo e ondulado, espalhado sobre o ombro ileso. Marjorie estava sentada na cama com uma perna dobrada sob o corpo e as costas retas. Vê-la assim parecia tão íntimo, tão pessoal, como se ele estivesse invadindo a privacidade dela. Konnor, então, olhou para o chão, impedindo seu olhar de subir um só centímetro sequer.

Ele pigarreou.

– Sou eu – disse. – Não estou olhando, só queria ter certeza de que estava bem.

Os lençóis farfalharam.

– Obrigada, você é muito gentil. Estou decente agora.

Konnor fixou os olhos nos dela. Marjorie havia puxado a manga para cobrir o ombro e agora estava sentada com o rosto voltado para ele.

– Konnor – disse ela, e seu nome tremeu em seus lábios. – Obrigada por salvar Colin. Fiquei tão zangada e aliviada ao vê-lo que nem pensei em agradecer a você.

– Não precisa me agradecer – afirmou Konnor, um calor se espalhando em seu peito. – Jamais permitiria que ele se ferisse, e o mesmo vale para você. Colin está bem?

– Sim. Está dormindo agora, pobre rapaz. Ele queria ser maior do que é, porém, ainda é mais menino do que homem.

Konnor acenou com a cabeça. Ele realmente era apenas um menino e tinha visto mais do que uma criança deveria, assim como Konnor naquela idade.

– Você precisa de ajuda para limpar o ferimento? – perguntou. Marjorie hesitou.

– Suponho que sim... não consigo ver o que estou fazendo no meu ombro.

– Certo.

Konnor fechou a porta atrás de si e entrou no quarto.

Uma tarde chuvosa podia ser vista através da única janela estreita do quarto, mas era a lareira que fornecia a maior parte da luz. Os olhos de Marjorie estavam escuros à luz laranja brilhante que refletia em seu rosto. Ela ficou totalmente imóvel enquanto o observava se aproximar, uma estranha combinação entre um puma em uma caçada e um veado. Caçadora e presa, prontas para se mover a qualquer momento.

Konnor sentou-se ao lado dela e pegou o pano. Descartou a água amarronzada da pequena bacia no penico e colocou água fresca da jarra que estava ao lado da cama. Seria muito melhor usar um desinfetante em vez da água do poço, mas o único desinfetante que tinha com ele era um frasco com *moonshine*.

– Tem certeza de que não se importa? – ele indagou.

– Sim – ela sussurrou e pigarreou.

A veia em seu pescoço pulsou, quase imperceptivelmente.

– Ok. Se quiser que eu pare a qualquer momento, é só me dizer.

Acenando com a cabeça, ela respirou fundo antes de puxar a túnica para baixo do ombro. Konnor engoliu em seco ao ver a clavícula delicada e a junção entre seu braço e seu seio. Ele podia ver as minúsculas veias azuis sob a pele dela e sua boca ficou seca. Como podia ficar tão excitado ao ver tão pouco?

– Você gosta do que vê? – Marjorie sussurrou.

Pego. Konnor ergueu os olhos.

– Desculpe, não queria...

– Gosta? Você me acha bonita?

Konnor lambeu o lábio.

– Você é linda!

Os cílios dela tremeram e seus olhos lacrimejaram.

– Nunca me disseram isso antes. É verdade?

– Sim.

Seus olhos se encontraram e um calor os percorreu. Konnor nunca havia sentido um desejo como aquele antes. Ele mergulhou o pano na água, espremeu o líquido e tocou suavemente o corte. Marjorie estremeceu um pouco, mas não se moveu.

– Não vejo nenhuma sujeira. Parece limpo – disse enquanto limpava. O sangue parou de escorrer e já está secando.

Colocando a bacia de lado, pegou o frasco com o *moonshine*.

– Vou desinfetá-lo antes de fazer um curativo. Vai arder.

Marjorie olhou para baixo e seus olhos se arregalaram.

– Eu sei. É bom limpar uma ferida com *uisge*. Mas desi... o quê?

– Desinfetar, remover os germes da sua ferida.

– Remover o quê?

Konnor deu uma risadinha.

– As coisas ruins que causam infecção.

– Você está usando suas palavras do futuro comigo novamente.

Ele pegou um pano limpo e o embebeu com *moonshine*.

– Preparada?

– Sim.

Konnor pressionou o pano em seu corte e ela sibilou. Ele o manteve ali por um pouco mais de tempo e depois o colocou em outro ferimento que também precisava.

– Minha nossa... – Marjorie exclamou.

Ele removeu o pano e soprou a área. Marjorie fechou os olhos, inclinou ligeiramente a cabeça e suspirou. Ela expôs a lateral do pescoço para ele, um pescoço fino e gracioso que ele ansiava por beijar e mordiscar. A moça tinha um cheiro maravilhoso e Konnor imaginava que sua pele seria macia e sedosa sob seus dedos. O pensamento fez seu pênis endurecer.

– Só vou fazer o curativo agora.

Pegando um pano limpo, enrolou-o em torno do braço e do ombro dela com força. Quando seus dedos roçaram a pele dela, ele cerrou a mandíbula. Estava certo, era mais suave do que seda. Quente e delicada. Como gostaria de prová-la!

– Pronto – murmurou enquanto dava os últimos nós.

Era melhor sair ou iria querer tocá-la novamente. Konnor

pegou a ponta da túnica dela e a puxou para cobrir o ombro. A moça o olhou por baixo dos cílios com seus olhos verdes, escuros e brilhantes. Ele manteve seus dedos na pele dela por um momento, o toque derretendo suas peles e roubando todo o ar de Konnor.

– Marjorie, preciso ir antes que...

– Não vá.

Jesus Cristo. Nesse momento, ele quis se jogar sobre ela, mas, em vez disso, fechou os olhos, reunindo todo o autocontrole que lhe restava e inspirou. Então, olhou-a novamente. O peito da moça subia e descia rapidamente e seus lábios estavam separados e vermelhos.

– O problema é que eu quero você – disse ele. – Quero muito, mas podemos parar a qualquer momento...

Ela olhou para a boca dele.

– Eu não quero que você pare.

MARJORIE LAMBEU OS LÁBIOS. O DESEJO NA VOZ DELE A DEIXOU sem palavras. Tudo o que conseguia ouvir era o violento trovejar de seu coração. A pele de seu ombro queimava onde a mão grande e quente dele a tocava. Konnor estava sentado tão perto dela, uma enorme parede em formato de homem. A sua mera presença fazia suas bochechas queimarem e tremores percorrerem suas mãos.

Ela tinha acabado de passar pelo momento mais transformador de sua vida. Se ele não estivesse aqui, nada disso teria acontecido. Eles teriam esperado até que os MacDougalls atacassem, o cerco provavelmente teria sido bem-sucedido e ela nunca teria vencido John MacDougall.

Jamais teria encontrado sua força.

Marjorie era uma nova mulher. Não, não uma nova mulher. Ela encontrara a força interior que sempre esteve lá – apenas esquecida, perdida e abandonada.

E essa Marjorie, aquela vestida para a batalha, com ferimentos, cortes e arranhões, não tinha medo de ir em busca do que queria. E o que ela queria era Konnor. Antes, nunca tinha imaginado que se deitaria com um homem. Bem, não queria se deitar com qualquer homem, apenas com ele.

– Marjorie... – Konnor falou.

Mudando de posição para se sentar mais perto, seus joelhos se tocaram, amentando ainda mais a temperatura em seu corpo.

– Cure-me com seu toque – ela sussurrou, de repente sentindo uma lágrima rolar por sua bochecha. A moça segurou o rosto dele sentindo a barba curta e macia contra sua mão. – Remova a sujeira das mãos e do corpo dele com as suas mãos.

Os lábios de Konnor se contraíram de dor.

– Eu? Eu não sou...

Ela colocou um dedo nos lábios dele.

– Nem mais uma palavra. Você não se parece em nada com seu padrasto. É o oposto dele.

E antes que ele pudesse dizer qualquer outra coisa, ou mudar de ideia, ela se moveu para frente e colocou as pernas ao redor de seus quadris, montando nele. Depois, o beijou. O toque de seus lábios enviou uma onda deliciosa através dela, embaralhando seus pensamentos.

Marjorie passou os braços em volta dos ombros dele e Konnor envolveu a cintura dela, puxando-a para mais perto. Ele a mordiscou e acariciou, sua língua deslizando suavemente pelos lábios dela e o calor em seu corpo aumentou, incinerando-a.

– Você tem certeza...

– Silêncio – ela o interrompeu e retomou o beijo.

Konnor soltou um gemido baixo e apertou os braços ao redor dela. Então, acariciou suas costas, um toque quente e agradável. Ela podia sentir o cheiro dele em sua boca, algo delicioso e viril.

A moça esfregou o corpo contra o dele, sentindo-se embriagada e desorientada. Suas roupas pareciam apertá-la. Ela ansiava por sentir a pele quente dele contra a sua, seu corpo pesado sobre o dela.

Marjorie puxou a túnica dele sobre a cabeça. Meu senhor... Será que o chão havia se movido sob seus pés? A moça passou os dedos ao longo dos músculos definidos de seu estômago e pelo seu tórax. Ele era duro como ferro e quente como uma fornalha. Ela se sentia mais segura do que nunca.

– Você é tão linda – disse ele, olhando-a nos olhos. – Eu posso ficar olhando para você o dia todo.

– Então, me veja por inteiro.

Será que iria realmente fazer isso? Com o coração batendo forte, puxou as pontas de sua túnica para cima e sobre a cabeça. Quando seus seios ficaram livres, eles roçaram o peito de Konnor e seus mamilos endureceram com o prazer que se espalhou por ela.

Ele olhou para baixo e deu um rosnado baixo e animal.

– O que você está fazendo comigo?

Konnor a beijou novamente, mais faminto desta vez, seus lábios roçando os dela com necessidade. Ele se deitou na cama, puxando-a junto. Depois, segurou seu seio e o massageou, brincando com o mamilo. Uma onda aguda de prazer a percorreu e ela gemeu como uma gatinha.

Com o sangue fervendo, apertou-se contra ele como se fosse morrer se não o fizesse. Ele deslizou as palmas das mãos sobre ela, deixando rastros de fogo. Com a respiração irregular, afundou nas sensações como uma bêbada querendo mais.

Os dedos de Konnor desceram até o cós de sua calça, então, ele parou e a olhou. Os olhos dele estavam escuros, brilhando de desejo, mas havia uma pergunta ali.

– Marjorie?

– Sim, Konnor.

Ela sentiu um desejo quente pulsar entre suas pernas. Tudo o que queria era ele – suas mãos, seu corpo, sua pele contra a dela – tanto quanto possível. Queria se dissolver nele, se tornar um só. Corpo com corpo. Alma com alma.

– Eu preciso disso – ela sussurrou. – Preciso de você. Ajude-me a apagar as memórias ruins e me tornar inteira novamente.

Konnor engoliu em seco.

– Minha doce Marjorie, é você quem me ajuda a me curar.

Ah, como ela queria que ele se curasse... Talvez, caso se curasse o suficiente, reconsideraria voltar ao seu tempo? Talvez quisesse ficar e dizer mais daquelas palavras que dissera a ela, como chamá-la de rainha das Highlands.

Então, todos os dias poderiam ser assim, cheios de alegria, felicidade e amor.

Deixando-a rolar para o lado sem se afastar um só centímetro, Konnor soltou as alças que prendiam as calças dela em seus quadris e lentamente as empurrou para baixo. Uma onda repentina de medo apoderou-se dela e Marjorie se sentiu vulnerável e fraca por estar tão exposta daquela maneira. Será que deveria pedir para ele parar?

Não. Era Konnor que estava ali e jamais a machucaria. Além do mais, queria isso mais do que tudo.

Logo, sua calça estava no chão ao lado da cama e Konnor passava os nós dos dedos lentamente por sua perna nua, fazendo cada centímetro vir à vida.

– Deus, você é a perfeição – ele sussurrou dando beijos suaves e molhados em seu pescoço. – Eu a quero beijar aqui, aqui e aqui.

Konnor passou para os seios dela e levou um à boca. Lambeu e chupou seu mamilo, e uma onda de prazer a percorreu. Marjorie arfou, fazendo sons que nunca tinha se ouvido fazer na vida. Ele foi para o outro seio, mantendo sua mão ainda no primeiro, e repetiu sua doce tortura ali.

Quando ela pensou que não aguentaria mais e explodiria, Konnor se afastou e continuou seu caminho para baixo, dando beijos quentes em sua barriga e acariciando seus quadris ao mesmo tempo. Seus músculos internos se contraíram em antecipação – como antes de um mergulho no lago pela primeira vez – tanto assustador quanto emocionante.

Konnor massageava suas coxas e apertava sua pele enquanto descia cada vez mais. Marjorie sentiu sua entrada ficar molhada e seu rosto esquentar de vergonha, mas antes que pudesse dizer qualquer coisa, a boca dele estava nela.

Marjorie respirou fundo ao ser tomada pela sensação. Ele, então, abriu seus lábios com os dedos e brincou ali com a língua.

— Konnor... — ela choramingou, colocando as mãos em seus ombros para afastá-lo.

Ah, que vergonha.

Mas ele parecia uma parede de pedra e, na verdade, não queria que parasse. O mais belo prazer se espalhou através dela em ondas de pura felicidade. Como poderia ter uma sensação tão boa lá quando tudo o que conhecera fora dor?

— Konnor... — ela gemeu, e havia um apelo quente em sua voz.

Ele soltou um rosnado de satisfação que a fez se sentir como uma deusa. Encontrou um ponto de prazer com a língua, e algo começou a crescer dentro dela, enrijecendo, acelerando e expandindo ao mesmo tempo.

Konnor, então, se afastou, deixando-a querendo mais, muito mais.

— Senhor — disse ela — suas palavras parecendo um gemido. — Nunca pensei que meu corpo pudesse fazer isso.

Seu olhar desceu pelas calças dele, onde uma protuberância considerável aparecia entre as pernas.

— Possua-me como um homem possui uma mulher — pediu. — Faça a escuridão desaparecer.

Konnor engoliu em seco e seus olhos brilharam.

— Minha linda rainha guerreira, vou ajudá-la a esquecer tudo de ruim que já aconteceu com você.

— Sim — ela sussurrou.

Ele se endireitou, ainda de joelhos entre as coxas dela. Mantendo os olhos nos dela, soltou as calças e as empurrou para baixo. Sua ereção saltou livre, reta e grande, e Marjorie prendeu a respiração. Ela havia evitado olhar para Alasdair, e os outros pênis que vira por acaso quando os homens se banhavam no lago não estavam eretos.

Oh Deus, será que ele caberia dentro dela sem machucar?

Konnor tirou as calças e as jogou no chão. Então, abaixou-se sobre ela, apoiando-se nos cotovelos. Marjorie gostou de sentir o peso dele sobre si e o abraçou. Segurando o rosto dela com as duas mãos, olhou-a profundamente nos olhos. Havia calor, angústia e adoração no olhar dele, e algo que lembrava amor. Seu coração se apertou.

– Eu nunca quis uma mulher tanto quanto quero você – disse Konnor. – Minha rainha das Highlands.

Lá estava novamente, as palavras que lhe trouxeram esperança. Ele a beijou, provocando uma nova onda de desejo em suas veias. Havia tanto desejo que sentiu como se fosse morrer se parassem. Marjorie colocou os braços ao redor dele, puxando-o para mais perto, querendo se dissolver nele e se tornar um só.

Posicionando-se em sua entrada, Konnor esticou-a gentilmente. Depois, recuou um pouco, fixando seus olhos nos dela e então afundou lentamente, preenchendo-a com cuidado como um recipiente vazio. Marjorie quase desmaiou de prazer. Konnor mergulhou mais fundo, até estar totalmente enterrado nela mas, dessa vez, não houve dor, apenas uma profunda conexão e felicidade.

– Marjorie – ele sussurrou com a voz rouca.

Ela se afogou na intensidade azul de seus olhos, difundindo-se neles, mas não era o suficiente, precisava de mais. Então, o incentivou a continuar, cravando os dedos nas nádegas rígidas dele. Konnor saiu e entrou nela novamente, mais rápido, e Marjorie arfou de prazer, movendo os quadris para acompanhar o ritmo. Ele gemeu baixinho, suas estocadas se tornaram mais rápidas e Marjorie foi tomada de prazer. Os dois respiravam erraticamente e ele a devorava com o olhar.

De repente, ela se desfez em ondas pulsantes de luz que desfizeram completamente a escuridão. Um prazer que nunca conhecera antes a atingiu. Ela se partiu, se abriu, foi renovada e, finalmente, se libertou. Sua mente ficou vazia enquanto convulsionava repetidamente em tremores deliciosos e de partir a alma.

Konnor também enrijeceu, gritou o nome dela, se contraiu e

se desfez, derramando sua semente no estômago dela ao encontrar sua liberação.

Desabando ao lado dela, tomou-a nos braços e, então, puxou o cobertor por cima deles. Quando Marjorie estava quase pegando no sono, uma percepção a atingiu como uma flecha. Estava se apaixonando por Konnor, o homem do futuro.

A moça orou a Jesus e Maria para que ele mudasse de ideia e ficasse com ela. Uma vida de amor e felicidade com Konnor e Colin era a esperança pela qual lutaria agora...

CAPÍTULO 27

KONNOR PUXOU Marjorie para mais perto. Os dois se fundiram com seus corpos quentes e pesados. Ele nunca tinha visto uma mulher tão linda quanto ela durante sua libertação.

Konnor a chamara de rainha.

Porém, era mais como uma deusa. Uma deusa Highlander, livre, perfeita e poderosa. Havia uma luz nela, uma força que ele não achava que possuía.

E Konnor percebeu que tinha sido responsável por essa transformação, que havia sido ele quem lhe dera essa experiência positiva depois do que sofrera com Alasdair...

Aninhando-se contra a cabeça dela, inalou o perfume de seu cabelo. Konnor parecia estar nas alturas, como se tivesse acabado de tocar o céu.

Colocando a perna sobre o quadril da moça, puxou-a para trazê-la o mais perto possível e então começou a imaginar. E se todo dia pudesse ser assim, cheio dessa proximidade e dessa luz? Dele cuidando dela, jogando futebol com Colin, fazendo algo útil com as mãos. E se, todos os dias, pudesse sentir que acabara de realizar um milagre?

Ele? Um milagre?

Uma escuridão tomou conta de sua mente. Não lhe cabia fazer um milagre. Na verdade, estava a caminho do inferno.

Um ponta de medo perfurou seu coração ao pensar nisso. Nada poderia mudar os fatos. Nada poderia mudar quem ele era. Não sabia nada sobre felicidade e amor, não tinha ideia de como ser um bom pai e um bom marido. Não havia milagres para ele.

Como se sentisse a mudança nele, Marjorie se mexeu e se retorceu em seus braços para poder olhá-lo de frente. Encontrando os olhos luminosos e amendoados dela, Konnor beijou brevemente seus lábios suaves e doces. Marjorie estendeu a mão e passou os dedos pelos cabelos dele, que fechou os olhos, apreciando o toque.

– Konnor – disse ela.

– Não – falou Konnor. – Por favor. Não.

Marjorie ficou em silêncio e, quando ele abriu os olhos, odiou a si mesmo. A expressão alegre e despreocupada dela se fora, seus escudos haviam sido reerguidos, protegendo sua magia dele.

– O quê? – ela disse. – Você não sabe o que eu estava prestes a dizer.

Seus corpos se separaram e o frio penetrou no coração de Konnor. Ele se sentou, lamentando deixar o corpo sedoso e firme dela.

– O que quer que você fosse dizer, eu nunca deveria ter feito isso. Não deveria ter cedido à tentação. Deveria ter ficado longe de você.

Ela também se sentou, segurando o cobertor contra o peito e a dor que ele viu em seus olhos fez seu coração apertar.

– Você se arrepende do que aconteceu? – a moça perguntou.

– Marjorie, independentemente do que aconteceu, nada vai mudar a verdade. Eu vou embora, nunca poderei ser o homem que você merece.

Ela piscou e seus cílios tremeram, então, pegou sua túnica do chão e puxou-a para se cobrir. Em seguida, deixou a cama e foi até a janela.

– Sim, eu sei que ir embora. Você nunca disse que ficaria. – Ela se virou e o encarou com os braços em volta do estômago protetoramente. – Mas eu pensei... Esperava que, depois do que você falou sobre eu ajudá-lo a se curar, das palavras que me disse e do que fez... do que nós fizemos... – Ela apontou para a cama.

Konnor encontrou suas calças e as vestiu. Ele não suportava machucá-la assim. Ansiava por tomá-la nos braços, acalmá-la e devolver aquela luz que brilhara em seus olhos há poucos minutos.

Ele andou ao redor da cama e Marjorie deu um passo para trás.

– É por isso que eu nunca deveria ter cedido ao desejo. Não quero machucar você, mas infelizmente, vou e odeio fazer isso.

– Então não faça – ela sussurrou, as lágrimas brilhando em seus olhos.

Konnor foi tomado pela culpa.

– Tenho que ir, Marjorie. Eu disse que ficaria para protegê-la, e agora que está segura, preciso voltar para minha vida. Minha mãe... depende de mim. Também tenho minha empresa para administrar. Nós dois não temos futuro, não importa o quanto eu...

A palavra *amor* quase escapou de sua boca.

– Não importa o quanto eu me importo com você, nunca serei o homem certo para você.

– Não é o homem certo para mim? Você me trouxe de volta à vida, me mudou, me devolveu minha força e confiança. Salvou a mim e ao meu filho. Ainda assim, está dizendo que isso tudo não é bom para mim?

– O amor só leva à dor, Marjorie. O amor é uma mentira.

O silêncio pairou entre eles, pesado e tão saturado que Konnor poderia cortá-lo com uma faca.

– Eu não sei como não machucar o coração de uma mulher, como ser um bom pai. Eu cresci nessa escuridão, nessa violência. – Ele passou as mãos pelos cabelos, puxando o couro cabeludo para trás. – Se eu alguma vez a machucasse... – Konnor balançou a cabeça. – Não poderia viver comigo mesmo. Simplesmente não posso.

Marjorie se aproximou dele e segurou suas mãos, então, beijou seus dedos e olhou para ele.

– Você não vai me machucar e não vai se tornar seu padrasto.

Konnor balançou a cabeça com os olhos ardendo.

– Não pode ter certeza disso. Marjorie, eu me importo com você e realmente quis dizer cada palavra que disse. Você é a mulher mais deslumbrante que já conheci.

Os olhos dela lacrimejaram.

– Mas não posso ficar – ele continuou. – Fui honesto com você desde o início. Preciso voltar ao meu tempo. Meu lugar é lá e o seu é aqui, com um homem que pode ser um grande exemplo para Colin e que não vai partir o seu coração. Não posso lhe dar o amor que merece.

Uma lágrima escorreu pelo canto do olho dela e Konnor a enxugou com o polegar.

– Eu odeio você – ela sussurrou. – Sei que sua mãe precisa de você, eu entendo isso, mas gostaria de nunca tê-lo conhecido. Você me abriu para essa possibilidade de ser feliz, algo que nunca pensei que fosse possível para mim. Também foi maravilhoso com Colin, me deu esperança, me fez baixar a guarda e sentir coisas que nunca senti por ninguém. – Ela lhe deu um tapa ardido no peito. – E, agora, vai embora.

Ela balançou a cabeça, mordendo o lábio inferior.

– Eu sabia que nunca deveria confiar em um homem, mas quebrei minha regra por você. Dei-lhe o poder de me machucar ainda mais do que ele, e você o está usando.

O coração de Konnor afundou no peito e uma dor aguda como uma flechada o atingiu. Ele se odiava. Queria poder dar à Marjorie toda a felicidade que ela merecia e odiava ser a fonte de sua mágoa.

– Marjorie...

Ela puxou as calças para cima com raiva e amarrou-as na cintura.

– Não diga o meu nome – rosnou, fuzilando-o com os olhos. – E se tem amor à vida, vá embora. Agora. Não quero vê-lo por mais nem um minuto.

Calçando os sapatos, marchou em direção à porta, onde parou e se virou para ele.

– Estou indo para o grande salão e quando eu voltar, é melhor ter ido embora. Não volte, ou lutarei contra você, e vai se arrepender.

Ela saiu e bateu a porta gigante atrás de si. Quando Konnor ouviu seus passos furiosos sumirem à distância, levantou-se. Ele não tinha vontade de se mover, mas precisava.

– Adeus, Marjorie – sussurrou, olhando para a porta fechada e se perguntando como iria respirar em um mundo onde ela não existia.

Ele foi para seu quarto, onde três feridos dormiam, e silenciosamente trocou de roupa, colocando suas calças cargo, sua camiseta e sua jaqueta. Por quanto tempo ficara ali? Uma semana ou mais? Havia perdido a conta de quantos dias. As roupas modernas pareciam estranhas nele, como se pertencessem a outra vida.

A outro homem.

Ele considerou parar no quarto de Colin e se despedir, mas não queria acordar o menino.

Colocando a mão no bolso da sua jaqueta militar, tirou o relógio que Andy lhe dera. Eram 17:34. O ponteiro dos segundos do relógio tiquetaqueava, diminuindo as horas, roubando-lhe o tempo pouco a pouco.

Não queria deixar Marjorie e Colin, porém, não podia deixar sua mãe sozinha.

E mesmo que não tivesse sua mãe, nada poderia mudar o fato de que, simplesmente, não daria um bom pai nem um ótimo marido. Umas partidas de futebol e ele ter salvado o menino não mudavam isso. Konnor era um fuzileiro naval, salvar e proteger pessoas era o que fazia. E futebol... Grande coisa. Qualquer um podia chutar uma bola com um menino.

Ainda assim, sentiria falta de Colin. Ele subiu as escadas até o andar de cima e abriu a porta do quarto do menino. Estava escuro lá dentro com as venezianas fechadas. O garoto estava deitado na cama, dormindo pacificamente debaixo do cobertor. Konnor ficou com vontade de arrumar as cobertas e beijá-lo na testa para se despedir.

Colocando o relógio sobre um dos baús no canto, ele lançou um último olhar para os cabelos rebeldes de Colin. Por que sentia como se fosse uma traição deixar Marjorie e o garoto?

Konnor caminhou através do pátio, onde os cadáveres jaziam ao longo do muro. Seu coração parecia estar sendo perfurado a cada passo que dava. Ele queria se despedir de Muir, Malcolm e dos outros guerreiros com os quais lutara ombro a ombro, queria ajudar a trazer o corpo de Tamhas de volta, mas seria melhor se fosse embora agora.

Ao sair dos portões, alguém o chamou.

– Konnor!

Olhando para trás, viu Isbeil cambaleando em sua direção. Pela primeira vez desde que a conhecera, ela parecia cansada. Seus olhos estavam fundos e sua pele envelhecida tinha um tom acinzentado.

– Está indo embora, não é? – a velha senhora disse quando ficou de frente para ele. Seus olhos negros, embora injetados de sangue, o perfuravam.

– Sim.

– Hum. Esperava mais de você.

– Nunca prometi ficar.

Ela concordou com a cabeça.

– Sim, isso é verdade. Mas, está dizendo que a fada que comanda a magia da viagem no tempo estava errada sobre você?

Ele engoliu um caroço do tamanho de uma pedra em sua garganta.

– Infelizmente, estava. Eu tenho que ir. Cumpri meu dever

aqui. Marjorie está bem, Colin também. Tenho uma pessoa em minha vida que está esperando por mim, que precisa de mim.

– Fique bem, Konnor. Porém, algo me diz que ainda nos veremos.

Konnor balançou a cabeça e, tomado por um estranho desejo, se abaixou e abraçou a pequena mulher. Ela cheirava a ervas, sangue e algo ceroso, como madeira velha.

– Cuide dela, por favor – ele murmurou.

Quando soltou Isbeil, viu que seus olhos lacrimejavam.

Sem mais uma palavra, Konnor se virou e saiu do castelo. A cada passo que dava, sentia que o próprio chão se agarrava aos seus pés, tornando difícil avançar. Ele seguiu o riacho que entrava na floresta e continuou descendo pela ravina, indo em direção ao leste.

O sol já tinha se posto quando chegou às ruínas. Konnor estudou os restos da antiga torre, os escombros ao redor dela e, finalmente, a maldita rocha do tempo. Em comparação com alguns dias atrás, ele sentia que estava voltando como um homem diferente – mais aberto, maior e mais leve. Expandido.

Porém, com uma enorme ferida aberta em seu peito.

Uma figura com uma longa capa estava sentada em uma das pedras da torre e segurava algo nas mãos. Marjorie, ele pensou, seu estômago se contraindo de empolgação.

– Bem me quer, mal me quer... – Uma pétala branca voou no ar. – Bem me quer, mal me quer... – Outra pétala caiu.

A figura ergueu a cabeça encapuzada.

– Sìneag... – Konnor murmurou, seu estômago embrulhando de decepção.

Ela se levantou e caminhou até ele, segurando uma margarida com apenas uma pétala restante. A mulher segurou a flor na frente dele e puxou a pétala demonstrativamente.

– Bem me quer – disse ela e sorriu. – Acho que ela o ama, Konnor.

Por que não esfregar sal na ferida? O aroma de lavanda e grama recém-cortada o envolveu enquanto ela se aproximava. Sìneag jogou fora o resto da margarida e olhou para ele com os olhos brilhantes e cintilantes. As minúsculas sardas pareciam marrom-escuras no crepúsculo.

– Se ela me ama, não deveria – afirmou ele –, pois estou indo embora.

Sìneag estreitou os olhos e inclinou a cabeça como se não conseguisse decidir onde colocar uma flor em um buquê.

– Tem certeza disso?

Ele cerrou os dentes e respondeu com mais confiança do que sentia.

– Sim.

– Se for embora, terá apenas uma última viagem restante. Você está realmente certo?

Será que estava? As palavras de Isbeil vieram à sua mente. Será que ela estava certa? Este não era o final da história dele e de Marjorie?

Será que ela iria atrás dele? Para perdoá-lo e dizer adeus? Uma esperança refrescante e calmante floresceu em seu peito com o pensamento. Konnor olhou de volta para a floresta escura e observou os galhos se movendo levemente com o vento.

Espere... será que estava vendo o rosto dela?

Não, era apenas a sombra de um arbusto balançando.

Marjorie não viria. E mesmo se viesse, tudo o que poderia oferecer a ela era mais decepção, pois precisava ir embora de qualquer maneira. Não precisava?

Konnor deixou escapar um meio suspiro, meio rosnado. Agora, estava zangado consigo mesmo por se atrever a considerar outra possibilidade.

Não, chega de enrolação, de ficar esperando e de ter esperança. Cai fora logo!

– Sim, Sìneag – disse ele. – Tenho certeza. Assim é melhor para todos.

Os olhos de Sìneag ficaram tristes. Sem lançar outro olhar para ela, Konnor marchou em direção à rocha plana que já tinha começado a brilhar e colocou a mão com força sobre a impressão. Ele ouviu um zumbido forte que o cercou como um tornado. A rocha fria sob sua palma desapareceu e Konnor começou a cair no vazio, mas ainda assim, olhou para trás com esperança de ver Marjorie pela última vez.

Contudo, não havia ninguém ali.

CAPÍTULO 28

— Mãe, por favor, joga futebol comigo — pediu Colin com a bola de feno que Konnor tinha feito debaixo do braço.

Não havia inimigos ali agora. As ondas do lago formadas pela brisa espirravam em seus sapatos. As colinas verdes, violetas e marrons estavam calmas sob o céu de chumbo do outro lado do lago. Árvores e arbustos farfalhavam com o vento atrás dela, e ovelhas pastavam perto do castelo à sua direita.

Sim, Marjorie estava sozinha com seu filho fora das muralhas do castelo e se sentia bastante segura e protegida. Se tinha conseguido proteger Glenkeld contra os MacDougalls e derrotado John MacDougall, o que poderia haver para temer em uma pequena caminhada fora dos portões?

Mas, apesar da paisagem calma, Marjorie estava sofrendo. O rosto querido de Konnor estava sempre em sua mente. Ah, como sentia falta dele. Como sua rejeição doera. Ela inspirou profundamente o ar saturado do cheiro de ovelha, água do lago e vegetação.

Jogar futebol a faria mergulhar de volta naquele lindo dia em que Konnor, Colin e ela jogaram juntos. E isso iria torturá-la, fazendo-a lembrar de novo e de novo do que nunca teria.

Do homem que amava. De uma família com ele. Da felicidade com ele.

Mas seu filho não precisava sofrer só porque ela estava sofrendo. Colin merecia coisa melhor, e Marjorie daria a ele toda a alegria do mundo.

Colocando um sorriso no rosto, olhou para ele e disse que jogaria.

– Sim, claro.

A estranha pulseira que Konnor havia deixado para Colin brilhava em seu peito. Era grande demais para o garoto, então, ele a colocara em um cordão de couro que usava no pescoço junto com sua cruz. Marjorie tinha quase certeza de que era algo como um relógio de sol, mas parecia mágica, com o ponteiro se movendo sozinho, fazendo o som de *tique, tique, tique*. A superfície era feita do aço mais liso que já vira, mais lisa do que as lâminas de uma nova espada. A coisa era linda, masculina e causava admiração.

Quando ela tocava em sua superfície fria e elegante, sentia que não estava tocando apenas em Konnor, mas no futuro também.

Colin tinha ficado muito empolgado com o objeto e o chamou de "tiquer". Tinha até mesmo dormido com ele, nem sequer o tirara para se banhar, e o objeto milagroso continuara tiquetaqueando mesmo debaixo d'água.

Essa era a última coisa que ela teria de Konnor.

– Bem, filho, onde vai ser o gol?

Colin ergueu o punho com entusiasmo e escolheu uma grande pedra na margem do lago.

– Ali, olhe – disse apontando com o queixo cerca de três metros à frente. – Aquele arbusto pode ser uma parte do gol e a pedra pode ser a outra.

– Sim, boa ideia – disse Marjorie e caminhou com ele até lá.

Ela seria a goleira novamente, e Colin mostrou ser um excelente atacante; mesmo porque era bem mais fácil chutar a bola do que o cacho de avelãs. Eles jogaram por um bom tempo, até que seu filho parou, repentinamente, com o pé congelado no ar sobre a bola enquanto olhava para algo atrás de Marjorie.

Um arrepio gelado a percorreu e um pânico a deixou paralisada. Os pensamentos passaram por sua mente como vespas furiosas.

Ela estava sozinha fora do castelo com seu filho e, se os MacDougalls tivessem enviado alguém para sequestrá-los, os vigias não os veriam imediatamente.

Marjorie preferia morrer a deixar alguém levar Colin.

Sua mão disparou para a adaga em seu cinto e ela girou para enfrentar quem quer que estivesse atrás dela enquanto desembainhava a adaga ao mesmo tempo.

Marjorie a apontou para um homem que estava montado em um cavalo e a olhava com os olhos arregalados. Ele era gigante. Alto, ombros largos, queixo quadrado e cabelos ruivos. Estava usando uma túnica gasta, calças sujas em alguns lugares e com buracos remendados.

Onde ela o tinha visto antes? O rosto dele estava branco de espanto enquanto olhava para ela e Colin.

– Marjorie? – Sua voz grossa falhou de admiração e alívio.

Ela piscou. O estranho desmontou e deu um passo em sua direção.

– Pare! – ela gritou, ainda apontando a adaga para ele.

O homem ergueu as mãos e ficou imóvel. Por que ele parecia tão familiar? Aquelas maçãs do rosto salientes, os olhos amendoados de um tom castanho chocolate... Ele tinha a barba longa, meio desgrenhada e seu cabelo parecia que não recebia os cuidados de uma mulher há muito tempo. E seus olhos... Havia dor neles, tristeza e também esperança.

Ela tinha visto aqueles olhos antes, mas o homem a quem pertenciam estava morto.

– Sou eu, Ian – disse ele.

O chão pareceu balançar e ceder sob seus pés. Com a mão

livre no ar, procurou algo para se apoiar, mas não encontrou nada. Ela deu um passo para trás e recuperou o equilíbrio.

– Ian... – sussurrou.

Marjorie olhou para a direita, para onde ficava o pequeno cemitério dos Cambel, onde estava o túmulo de Ian com uma lápide dedicada a ele.

Mas se a viagem no tempo era real, qualquer coisa era possível. Ela se virou para Colin, que continuava olhando para Ian com o cenho franzido. Marjorie gesticulou para ele, que correu para os seus braços. Uma vez que o garoto estava na segurança de seu abraço, ela olhou para a aparição diante dela.

– Você é o fantasma de Ian? – perguntou.

Com um tumulto interno, seus olhos ficaram embaçados e ele apertou os lábios com força contra a barba.

– De certa forma, sou. O Ian que você conhecia morreu, mas eu sou de carne e osso.

A visão dela ficou turva de lágrimas, e a mão que segurava a adaga tremeu violentamente.

– Você não morreu?

– Não.

Marjorie soltou o ar que prendia em seus pulmões, sem poder acreditar totalmente, e continuou segurando a adaga.

– Onde você esteve?

Ele engoliu em seco.

– Os MacDougalls me venderam como escravo ao califado e foi onde estive por todos esses anos.

Seu braço caiu ao lado do corpo. *Um escravo! Ian tinha sido um escravo...* Uma lágrima deixou um rastro ardente em sua bochecha. Largando a adaga na grama macia, marchou em direção a Ian.

Ele a tomou em seus braços enormes enquanto ela chorava, inalando seu cheiro empoeirado, sujo e precioso.

– Você voltou – Marjorie sussurrou enquanto seu primo apertava seu abraço. – Ah! Graças a Deus! Graças a Deus... – Afastando-se um pouco, chamou o filho.

– Colin, venha conhecer seu tio Ian.

Colin veio andando timidamente, seus olhos avaliando cuidadosamente o tio. Marjorie soltou Ian e se postou atrás de Colin, colocando as mãos em seus ombros.

– Ian, este é meu filho, Colin.

As sobrancelhas de Ian se ergueram.

– Seu... filho?

– Sim – falou ela com a cabeça erguida.

Ian acenou com a cabeça respeitosamente como forma de saudação.

– Prazer em conhecê-lo, rapaz. Estou muito feliz por ter vivido para ver você com meus próprios olhos.

– Olá, tio – disse ele simplesmente.

Marjorie suspirou e sentiu um enorme sorriso surgir em seu rosto.

– Venha, deve estar com fome e precisando de um banho. Vou pedir que lhe preparem um, e você pode dormir no... – Sua voz falhou quando ela quase disse que ele poderia dormir no quarto de Konnor. Mas não era mais de Konnor. – No quarto de hóspedes ao lado do meu.

Ian deu um largo sorriso.

– Sim. Com prazer, obrigado.

Ao se virarem para pegar o cavalo e entrar no castelo, Marjorie apertou a mão dele.

– Precisa me contar tudo o que aconteceu com você.

Colin saiu chutando a bola em direção ao castelo e correndo atrás dela. Enquanto Ian e Marjorie o seguiam, o rosto de seu primo ficou sombrio.

– Não posso lhe contar *tudo*. Há partes que não são para os ouvidos de uma moça delicada.

Marjorie riu.

– Moça delicada? Não sei de quem você está falando. Acabo de liderar uma forte defesa contra o exército MacDougall, que era seis vezes maior do que as minhas forças. E venci.

Ele a olhou com uma expressão vazia no rosto.

– Você? Sozinha?

– Não estava sozinha. Eu tinha cinquenta homens. – E um deles do futuro, sem o qual provavelmente não teria sobrevivido. – Mas meu pai e tio Neil, junto com todos os meus irmãos e muitos outros homens Cambel, estão no noroeste, lutando pelo rei Robert de Bruce.

– Marjorie, não sei o que dizer... – Lágrimas brotaram em seus olhos castanhos. – Lembro-me de você despedaçada, enrolada em torno de si mesma, sem vontade de viver ou sair para ver o sol. E, agora, você tem um filho e luta batalhas que mesmo alguns homens teriam mede de lutar... Moça, estou muito orgulhoso de ser seu primo. Você é uma verdadeira Cambel.

Gratidão se espalhou por seu peito como os raios quentes do sol.

– Obrigada, Ian.

Eles chegaram ao castelo e passaram pelos portões. Colin pegou o cavalo de Ian e o conduziu para os estábulos. Ian olhou ao redor, respirou fundo e, então, soltou um longo suspiro.

– Não pensei que veria Glenkeld novamente – disse ele. – Você esteve em Dundail recentemente?

Dundail pertencia ao pai de Ian, Duncan Cambel. Ficava a cerca de um dia de viagem e fora a casa de seu primo antes de ele ir treinar com os Cambels em Innis Chonnel ou Glenkeld.

– Não, não vou lá desde que éramos crianças – disse Marjorie. – Eu sei que seu pai não tem estado bem recentemente. Ele não lutou muitas batalhas desde seu enterro e está em Inverlochy agora. Um cavaleiro chegou aqui ontem para dizer que meu pai e meus irmãos estão lá para um breve descanso.

– Então é para lá que irei amanhã.

Marjorie concordou com a cabeça e sorriu.

– Gostaria de ver o rosto dos meus irmãos assim que o virem, mas preciso ficar aqui para guardar o castelo.

Ela o levou para a torre onde havia os aposentos.

– Onde está seu marido, Marjorie? – indagou Ian.

– Marido? Eu não tenho marido. Colin é filho de Alasdair.

Ian balançou a cabeça uma vez.

– Você é uma mulher admirável. Mesmo depois do que ele lhe fez, ainda ama o garoto.

– A semente de Alasdair concebeu Colin, mas não há nada desse monstro em meu filho. Ele é um Cambel e tenho orgulho de ser sua mãe, independentemente de qualquer coisa. Isso só me tornou mais forte, Ian. Me fez quem eu sou.

E quando disse isso em voz alta, percebeu que seu maior medo, o de ser uma covarde, também tinha ido embora. Não era uma covarde. Nunca fora. O fato de ter sido sequestrada não era um sinal de fraqueza. Ela tinha lutado o máximo possível e não se submetera a Alasdair, apesar de toda a violência que ele a infligira. Ela não desistira – nem de si mesma e nem de seu filho.

Sequer desistira do amor. O único problema é que essa parte tinha ido por água abaixo.

– Sim, você tem razão, moça – concordou Ian. – Você não quer se casar?

Marjorie olhou para o pátio pensativamente. Os homens levavam pedras até as torres do muro norte. Agora que tinham tempo e paz para consertá-lo, ela queria que isso fosse feito o mais rápido possível. Eles haviam recuperado os escombros sob o muro para economizar dinheiro, e os homens do clã que normalmente estavam envolvidos no treinamento com espadas estavam fazendo os reparos.

– Por um longo tempo, não quis. Mas então, conheci um homem. – Ela cutucou uma pequena pedra com a ponta do sapato e a chutou para longe. – Eu... me apaixonei por ele e, apesar de ter ficado com o coração partido, comecei a ver a possibilidade de ser feliz. Ele foi responsável por isso.

– Ele é um bom homem? – perguntou Ian. – Não que você precise da minha aprovação, mas vou torcer o pescoço dele se sequer olhar para você da maneira errada.

Marjorie suspirou.

– Ele é um bom homem. Colin também se abriu com ele. Ele salvou nossas vidas.

– Então, onde está agora, este homem bom?

Marjorie colocou os braços ao redor do corpo.

– Longe.

– E você o ama?

– Sim.

– E ele a ama?

– Eu não sei. Pensava que sim.

Ian passou os dedos pelo cabelo comprido e desgrenhado.

– Marjorie, fui um escravo por muitos anos e pensava que cada dia poderia ser o último. Eu via as Highlands e todos vocês em meus sonhos. Enfrentei a morte diariamente e o único arrependimento que tive em relação à minha vida foi nunca ter conhecido o amor verdadeiro. Nunca tive uma mulher para cuidar, um filho por quem viver. Se conheceu seu verdadeiro amor, prima, não o jogue fora. Ou pode se arrepender.

Marjorie mordeu o lábio, lutando contra as lágrimas. Ele estava certo. Se ela não tivesse Colin em quem pensar, poderia ter tentado encontrar uma maneira de viajar no tempo para chegar até Konnor, mas precisava pensar em seu filho primeiro. E nada era mais importante do que Colin e seu bem-estar.

– Sim – ela disse. – Infelizmente, isso não é possível. Ele está tão longe que pode muito bem não existir. – Então, pegou a mão de Ian e a apertou. – Mas não importa. Você está aqui, está vivo e bem. Sabe o que quer fazer agora?

– Sim. Quero encontrar meu pai e viver minha vida tranquilamente em Dundail.

– Você escolheu a hora errada para tentar viver sua vida tranquilamente, primo. O reino está em guerra.

– Não me importo. Empunhei minha espada por tempo demais no califado e prometi que não mataria outro homem em minha vida.

Marjorie concordou com a cabeça. A decisão era dele, mas duvidava que fosse capaz de manter essa promessa.

– Tudo bem, vá descansar. Vou pedir aos criados que preparem um banho quente para você, além de uma boa refeição.

Vou mandar alguns homens caçarem e faremos um banquete esta noite em sua honra.

– Obrigado, prima.

Enquanto Ian entrava na torre e subia as escadas circulares, Marjorie o observava, pensativa e se perguntava se haveria uma maneira de ficar com o amor de sua vida, mas ainda manter os melhores interesses de seu filho no coração. Queria que Konnor mudasse de ideia e voltasse para ela. Talvez ele pudesse trazer sua mãe junto. Tinha certeza de que as duas seriam grandes amigas.

Mas desejar não faria com que se tornasse realidade. Precisava se acostumar a viver uma vida com um buraco no coração. Não podia fazer nada a respeito.

Pelo menos ela e seu filho estavam livres, ao contrário do que acontecera com Ian nos últimos anos. Graças a Deus seu querido primo tinha voltado dos mortos.

CAPÍTULO 29

Los Angeles, duas semanas depois

— Konnor, meu filho, o jantar está pronto! — sua mãe chamou da cozinha.

Konnor rosqueou a lâmpada no lustre e desceu da cadeira.

— Estou indo — disse ele enquanto caminhava em direção ao interruptor.

Konnor ligou a chave e a sala se encheu de luz. Ele suspirou e olhou ao redor. Esse fora o último reparo que sua mãe precisava. Pegando um copo com uísque, bebeu o líquido restante. Diferente do uísque medieval, este era mais encorpado e tinha um gosto defumado. Simplesmente perfeito. Porém, ainda assim, daria qualquer coisa para beber o *uisge* rudimentar, porque aquele gosto estaria para sempre conectado à Marjorie.

Depois, desligou a TV que estava passando uma partida de futebol. Enquanto fazia reparos na casa, sua mente se perguntava e imaginava de que outra forma poderia fazer uma bola de futebol na Escócia medieval. Se ele tivesse mais tempo, teria usado aparas de madeira em vez de feno, feito pentágonos de couro e os costurado corretamente.

Bem, o fato é que não teria a chance de fazer isso agora, então de que adiantava pensar nisso?

Konnor se levantou e saiu da sala de estar para procurar sua mãe na cozinha. A casa dela era um bangalô de dois quartos, com um quartinho nos fundos do terreno que servia de estúdio para pintura. A sala era colorida, com as paredes azul turquesa e painéis de madeira que tinham um brilho quase dourado. Os quadros mais claros estavam pendurados nas paredes – orquídeas brancas, flores de hibisco com pétalas amarelas e rosa e aves-do-paraíso laranja e azul. A casa ficava em uma colina, Konnor podia ver o oceano sobre os telhados.

Ao entrar na cozinha bem iluminada, foi tomado pelo aroma de coentro moído na hora e frango frito. A mãe colocou dois pratos com hambúrgueres na ilha da cozinha, cenoura e raiz de aipo frita de acompanhamento. Depois, posicionou o tablet ao lado dos pratos.

Ela deu um sorriso nervoso, embora seus olhos azuis brilhassem, e o estômago de Konnor se revirou.

– Sente-se, sente-se – disse sua mãe. – Fui a uma aula de culinária na quinta-feira e fizemos hambúrgueres de frango com molho de coentro tailandês. Achei que você iria gostar.

Konnor se sentou no banquinho alto e olhou para o pão com o peito de frango frito fumegante entre as fatias. Mamãe se serviu de uma taça de vinho tinto e pegou uma cerveja para ele. Depois, sentou-se também. Seu cabelo curto estava arrumado em ondas hoje, algo que ela não fazia há muito tempo, e usava brincos turquesa pendurados sob os cachos. Também estava de batom cor de rosa.

Batom? Ela não usa batom...

A blusa cinza clara e o grande colar turquesa combinando com os brincos eram novos, não eram? E a maquiagem?

– Mamãe – disse Konnor. – O que está acontecendo?

Ela riu nervosamente.

– Vamos comer primeiro.

Seu estômago se retorceu.

– Não. Conte-me logo.

Eles tinham uma rotina normal de domingo. Konnor vinha de manhã, trazia mantimentos e dinheiro para ela. Sua mãe preparava o almoço enquanto ele fazia os pequenos reparos que ela precisava. Os dois conversavam, ela lhe mostrava sua nova pintura e eles davam um passeio na praia se o tempo permitisse. Sua mãe nunca usava maquiagem, pelo que ele conseguia se lembrar, e geralmente usava algo aconchegante, como uma camiseta de malha.

Na verdade, Konnor percebera que algo estava diferente desde que voltara da Escócia. Quando chegara à fazenda Keir, a primeira coisa que fizera fora ligar para ela. Porém, sua mãe nem tinha sentido a falta dele. Ela ficara surpresa por ele ter se desculpado por não ter ligado antes, embora Konnor devesse ter voltado no dia anterior.

Os Keirs o levaram para o hotel em Dalmally, onde um Andy puto da vida gritara com ele por uma hora. A equipe de busca e resgate escocesa não tinha conseguido encontrá-lo e, por pouco, não tinham ligado para sua mãe para dizer que era provável que ele estivesse morto.

Konnor contara a Andy que tinha se perdido na tempestade, caído em uma ravina e machucado o tornozelo e a cabeça. Também dissera que uma mulher que morava em uma cabana próxima o encontrara e cuidara dele, de forma que ficara com ela por alguns dias. As linhas telefônicas não estavam funcionando, portanto, não pôde entrar em contato com ninguém. Andy ainda assim tinha ficado furioso com ele.

Seu amigo estava com a sua mochila, seu passaporte e seu telefone, e os dois voltaram para casa imediatamente. Durante a primeira semana de volta em LA, Konnor tinha ido ver a mãe diariamente para se certificar de que ela estava bem. Sua mãe parecia surpresa e, talvez, até um pouco irritada por tê-lo visitando com tanta frequência.

– Você está parecendo uma mãe galinha, Konnor, pelo amor

de Deus. Eu o amo, mas, por favor, pare com isso, estou me sentindo um pouco sufocada.

A empresa dele estava indo bem e parecia que o mundo havia seguido em frente enquanto esteve fora.

Só que ele não.

– Mãe – disse Konnor –, seja lá o que for, diga-me.

Ela suspirou e olhou para o tablet.

– Está certo, mas prometa que reagirá à notícia com calma.

O coração dele disparou. Notícia? Será que ela estava doente? Ou iria se mudar? O que estava acontecendo?

– Eu conheci uma pessoa.

Silêncio. Se o silêncio pudesse explodir, isso tinha acabado de acontecer.

– Você o quê?

Ela suspirou.

– Eu conheci uma pessoa e quero que você o conheça também.

– Mamãe!

Sua mãe encolheu os ombros.

– Ele é um *marchand* que frequentou a mesma aula de pintura que eu há seis meses. Aquela sobre retratos.

Droga.

– Ele adorou os meus quadros e mostrei-lhe a minha coleção. Depois de vê-la, disse a mesma coisa que você vem me dizendo há anos, que eu deveria fazer uma exposição e vendê-los. E quer saber, resolvi fazer bem isso. – Ela deu uma risadinha. – Em Nova York, de todos os lugares!

Konnor gemeu e um medo se apoderou dele.

– Você não está falando sério, está?

Ela piscou.

– Está tudo bem, acalme-se. Eu não vou morar com Mark nem nada, mas já estamos namorando há seis meses.

– Faz seis meses que está namorando e só me contou agora?

– É que agora parece que está ficando sério. Enquanto você

estava na Escócia, viajamos para Las Vegas. Mark é muito respei-toso, carinhoso e...

Ela tinha saído da cidade com um homem que ele nem sequer conhecia enquanto estava fora do país? Por isso é que não ficara preocupada que seu filho não tivesse ligado.

O sangue de Konnor pulsava violentamente em suas têmpo-ras. Sua mãe estava prestes a lhe causar um ataque cardíaco.

– Carinhoso? Mas depois de Jerry...

Sua mãe se levantou e apoiou as mãos na cintura.

– Não, Konnor. Você não tem o direito de mencionar Jerry agora. Eu aprendi minha lição. Fiz terapia. E isso aconteceu há quinze anos, filho.

– E eu ainda não consigo me perdoar por tê-lo deixado machucar você daquela maneira.

Ela ficou paralisada, com os olhos arregalados e algo que ele não via em seu rosto há muito tempo apareceu: culpa.

– Você? Perdoar a si mesmo? Você era um menino, Konnor. Nada nessa situação fora sua culpa. O que poderia ter feito?

Eles nunca haviam falado sobre isso. Não enquanto Jerry estava vivo e nem depois da morte dele. Mas isso havia pesado em Konnor por toda a vida. Ele se sentia culpado.

– Alguma coisa. Contado a alguém. Chamado a polícia.

– Eu lhe disse para não fazer isso.

– Ainda assim, eu deveria ter sido mais forte.

– Não, Konnor. – Ela segurou o rosto dele com as duas mãos. – Eu deveria ter feito isso. Está me ouvindo? A culpa foi minha. Eu era a adulta ali, deveria ter largado Jerry na época e protegido a nós dois.

Lágrimas brotaram nos olhos de sua mãe e seu peito se aper-tou. Ela o soltou e se sentou na cadeira, tomando um grande gole de vinho com a mão trêmula.

– Na verdade, conversei com Mark sobre isso. Ele me entende porque seu pai também batia nele.

Um espasmo contraiu o estômago de Konnor.

– Mas, apesar disso – mamãe continuou –, Mark é um pai

maravilhoso, porque não quer que seus filhos passem pelo que ele passou. Conheci a ex-mulher dele. Na verdade, ela é a dona da galeria em Nova York. Eles são divorciados de forma muito amigável. Mark e eu fomos vítimas de abuso. – A voz dela tremeu. – E você também, querido.

Konnor saltou da cadeira. Era muito doloroso ouvir isso, muito chocante. Ele queria apagar essas palavras de sua memória e nunca mais ouvir nada a respeito. Sua mãe estava seguindo em frente. Ou isso, ou ela estava cometendo o maior erro de sua vida. Será que não tinha aprendido que o amor só termina em dor?

Konnor caminhou ao lado da ilha da cozinha, cerrando e abrindo os punhos na tentativa de aliviar a tensão em seus ombros e braços.

– Mas como você pode saber que ele não será igual ao Jerry?

Ela endireitou as costas e ergueu o queixo.

– Você tem razão. Não tenho certeza ainda, mas também não estou entrando cegamente em uma situação como fiz com Jerry. Estou indo devagar. Estou cuidando de mim mesma.

Ela olhou para o guardanapo com desenhos de conchas e o mudou de lugar sobre a mesa para que ficasse perfeitamente alinhado com o meio do prato. Quando o encarou, Konnor sentiu como se uma maldita lança estivesse rasgando seu peito.

– Eu deveria ter sido forte o suficiente para deixar Jerry – confessou – e não colocar nós dois no inferno. Mas estou mais forte agora. Reconhecerei os sinais de um homem violento se eles aparecerem. – Ela ergueu as sobrancelhas. – E diferentemente daquela época, não preciso de um homem e não estou com pressa de morar com ninguém. Minha vida está ótima assim. – Inclinando a cabeça, Helen sorriu. – Estou feliz comigo mesma, Konnor. E tenho você, meu filho maravilhoso. Mas você tem sua própria vida para viver, e estou mais perto do fim da minha.

– Mamãe! Você não tem nem sessenta anos ainda.

– Sim, e tenho certeza de que terei muitos outros ótimos anos pela frente. Quero aproveitá-los ao máximo. Você está crescido, não precisa mais de mim. Talvez minha exposição de arte seja um sucesso e eu ganhe meu próprio dinheiro fazendo algo que amo, assim não vou mais precisar depender de você financeiramente. Isso não seria ótimo?

Sim. Konnor estava certo. Sua mãe estava seguindo em frente. Tudo estava mudando. Exceto ele. Será que estava se agarrando a problemas que não existiam mais? Sua mãe não precisava mais dele?

Uma ferida aberta e incurável latejava dentro dele. A única coisa que faria a dor passar seria pegar o próximo voo para a Escócia, encontrar aquela ruína e viajar de volta no tempo para tomar sua rainha das Highlands nos braços e nunca mais soltá-la.

Konnor se encostou na pedra da ilha da cozinha, sentindo o granito preto frio contra suas palmas aquecidas.

– Claro que sim, eu adoraria vê-la feliz. Mas preciso ter certeza de que o cara é bom para você. Não vou me perdoar se alguma coisa de ruim acontecer novamente. A segurança vem antes de qualquer paixonite.

– Paixonite? – ela disse, parecendo confusa.

– Sim. Paixonite. O que mais pode ser depois de apenas alguns meses?

Helen sorriu.

– Seis meses, e é mais sério do que uma paixonite. Aqui. – Ela foi em direção ao tablet. – Deixe-me apresentá-lo. Sim?

As narinas de Konnor se dilataram. Tudo dentro dele achava essa ideia péssima. Estava preocupado com ela e já odiava o homem. Ele suspirou. O cara já fazia parte da vida de sua mãe, e era trabalho dele ter certeza de que ela estava segura.

– Certo, mas se eu sentir um toque de violência nele...

– Então o quê?

– Você vai terminar com ele, é isso. Não vou arriscar sua saúde e segurança.

Sua mãe revirou os olhos.

– Não cabe a você decidir. – Desbloqueando a tela, ligou para Mark Campbell no Skype.

Campbell?

Enquanto o tablet tocava, o estômago de Konnor se revirava com uma estranha sensação de déjà vu. Campbell era sem dúvida uma versão moderna do nome do clã de Marjorie, Cambel.

– Ele mora em Nova York? – Konnor murmurou.

– Não, em LA, mas está em Nova York para montar minha exposição para a semana que vem.

– Semana que vem? Você estava planejando me convidar?

A ligação foi completada e ouviu-se uma voz masculina atender.

– Olá!

Olhando para o rosto de Mark, Konnor ficou completamente imóvel.

Tamhas olhava para ele diretamente da tela, só que era uma versão de sessenta anos, com o cabelo comprido completamente branco. Tinha até a mesma barba por fazer no queixo e os olhos cinza intensos.

– Só um momento – pediu Mark Campbell, e o cenário atrás dele mudou. – Deixe-me encontrar um lugar calmo. Ah aqui, o fundo da galeria vai servir. – Ele olhou para Konnor, sua mãe e sorriu. – Oi, Helen. Olá, Konnor. Prazer em conhecê-lo finalmente.

O homem tinha um sorriso brilhante, agradável e olhos astutos. Calma e paz irradiavam dele.

– Oi – disse Konnor, perplexo.

– Oi, querido – completou sua mãe.

Konnor suprimiu um rosnado. *Querido? Veremos.*

– Ouvi dizer que você está saindo com minha mãe – falou Konnor.

Mark concordou com a cabeça.

– Sim, tive a sorte de conhecê-la. Ela é uma mulher especial.

Konnor inclinou a cabeça.

– Nisso estamos de acordo. Quais são as suas intenções em relação à minha mãe?

Ele parecia um idiota antiquado, mas não se importava.

– Minhas intenções... – Mark encontrou os olhos de sua mãe, e eles se aqueceram com tanta luz e amor que Konnor cerrou os dentes. – Minhas intenções são fazê-la delirantemente e incondicionalmente feliz. Pelo tempo que ela me quiser.

Sim. Veremos sobre isso também.

A mão de Konnor apertou o garfo.

– Quando você volta para LA?

– Esta noite.

– Gosta de futebol?

– Na verdade, sim.

Konnor tinha quase certeza de que o homem havia dito isso porque sua mãe lhe contara que ele era fã de futebol. Mas, pelo menos, teve a decência de fingir que sim.

– Que tal irmos assistir a um jogo amanhã? Beber algumas cervejas e conversar de homem para homem, não pelo Skype?

– Parece-me uma boa ideia. Só uma coisa, eu não bebo.

– Por quê? Você é alcoólatra?

Sua mãe se engasgou.

– Konnor!

Mark riu.

– É uma pergunta justa, dada a minha criação. Não, eu não sou alcoólatra. Experimentei uma cerveja uma vez quando tinha dezesseis anos e odiei o gosto e a maneira como me fez sentir. Em combinação com a minha infância e o fato de meu pai ser alcoólatra, decidi não beber.

Mas que diabo. Konnor era até mesmo capaz de gostar do homem, mesmo sem a intenção de fazê-lo.

– Certo – disse Konnor para a versão moderna e mais velha de Tamhas. – Vejo você amanhã.

CAPÍTULO 30

O ESTÁDIO RETUMBAVA com o canto de milhares de pessoas enquanto Konnor observava a grama verde e bem iluminada, embora não estivesse realmente interessado no jogo. Os assentos no camarote do Banc of California Stadium eram incríveis. Konnor não era um homem pobre, mas não poderia ser sócio ali.

Mark realmente gostava de futebol e tinha dinheiro suficiente para se tornar membro. Os dois se sentaram no meio do camarote, e um vendedor lhes entregou duas caixas de nachos e dois refrigerantes.

– A preparação para a exposição da sua mãe está indo bem – disse Mark. – Já vi muitos artistas diferentes em meus anos de negócios, mas um talento natural como o de sua mãe não aparece com frequência.

Konnor ficou simplesmente olhando para o perfil do namorado da sua mãe. A semelhança com Tamhas era incrível. Sim, havia algumas diferenças, o nariz de Mark, por exemplo, era mais fino e alto e seus olhos eram de uma cor diferente, mas até a voz, exceto pelo sotaque escocês, parecia semelhante. Mark e Tamhas tinham o mesmo tom de voz agradável de barítono. A maior diferença era que, enquanto Tamhas falava rápido e estava sempre alerta ao perigo, Mark estava calmo e à vontade.

– Há anos venho dizendo a ela que deveria mostrar suas pinturas para alguém.

– Sim. Helen me contou e você estava certo.

– Mas tem certeza de que não está apenas tentando fazer com que ela goste mais de você?

Mark deu um sorriso triste e seus olhos lacrimejaram.

– Eu estava com medo de ser tendencioso por estar tão apaixonado por ela.

Apaixonado? Os pulmões de Konnor se contraíram.

– Mas perguntei à minha ex-mulher, que é dona de uma galeria em Nova York, e a alguns dos *marchands* que conheço e confio. Todos acham que sua mãe é um tesouro. Quantos quadros ela tem? Centenas? Helen está sentada sobre uma fortuna, meu amigo.

Konnor suspirou. Era ótimo saber que sua mãe era mesmo tão talentosa e que poderia garantir seu futuro se, por algum motivo, Konnor desaparecesse...

Se ele voltasse no tempo, por exemplo.

Ah, como queria ver Marjorie. Tomá-la em seus braços e inalar seu perfume de ervas.

Mas não podia, independentemente de quão desesperado e triste estivesse, de quão vazia sua vida parecesse sem ela...

Ele a amava.

Konnor, que sabia que o amor era uma ilusão e só trazia dor, a amava. A fada Sìneag das Highlands estava certa. Marjorie era a mulher certa para ele, tinha certeza disso no fundo da sua alma. Tudo se encaixava tão bem. E ele precisou cruzar centenas de anos e ver sua vida vazia e sem sentido para perceber isso.

Ainda assim, não podia abandonar sua mãe, precisava ter certeza de que Mark era o homem que ela pensava ser. Afinal, Jerry tinha sido doce e gentil até que Helen e Konnor foram morar com ele.

– O que seus filhos fazem? – Konnor indagou.

– Minha filha mais velha, Denise, tem a sua idade e é capitã de barco. Meu filho do meio, Trevor, é pediatra em Chicago e meu filho mais novo, Jack, ainda está na universidade, estudando psicologia. – Ele deu uma risadinha. – Dizem que os psicólogos entram na profissão para resolver seus próprios problemas, mas espero que não tenhamos feito um trabalho tão ruim assim como pais.

Konnor olhou atentamente para ele. Não tinha considerado isso até agora. Embora Mark tivesse sido vítima de violência doméstica, como Konnor, casara-se e tivera três filhos. Sim, era divorciado, mas não parecia estar sofrendo com isso. Além disso, dissera que *amava* sua mãe.

– Então, o que aconteceu com sua ex-mulher? – Konnor perguntou. – Por que o divórcio?

Mark respirou fundo, recostou-se na cadeira e suspirou, olhando para os jogadores correndo pelo campo.

– Boa pergunta. O que aconteceu... eu não sei. Estávamos delirantemente felizes. Eu a amava. Ela me amava. Tivemos nossos filhos, fizemos um ótimo trabalho com eles, se assim posso dizer. Tenho muito orgulho de cada um deles. Mas então... algo estava faltando. Acho que Janet foi a primeira a falar sobre isso, ela perguntou o que estava acontecendo. Nós simplesmente... nos afastamos. Não havia ódio entre nós, nenhum drama. O processo todo do divórcio foi muito chato. Ainda temos um bom relacionamento. Muito disso se deve ao nosso trabalho, ela tem a galeria dela, que era nossa antes, e eu procuro grandes obras de arte. Estamos confortáveis financeiramente, como você pode ver. Acho que foi um pouco difícil para as crianças no início, mas depois, entenderam e concordaram que era melhor para todos.

Konnor sentiu que o homem estava sendo sincero. Podia perceber na facilidade com que falava, na postura relaxada, no tom de voz.

– Então não houve sofrimento? Quando vocês se divorciaram?

Ele estreitou os olhos pensativamente.

– Não houve sofrimento exatamente, talvez um pouco de tristeza, eu acho. Lamentei pelo nosso relacionamento, pois éramos felizes e imaginei que sempre estaríamos juntos. Você não se casa com alguém pensando que vai terminar um dia, certo?

— Era isso que eu imaginava — Konnor murmurou.

— O que disse?

— Nada.

— Não. Diga-me. Você disse que era isso que pensava?

Konnor tomou um gole de sua Coca, lamentando ter dito as palavras e esperando que pudesse distrair o homem. Não tinha intenção de falar sobre seus sentimentos e limitações.

— Não importa.

— Pelo contrário — contestou Mark —, importa sim. Não é da minha conta, claro, mas acho que eu, você e sua mãe temos algo profundo e lamentável em comum; essa experiência de ser abusado, ficar impotente e aprender todas as coisas erradas sobre a vida. Eu costumava odiar tudo e todos, roubava coisas e batia até não poder mais nos outros. Pensava coisas ruins sobre mim mesmo porque os punhos do meu pai me ensinaram a fazer isso. Acho que foi por isso que decidi estudar arte, para encontrar alívio da dor.

Konnor concordou com a cabeça pensativamente. Para alguém com um histórico semelhante de violência na infância, Mark parecia um cara normal agora. Não ficara danificado, e era um homem de família que criara três filhos.

— A sua ex alguma vez lhe acusou de ser emocionalmente indisponível?

Mark esfregou o queixo com um meio sorriso no rosto.

— É disso que sua namorada acusa você?

Na verdade, Marjorie nunca dissera isso. Ficara magoada por ele ter partido, mas tinha sido a primeira pessoa com quem ele se abrira. Konnor havia lhe contado suas piores inseguranças e, surpreendentemente, ela o aceitara. Não apenas o aceitara, o beijara.

Pela primeira vez em sua vida, tinha estado emocionalmente disponível para uma mulher. E tinha adorado isso.

Ele a amava.

Marjorie acreditava nele incondicionalmente. Confiava nele e não tinha medo dele. Também tinha dito que ele poderia ser um marido e um pai maravilhoso.

– O que o ajudou a ser um bom marido e pai, Mark? Pois seu pai, assim como o meu padrasto, foi um péssimo exemplo. O que lhe fez pensar que você poderia fazer isso?

Mark deu uma risadinha.

– Bem, para ser honesto, não pensei que conseguiria até o dia em que minha filha nasceu. Mas, no momento em que segurei aquele bebezinho rosado em meus braços, quando a ouvi chorar pela primeira vez, soube que não queria ser igual a ele. Que eu faria qualquer coisa ao meu alcance para protegê-la disso. Que eu seria o oposto do meu pai, o que quer que isso significasse. Eu não seria violento, não seria um idiota egoísta. E de repente, fiquei grato a ele por me mostrar o quão ruim alguém pode ser. Por me dar a escolha de não ser como ele. E, então, fui diferente durante todos os dias da minha vida. Além do mais, por eu conhecer essa escuridão, pude escolher a luz e mostrá-la para minha esposa e meus filhos.

Konnor piscou.

– Acho que sua mãe também sabe disso. E você também, Konnor. Você também.

Konnor ficou olhando para o campo de futebol sem enxergá-lo de verdade. Os sons da multidão gritando ficaram mais baixos e tornaram-se apenas um eco. Ele sentiu como se tivesse saído de seu corpo e estivesse voando, olhando de longe para si mesmo sentado ao lado de Mark.

O homem estava certo. Por que estava tão obcecado em não saber como ser um bom pai e um bom marido? Claro que ele não sabia, pois ninguém sabe até experimentar. E às vezes, saber o que você não quer ser é o suficiente. É tudo.

Com relação ao amor só levar à dor, será que poderia ser pior do que aquilo que sentira ao deixar Marjorie?

Foi aí que percebeu que, desde que não se tornasse seu

padrasto, sairia-se bem. Faria Marjorie feliz, ensinaria Colin a jogar futebol, leria para ele *O Senhor dos Anéis* e mostraria o que era necessário para ser um bom homem. Porque, de uma forma perversa, tinha sido exatamente isso que Jerry lhe ensinara.

– Você é um bom homem, não é? – Konnor disse a Mark.

O último riu.

– Acredito que sim.

– Você não vai machucá-la? Vai apoiá-la e cuidar dela?

Os olhos de Mark relaxaram ao compreender e brilharam tranquilamente com uma luz interior.

– Sim, certamente.

Konnor soube que aquilo era verdade. Sua mãe estava pronta para viver sua própria vida sem seu apoio.

E ele estava pronto para viver a sua, com Marjorie e Colin. Mesmo que isso significasse voltar à Idade Média. Estava pronto para voltar, para sempre, se era isso que precisava fazer para estar com a mulher que amava.

Konnor voltaria para as Highlands e não descansaria até encontrar a fada ou descobrir alguma forma de abrir o maldito túnel no tempo. Ainda não sabia o que diria à sua mãe e a Andy, nem o que faria com sua empresa... Mas descobriria, e assim que o fizesse, pegaria um avião para a Escócia, faria uma caminhada e, de alguma forma, se perderia.

Contudo, ele precisava saber de mais uma coisa.

– Mark, você tem algum parente nas Highlands escocesas?

– Acho que meus ancestrais eram Campbells, sim. Por quê?

Konnor sorriu.

– É que você me lembra alguém e, se for como ele, acho que minha mãe vai ficar bem.

CAPÍTULO 31

MARJORIE ENXUGOU A TESTA COM AS COSTAS DA MÃO E colocou a espada de volta na bainha. O sol queimava sua pele após uma longa sessão de treinamento. O pátio ao seu redor fervilhava de atividade. Outros guerreiros também treinavam, e havia uma cacofonia de espadas se chocando. Marjorie esperava que o exercício regular afastasse de sua mente a dor constante e incômoda que estava presente em seu peito desde que Konnor fora embora.

Porém, de nada tinha adiantado até agora.

Com a partida de Ian no dia anterior, ela mergulhara em uma escuridão ainda mais profunda e em desespero.

– Muito bom – disse Marjorie para Colin. – Você será um grande guerreiro um dia.

O rapaz sorriu e corou.

– É uma honra ser treinado por você, minha senhora.

– Minha senhora? – Ela deu uma risadinha. – Ah, por favor.

– Sim, mas é verdade. Você é uma grande senhora e uma grande guerreira que protegeu o castelo sozinha.

Marjorie bebeu um gole d'água de seu cantil.

– Eu nunca teria conseguido fazer isso se não fosse pelo nosso clã e nosso bom amigo.

Sua voz tremeu um pouco ao dizer a última palavra, e seu estômago se revirou. Acenando para Colin com a cabeça, dirigiu-se ao poço para lavar o rosto. A água fria trouxe algum alívio e a distraiu um pouco dos pensamentos constantes sobre Konnor. Ela sonhava com ele todas as noites, imaginando como era sua vida e esperando que estivesse bem. Tentava imaginar o futuro, as casas e castelos que as pessoas tinham, as carruagens sem cavalos que Konnor havia descrito, os armários onde a comida não estragava, as caixas com bardos que tocavam música sempre que alguém queria. O mundo em que as mulheres eram iguais aos homens.

Sua situação ali era ótima pela liberdade que seu pai e seu tio Neil lhe haviam dado, mas isso porque ambos se sentiam culpados e queriam poupar seus sentimentos. Qualquer outra mulher de sua idade deveria se casar e administrar a casa de seu marido, não empunhar uma espada e proteger o castelo.

– Você está cansada, moça? – Isbeil indagou atrás dela.

Marjorie se virou e os olhos amáveis da velha senhora se fixaram nela com simpatia e divertimento.

– Sim – disse Marjorie, enxugando o rosto com a manga. – Estou treinado o rapaz desde a refeição do meio-dia.

– Não estou falando disso. Você não está cansada de tanto esperar e suspirar? Já se passaram duas semanas desde que ele partiu.

Claro que Isbeil veria mais fundo dentro de sua alma e, obviamente, estava certa.

Marjorie apoiou as mãos na cintura.

– Sim. Mas não posso fazer muito a esse respeito, posso?

Isbeil riu baixinho e balançou a cabeça.

– Se é essa a história que está contando a si mesma, vamos dar um passeio. Ajude-me a colher algumas ervas.

Marjorie realmente não queria que Isbeil lhe desse um

sermão ou apontasse para mais pontos dolorosos em sua alma. Ficaria feliz em ajudá-la, mas o principal motivo da caminhada não seriam as ervas.

– Mãe, posso ir junto? – pediu Colin, aparecendo de repente ao lado dela. Ele aproveitava todas as oportunidades que tinha para sair das muralhas do castelo.

Isbeil se virou e caminhou em direção aos portões.

– Venha, Colin. Você também pode me ajudar.

Marjorie olhou para as costas da velha sem poder fazer nada. Como era possível que uma criatura tão pequena tivesse tanta força? Ela suspirou, concordou com a cabeça e eles a seguiram.

Ao passar pelos portões, Marjorie ficou maravilhada com a facilidade com que agora conseguia sair do castelo sozinha. Desde a batalha, ela saía para caçar e fazer longas caminhadas na floresta sem escolta. Tudo de que precisava era de sua espada e seu arco. Sentia-se segura em sua própria companhia.

Eles caminharam em silêncio por um tempo, com a máxima velocidade que os joelhos doloridos de Isbeil permitiam. Colin caminhava mais para o lado, batendo feliz em árvores com uma vara, como os meninos faziam. De tempos em tempos, ele se abaixava para colher morangos silvestres, trazendo um pouco para Isbeil e Marjorie. Eles cruzaram a campina plana e entraram na floresta, seguindo o riacho que levava até a ruína de que Konnor havia partido. O estômago de Marjorie deu um nó com a lembrança e ela inalou profundamente o ar fresco da floresta para aliviar a dor.

Estava quieto ali. Os pássaros cantavam, o riacho murmurava suavemente e as folhas farfalharam ao vento. De ambos os lados, encostas íngremes e rochosas desciam até a ravina. Samambaias e flores silvestres cresciam em torno de arbustos e árvores. Havia também rochas e pedregulhos espalhados pelo local. Isbeil parou e se curvou.

– Ah, cardo. – Ela cortou cuidadosamente uma pequena flor violeta com os dedos experientes para que os espinhos não a machucassem e a estudou brevemente. – Para o coração de

Malcolm. Embora, seja o seu coração que me preocupe no momento.

– Também os encontrei! – gritou Colin a cerca de seis metros de distância.

Marjorie ajoelhou-se diante de outro grupo de cardos e cortou uma flor com sua adaga, sibilando de dor quando os espinhos a picaram.

– Meu coração? Estou saudável e forte. Não se preocupe comigo, Isbeil.

– Humm.

– Verdade.

– Não estou falando de seu coração físico. Não finja que não entendeu o que quero dizer.

Marjorie se levantou e jogou as florezinhas na cesta de Isbeil. A velha olhou para ela com reprovação.

– O que você quer que eu diga? – Marjorie disse erguendo as mãos. – Que eu sinto falta dele? Eu sinto. Que partiu meu coração? Ele partiu. Tudo isso é verdade. Mas e daí?

– E daí? – Isbeil se endireitou com uma expressão passageira de dor. – Você viveu como uma sombra de si mesma desde que voltou de Dunollie. Depois que Konnor apareceu, eu a vi florescer, se curar e voltar ao seu verdadeiro eu. E agora que ele se foi, não é mais a mesma novamente.

Marjorie se virou com o rosto queimando e uma dor aguda entre suas costelas.

– Vai passar. Eu vou esquecê-lo.

Até ela pôde perceber o tom falso em sua voz. Nunca o esqueceria. O nome de Konnor estava estampado em seu coração, sua presença em sua alma, seu toque em sua pele. Para sempre. Se era para ser feliz com alguém, que fosse com ele. Não queria as mãos de mais ninguém sobre ela, nem os lábios ou o corpo de outra pessoa.

– Humm – Isbeil inclinou-se novamente e se ajoelhou ao lado de um grande grupo de cardo perto da moça.

– Vou tentar – acrescentou Marjorie.

– Você vai tentar, mas vai falhar. Como imagina sua vida de agora em diante?

Marjorie encolheu os ombros.

– Eu iria para a guerra com meu clã, mas não posso deixar Colin. Mais cedo ou mais tarde, papai, tio Neil e meus irmãos vão voltar. Talvez possamos viajar. Eu gostaria de conhecer a Irlanda com Colin... Talvez a França ou Flandres...

– Flandres – murmurou Isbeil, as mãos trabalhando com eficiência no cardo. – Sim, você quer viajar, só que não para Flandres. Não ficou igual a uma menininha empolgada quando Konnor lhe contou sobre o futuro? Não me lembro de você ter ficado tão animada com as minhas histórias das Highlands quanto estava com as dele.

Marjorie parou com o cardo nas mãos. Viajar para o futuro?

– Claro que fiquei curiosa. Quem não ficaria?

– Eu não fiquei curiosa. Estou perfeitamente bem onde estou.

– Mas eu nunca iria.

Isbeil zombou.

– E o que a mantém aqui?

– Tudo! Minha vida está aqui. A vida de Colin também. Meu pai, meus irmãos, meu clã inteiro...

– Não pensei que estivessem sofrendo sem você lá no norte.

Marjorie apertou os lábios com força.

– Eu sou a única irmã de pai e mãe de Craig.

– E daí?

Marjorie jogou os cardos com raiva na cesta.

– Isbeil, mesmo que eu estivesse disposta a abandonar tudo aqui, Konnor não me quer lá.

– E como você sabe disso?

Marjorie franziu a testa. Como sabia disso? Ele não pedira que ela fosse junto, mas também não dissera que não queria que fosse. Sim, Konnor tinha coisas que precisava fazer no futuro, mas seu principal motivo para ir embora não era por não a amar. Era porque ele se preocupava em não ser um bom marido e pai;

porque acreditava que não poderia o amor e a felicidade que ela merecia.

Mas Konnor estava errado, pois fora um bom modelo para Colin, e Marjorie não tinha dúvidas que poderia lhe dar o que precisava. Na verdade, era o único que podia.

E ela o amava. Seu coração bateu dolorosamente contra o peito com a constatação. Amava-o mais do que tudo. Amava-o tanto, que não estava mais inteira sem ele em sua vida. E não importava onde essa vida fosse – aqui ou em um futuro distante.

Ela não era mais uma covarde, tinha saído sozinha do castelo muitas vezes, mas será que era corajosa o suficiente para ir ainda mais longe do que isso – para o futuro?

Só que esse pensamento era completamente inútil.

– Mesmo se Konnor não se importasse de eu ir para o futuro – disse Marjorie –, mesmo que a magia picta funcionasse e eu pudesse ir, ainda assim ele não me pediu para ir com ele. Como posso acreditar que vai me querer lá?

– Você não pode acreditar que ele vai lhe querer? Konnor arriscou a vida por você e seu filho. Se isso não é amor, não sei o que é.

Marjorie olhou bruscamente para ela.

– Amor? Você acha que ele me ama?

Isbeil riu.

– Claro que ele a ama, sua garota boba.

– Mas Konnor disse... Ele disse que não deveria ter se aproximado tanto de mim.

– Não porque não a amava. Disse isso porque a ama e não queria machucá-la.

Marjorie balançou a cabeça lentamente, os pensamentos girando em sua cabeça como folhas ao vento.

– Mas ele não quer ficar comigo porque acha que o amor é uma mentira. Tudo por culpa do padrasto dele.

– O que tem o padrasto dele?

Marjorie mordeu o lábio.

– O padrasto é o Alasdair de sua mãe.

Isbeil parou de colher as flores.

– Ah.

– Sim, ele tem medo de me machucar.

Isbeil voltou a colher as flores.

– E você acha que ele poderia machucá-la?

– Não. Nunca.

– Ah, não abaixe a cabeça assim, moça – disse Isbeil. – Ele é um homem de honra, um bom homem para você. Não acredito que a fada o tenha enviado através do tempo para nada. Se é para você ser feliz com alguém, que seja com ele.

Marjorie exalou fortemente. A verdade nas palavras da velha senhora a penetrou. Seu coração se apertou de saudade, sentia falta de Konnor. Ela tinha encontrado sua força interior graças a ele, mas será que era forte o suficiente para atravessar o tempo?

Marjorie fixou os olhos em Isbeil.

– Será que sou corajosa o suficiente para arriscar tudo?

– Moça, a questão é, quanto você o ama?

Os olhos de Marjorie se encheram de lágrimas.

– Mais do que a própria vida. – Ao dizer isso, sentiu que se expandia, como se seu corpo ficasse maior, mais alto e abrangesse o mundo inteiro, conectando tudo ao seu redor.

– Aí está a sua resposta – falou Isbeil suavemente.

Marjorie olhou para Colin.

– Mas essa não é apenas uma decisão minha, Isbeil. Também é de Colin. Não posso deixá-lo aqui nem forçá-lo a ir junto.

– Você perguntou a ele o que quer? O garoto está terrivelmente apaixonado por aquilo... Como ele o chama? O tiquer?

Marjorie estudou Colin, que estava afiando um pedaço de pau com a faca, pensativo. Ela nem havia considerado a possibilidade de o filho querer ir para o futuro. Ele amava o clã, e seria difícil deixar tudo o que conhecia para trás – seu avô, seus tios, seu lar...

– Não. Tenho certeza de que ele não quer ir. Seu mundo inteiro está aqui. Nunca iria querer deixar o clã.

– Sua Cambel teimosa – Isbeil murmurou. – Você é ainda

mais teimosa do que seu pai, e durante toda a minha vida, não conheci ninguém tão teimoso quanto ele.

Marjorie cerrou a mandíbula com força.

– Você não conhece meu filho tão bem quanto eu, Isbeil...

– Bah! – Isbeil grunhiu jogando as mãos para cima com o rosto distorcido em uma máscara de raiva. Ela estava brava. Marjorie nunca a tinha visto com raiva em toda a sua vida. – Eu juro, vocês, filhos de Cambel, serão o meu fim um dia.

Suspirando, ficou olhando para Marjorie como se refletisse sobre suas próximas palavras.

– Moça – ela disse –, eu não vivi todos esses anos para ver você desmoronar, perder o brilho e se encolher novamente. Uma parte da minha alma morreria. Sabia que seu filho veio me perguntar por que você está tão triste? Se havia algo que ele pudesse fazer para colocar um sorriso em seu rosto? Colin me perguntou se eu tinha uma poção mágica para fazê-la feliz.

Uma dor aguda como a ponta de uma flecha perfurou o peito de Marjorie. Ela olhou para o filho, que agora havia encontrado um cacho de avelã e estava chutando-o, assim como Konnor havia feito. Seus olhos ficaram turvos de lágrimas.

– Konnor veio – Isbeil continuou com o dedo indicador apontado para o ar –, e não foi preciso nenhuma poção mágica. Você desabrochou, e Colin também.

Ah, Senhor, ela estava certa! Seu filho parecia mais feliz, mais animado e seus olhos haviam brilhado quando Konnor lhe contara as histórias do século XXI.

Marjorie engoliu o nó que se formara em sua garganta.

– Mas o clã é mais importante para ele. Colin é um Highlander e um Cambel. Não posso simplesmente arrancá-lo de tudo que ele conhece.

– E como você vê o futuro dele? O garoto não tem uma herança. Vocês não têm terras. Quando seu pai morrer, Glenkeld pertencerá a Craig como filho mais velho, certo? Domhnall já possui uma propriedade e Owen também tem direito à terra, isso se seu pai achar que ele é maduro o suficiente. Porém, não há mais nada para você, moça, e, portanto, nada para Colin. Enquanto seu pai viver, você viverá com ele. Mas e depois? Ficará para sempre à mercê de seus irmãos? E Colin também? Ou será que o garoto terá que se curvar à escória MacDougall e implorar para se tornar seu herdeiro, afinal?

Marjorie respirou fundo.

– Meus irmãos nunca vão me trair.

– Claro que não vão. Mas gostaria de depender deles para sempre? Não só você, mas Colin também?

Ah, ela nem havia considerado isso. Isbeil estava certa. Marjorie odiaria essa situação do fundo da sua alma. Konnor havia dito a ela que as mulheres eram tão fortes e ricas quanto os homens no futuro. Elas ganhavam sua própria fortuna e não precisavam depender de um marido para ter uma vida boa.

Em que mundo ela gostaria de viver? E em que mundo gostaria que Colin crescesse? Tinha certeza de que não era tão simples quanto Konnor descrevera e não tinha ideia se conseguiria encontrar seu próprio lugar naquele mundo do futuro, mas gostava da ideia de igualdade e de ser independente. Além disso, queria que Colin pudesse ter isso também. Ele era um filho bastardo ali, independentemente de quanto sua família o amasse e o tratasse como se não fosse. Colin nunca teria os mesmos direitos de uma criança legítima. Sempre seria tratado como um homem inferior por aqueles nascidos de um casamento legítimo.

O que ele se tornaria? Um mercenário, um cavaleiro, talvez? Ainda poderia ter uma vida boa ali, porém, apenas se sua vida estivesse conectada à guerra e cheia de perigos.

Ou então, poderia aceitar a oferta de John MacDougall de legitimá-lo. Mas Marjorie não tinha estômago para pensar em seu filho nas mãos deles.

Embora Konnor também fosse um guerreiro, o século XXI que ele descrevera parecia uma época mais pacífica e saudável.

Ainda assim, havia tanta coisa que ela sequer conseguia imaginar. Como iria encontrar Konnor? Como se certificaria de que ela e Colin ficariam seguros? Será que Konnor os iria querer lá com ele? Ou os mandaria de volta? E se Colin tivesse esperanças apenas para ser rejeitado e magoado por Konnor?

Marjorie não podia permitir que seu filho se machucasse, mas, ainda assim, queria ir. Queria ousar, queria ver o futuro. Mais importante ainda, queria estar com Konnor.

– Colin, filho – ela chamou. – Venha aqui, por favor.

O menino pegou o cacho de avelã no ar e foi até Marjorie.

– Posso lhe ajudar com algo, mãe?

Marjorie respirou fundo e olhou para Isbeil, que deu um sorriso malandro e satisfeito, então, se ocupou com outro cardo.

– Diga-me uma coisa, filho – começou –, quando Konnor lhe contou todas aquelas histórias de seu tempo, o que você achou?

Os olhos dele brilharam.

– Eu adorei.

Ela engoliu um nó na garganta.

– Gostaria de ver todas aquelas coisas?

As sobrancelhas do garoto se ergueram até a franja.

– Sim, gostaria. Claro que sim.

Ela apertou a mão dele.

– Eu também. E você consegue se imaginar... – Marjorie riu baixinho, sem querer acreditar que estava prestes a perguntar isso. – Você consegue se imaginar vivendo no futuro?

Ele parou e piscou.

– Vivendo lá? Com Konnor?

Marjorie concordou com a cabeça.

– Sim, espero que sim.

– E quanto ao vovô? Meus tios? Isbeil? E quanto a Glenkeld?

– Eles ficariam aqui. Você provavelmente nunca mais os veria novamente.

Ela mordeu o lábio, reunindo forças para dizer as próximas palavras.

– Há mais uma pergunta, Colin. A questão de sua herança. Seu avô MacDougall quer você, ele quer legitimá-lo. Isso significa que você teria direito a herança. Poderia ficar aqui e obter terras e status dele. Só estou lhe dizendo isso porque quero que conheça todas as suas opções.

As narinas dele se dilataram.

– Nunca. Nenhuma terra ou herança me fará querer ser parente do homem que tentou prejudicá-la.

Um peso enorme saiu do peito de Marjorie, então, ela sorriu e disse: – Ah, graças a Deus.

Franzindo a testa, Colin olhou pensativo para os seus sapatos.

– Mãe, nunca estive em outro lugar além de Glenkeld em toda a minha vida. – Então, olhou ao redor da floresta desejosamente. – E eu quero muito isso.

Colin olhou para Isbeil e suspirou.

– Vou ficar triste por nunca mais ver meu avô e meus tios, mas ficaria ainda mais triste em ver você do jeito que está desde que Konnor partiu.

Ah, seu menino adorável, corajoso e amoroso.

Os olhos dele brilharam.

– E eu realmente quero ver as carruagens que se movem sozinhas e os gigantescos dragões de ferro que voam no ar...

A visão dela nublou com as lágrimas que se formavam.

– Tem certeza de que quer ir?

Colin concordou com a cabeça e um sorriso fervoroso no rosto.

– Sim, quero jogar futebol com Konnor.

<h1 style="text-align:center">CAPÍTULO 32</h1>

Cinco dias depois...

Mas que diabos Marjorie deveria fazer com essa maldita rocha? Era plana, redonda e tão grande quanto o assento da cadeira do grande salão. O entalhe de três linhas onduladas formando um círculo com uma linha reta e grossa perfurando-o lhe dava calafrios. Ao seu lado, sobre a rocha, havia a impressão de uma grande mão. Parecia que alguém havia pressionado a mão na argila e ela havia secado daquela forma.

Marjorie não era como Isbeil, mas até ela podia sentir algo diferente... como o ar ondulando sobre as rochas sob a luz direta do sol em um dia quente, exceto que o dia hoje estava tão cinzento e frio quanto aquela rocha.

Com o rosto franzido, Colin segurava "o tiquer" em sua mão e estudava a rocha. Ele carregava uma pequena bolsa no ombro com alguns pertences valiosos: algumas moedas de prata – o suficiente para comprar uma passagem até a China, o destino mais distante que Marjorie conseguia imaginar – um pente de chifre, um odre com água, panos de linho limpos, bem como vários potes com poções e ervas curativas. Havia também uma corda para fazer armadilhas para coelhos, uma torta de carne, queijo, pão e *bannock* para os poucos dias que passariam na estrada. Marjorie carregava a espada do avô na bainha atrás das costas para quando Colin crescesse o suficiente para conseguir empunhá-la, bem como seu arco e uma aljava cheia de flechas. Ela usava suas calças de couro, perfeitas para uma longa caminhada, e tinha uma capa de lã pendurada sobre os ombros, para as noites em que precisariam dormir ao relento na floresta. A moça se perguntou quanto tempo levaria para encontrar Konnor – algumas luas? Um ano? Talvez mais. Eles tinham que estar prontos para tudo. Colin carregava a adaga de Marjorie no cinto ao lado de sua espada de madeira.

A moça se despedira de todos no castelo, explicando que Konnor havia lhe pedido em casamento e que estavam indo ao seu encontro. O choque que vira nos olhos das pessoas foi avassalador. Malcolm lhe dissera que ela estava claramente fora de si e ameaçou trancá-la em seu quarto até que seu pai voltasse. Muir disse que iria com ela. Marjorie chorou por um tempo sobre o túmulo de Tamhas e, de alguma forma, sentiu-se amparada e abençoada depois.

O clã inteiro ficara em polvorosa, olhando-a como se ela tivesse perdido a cabeça. Isbeil fora a única que realmente a olhara como se fosse sã e acalmara as pessoas.

Marjorie considerou ir primeiro a Inverlochy para ver se seu clã estava lá e se despedir, ou, então, esperar que eles voltassem da guerra. Mas tinha certeza de que, se assim o fizesse, nunca a deixariam ir. Seu pai era bem capaz de trancá-la em seu quarto até que voltasse a si.

Portanto, mesmo com a dor de saber que talvez nunca mais os visse, e de não poder dizer adeus, era a melhor coisa a fazer. Porém, escreveu longas cartas para Craig, Domhnall, Owen e para seu pai. Ela só contou a verdade sobre a viagem no tempo para Craig, pois ele cuidara dela a vida toda e a resgatara de Alasdair. Devia a verdade ao irmão, quer ele acreditasse ou não. Provavelmente pensaria que ela tinha enlouquecido, mas ao ler a carta, a moça já teria ido embora há muito tempo. Colin ditou seu próprio adeus a todos.

Com isso feito e tendo deixado Glenkeld sob o comando de Malcolm, Marjorie e Colin seguiram pela floresta com o estômago se retorcendo de ansiedade. Ela estava com medo tanto de que a rocha funcionasse como não.

E agora que estavam ali, não tinha ideia do que fazer.

– Talvez você tenha que colocar a mão na impressão? – sugeriu Colin, abraçando o próprio corpo.

– Mas e se eu for e você não?

– Então talvez seja melhor você segurar a minha mão.

Marjorie concordou com a cabeça e suspirou, então, colocou a palma de Colin na dela. A mão dele estava quente e firme, enquanto a dela estava fria e trêmula. Olhando nos olhos do menino perguntou: – Pronto?

– Sim.

Marjorie soltou um suspiro longo e audível.

– Boa sorte e que Deus nos proteja.

– Espere – disse uma voz feminina atrás dela. O cheiro de lavanda e grama cortada a atingiu.

Colin e Marjorie viraram a cabeça. Uma mulher com uma capa verde-escura com capuz estava em pé ao lados deles, o cabelo cor de cobre caindo em ondas perfeitas sobre os ombros. Ela se aproximou, seus olhos estudando Marjorie e Colin com espanto.

Marjorie se levantou e colocou Colin atrás de si, levando a mão à espada. A mulher podia ser uma fada ou uma rainha, mas até que tivesse certeza de que não pretendia fazer mal ao seu filho, não relaxaria.

– Meu nome é Sìneag – disse a mulher sorrindo. – Não precisa ter medo, Marjorie.

– Não estou com medo – retrucou ela.

Como a mulher sabia o seu nome? Saber o nome de todos deveria estar entre as habilidades mágicas da fada, além da viagem no tempo.

Sìneag olhou para a rocha e uma expressão de satisfação apareceu em seu rosto.

– Vocês estavam tentando atravessar o tempo? Até Konnor?

Marjorie ergueu a cabeça e disse: – Sim, estávamos.

– Normalmente, é apenas uma pessoa.

– Normalmente?

Sìneag riu.

– Sim, você não acha que é a única pessoa com quem isso aconteceu, não é?

– Eu achava.

Sìneag balançou a cabeça.

– Não. Isso é o que eu faço. Eu formo casais através do tempo. Seu irmão Craig e Amy. Espero que você e Konnor... Quem sabe quanta felicidade posso criar com o tempo. – Sua voz soou com entusiasmo.

O queixo de Marjorie caiu. Então ela estava certa sobre a maneira de falar de sua cunhada e algumas das palavras que ela usava, que soavam como Konnor. Marjorie não falava com eles desde que reuniram a família em Inverlochy, mas se lembrava de ter um sentimento estranho em relação à mulher. Por que Craig não teria contado a ela? Bem, talvez pela mesma razão que Marjorie não queria que ninguém soubesse sobre a verdadeira origem de Konnor. Não teria acreditado em Craig. Contudo, estava feliz por ter decidido contar a verdade em sua carta. Ele provavelmente seria o único que acreditaria nela.

– Você também, rapaz? – Sìneag indagou.

Marjorie olhou de volta para Colin enquanto ele olhava para Sìneag com a boca aberta e os olhos maravilhados.

– Sim. – O garoto saiu de trás de sua mãe. – Nós dois.

Sìneag suspirou e cerrou o maxilar tristemente.

– Ah, rapaz, é maravilhoso que também queira viajar no tempo, mas não é possível.

– O quê? Por quê? – Colin exclamou, a empolgação em seu rosto sendo substituída por uma mistura de decepção e raiva.

– Porque o túnel do tempo só pode ser aberto três vezes para *um casal*. Essas são as regras das fadas.

– Colin faz parte do casal – disse Marjorie. – Não vou a lugar nenhum sem ele.

Sìneag pressionou os lábios, pensando.

– Sim, uma boa mãe não abandonaria seu filho, mas é simplesmente impossível irem os dois.

– Você não pode fazer uma exceção? – Marjorie perguntou, algo dentro dela tremendo de preocupação.

Sìneag inclinou tristemente a cabeça para o lado e mordeu o lábio.

Colin disse: – Em uma das histórias de Isbeil, a fada pedia um sacrifício. Tudo o que tenho é Arthur, minha espada.

– Você a ama muito? – Sìneag indagou.

– Sim. É como a espada do meu bisavô. É tudo o que tenho até poder empunhar uma grande *claymore* como a dele.

– Sim. Eu posso aceitá-la.

A mão de Colin disparou para o punho de sua espada de madeira.

– Arthur... – ele sussurrou. Colin olhou para a espada e engoliu em seco. – Vovô a fez para mim, tio Owen sugeriu o nome e me treinou com ela pela primeira vez.

O coração de Marjorie sangrava por ele. Provavelmente era como deixar uma parte de sua infância para trás. Colin respirou fundo, franziu os lábios com o rosto triste, então, deu um aceno curto e decisivo. Ele pegou a espada e carregou-a cerimoniosamente à sua frente.

– Eu o sacrifico, Arthur, pela passagem para o futuro.

O garoto ficou em frente a Sìneag, que o observava com os olhos arregalados e lacrimejantes. Ela, então, tirou a espada de suas mãos e a segurou diante de si como um tesouro.

– Vou valorizá-la e mantê-la segura – afirmou Sìneag fazendo-a desaparecer em suas mãos.

Marjorie arfou e Colin piscou várias vezes; depois, olhou para Sìneag com reverência.

– Seu sacrifício foi aceito, rapaz – a fada disse. – Mas antes de irem, eu preciso de outra coisa. Ela estalou os lábios feito um bebê faminto. – Tradicionalmente, leite é deixado para as fadas durante a noite, mas vou levar qualquer comida que tiverem. Sou um pouquinho comilona, sabem – disse a mulher com uma risadinha. – Considerem isso um suborno.

Marjorie riu.

– O que importa um pedaço de torta em troca de uma vida de felicidade? Colin, por favor, dê a Sìneag a torta de carne.

A fada bateu palmas. Colin foi até sua bolsa e pegou um pedaço de torta embrulhado em linho. Sìneag desembrulhou rapidamente o pacote e mordeu a torta, seus olhos se fechando de prazer.

– Hummm. Vocês mortais não imaginam como sua comida é boa.

Marjorie e Colin trocaram um olhar surpreso enquanto a observaram devorar a torta em três grandes mordidas. Para uma mulher aparentemente delicada, Sìneag comia como um ferreiro após um longo dia de trabalho.

Finalmente, um sorriso satisfeito apareceu em seu rosto. Suas bochechas pareciam mais rosadas do que antes e seus lábios mais vermelhos.

– Sim, isso vai servir, meus amores. Agora vocês dois podem ir. Mas lembrem-se, esta será a última vez, portanto, pensem com cautela. Ainda dá tempo de desistir.

Marjorie e Colin se entreolharam.

– Nós vamos – afirmou Marjorie.

– Bom. Então, deem as mãos. Marjorie, pense em Konnor e coloque sua mão na impressão.

A moça segurou a mão de Colin e ficou de joelhos perto da rocha. Depois, fechou os olhos e pensou em Konnor. Todo o seu ser pareceu estar flutuando. Uma alegria brilhava em cada pequena parte de seu corpo, irradiando calor e amor em seu coração. Ela colocou a mão na impressão, mas em vez de encontrar uma pedra fria, sentiu um vazio. E de repente, estava caindo de cabeça para baixo em ondas de pura vibração. Marjorie agitou a outra mão, procurando Colin, mas não o encontrou.

Pensando nele e em Konnor, afundou na escuridão.

Não tinha certeza de quanto tempo se passou, mas pareceu ser uma vida inteira, ou talvez tenha sido apenas um minuto. Marjorie abriu os olhos e a dolorosa sensação de ser sugada e cair pela eternidade se dissolveu em seu corpo como sangue na água.

Ela não estava mais caindo. O chão duro a sustentava e suas palmas estavam apoiadas na grama macia. Seixos perfuravam sua pele. Marjorie olhou em volta. Lá estava a ruína e a rocha picta. O riacho borbulhava próximo e havia encostas íngremes familiares em ambos os lados da fenda.

Colin! Ela olhou em volta e lá estava ele, sentado no chão, olhando-a com uma expressão de surpresa no rosto.

– Você está inteiro, rapaz? – ela perguntou.

– Sim – respondeu ele, levantando-se e olhando ao redor. Marjorie fez o mesmo.

Será que realmente estavam no futuro agora? Como poderia saber? A floresta parecia a mesma, os sons também. Podia-se ouvir o chilrear pacífico dos pássaros, o farfalhar das folhas e o balbuciar da água.

A bolsa com a prata e as outras coisas ainda estava com Colin. Eles precisavam ficar preparados caso as pessoas do futuro tentassem pegar sua prata ou machucá-los. Obviamente, sempre haveria homens com más intenções. Marjorie levantou-se e desembainhou a espada, sentindo-se muito menos confiante do que tentava parecer. *O que é que foi isso?* Ela olhou em volta.

Alguém subia a encosta entre as árvores. Alarmada, colocou a espada de volta na bainha, pegou seu arco e uma flecha e mirou na figura atrás das árvores. Seu coração batia forte em seus ouvidos. Acompanhou a sombra da pessoa que se aproximava com uma flecha apontada para ela. Então, os arbustos se moveram e um homem saiu de trás deles, com seu cabelo castanho refletindo a luz do sol e uma mochila de viagem em seus ombros largos.

Konnor.

Uma onda quente de alegria a percorreu. O tempo parou, e seu coração também. Nada mais existia, exceto pelo homem que significava mais para ela do que a própria vida. Ele a encarou, tão imóvel quanto o tempo.

– Marjorie? – disse finalmente. – É realmente você?

A voz dele, aquela voz rouca e deliciosa, soava melhor do que a canção do melhor bardo.

– Sim, sou eu – respondeu ela, abaixando o arco.

– E Colin? – exclamou ele.

– Sim! – Colin veio ficar ao lado de Marjorie.

Konnor coçou a cabeça.

– Como foi que eu voltei para vocês sem sequer tocar na rocha?

– Nós é que viajamos até você – disse Marjorie.

Ela olhou para onde Sìneag estivera, mas não havia mais ninguém lá. O cheiro de lavanda e grama recém-cortada também havia sumido.

– Vocês viajaram até mim? – Ele balançou a cabeça incrédulo.

Marjorie colocou o arco no ombro e a flecha na aljava. Suas mãos tremiam e seus joelhos vacilaram.

– Sim, viajamos. E, agora, parece que só há essa encosta entre nós.

– Fiquem aí. Vou ajudá-los. – Konnor removeu o grande saco de suas costas.

Marjorie balançou a cabeça e riu baixinho.

– Não foi assim que você se machucou? – Com o estômago em nós e borbulhando de excitação, ela caminhou em direção à encosta. – Fique aí. Nós vamos até você. Não sou uma donzela indefesa que precisa ser resgatada.

Konnor sorriu.

– Não, isso você não é.

O caminho para cima era mais difícil do que ela imaginava, pedras e seixos rolavam por baixo de seus sapatos enquanto eles subiam. Marjorie respirava pesadamente e seu coração trovejava contra suas costelas. Só não sabia se isso era devido à escalada ou por ver Konnor. Agarrando-se em galhos e raízes para não cair, ela e Colin foram subindo com dificuldade.

Finalmente, estavam diante de Konnor. Marjorie sentia-se corada, com calor e suada. Ela respirou fundo em uma tentativa de acalmar a respiração irregular. Lá estava ele, abraçando seu filho com o sorriso mais brilhante que já tinha visto em seu rosto. O homem que a trouxera de volta à vida. Aquele que a entendia e a amava mais do que qualquer outra pessoa no mundo. Seus olhos azuis a perfuraram com a intensidade de um raio, como se pudesse olhar em sua alma, vê-la inteira, nua e vulnerável.

Soltando Colin, ele ficou diante dela.

– Oi – Konnor disse suavemente.

Ela se esqueceu de como falar. Sua presença a fazia derreter, como o fogo em uma vela de cera, tão doce e delicioso. Marjorie se lembrou da boca dele em seus lábios e suas mãos fazendo seu corpo cantar como um citole. Sua boca ficou seca e uma nova camada de suor se formou em sua pele. De repente, ela precisava de algo forte para beber.

– Por que está aqui? – Marjorie conseguiu dizer. – Los Angeles não fica do outro lado do mundo?

– Sim, fica – ele murmurou, e sua voz a acariciou como uma mão gentil. – Vim aqui para voltar no tempo, para você.

O chão balançou sob seus pés, e ela precisou de um momento para encontrar o equilíbrio novamente.

– Para mim?

– Sim, minha rainha das Highlands. – Ele roçou os nós dos dedos contra sua bochecha.

Rainha das Highlands. Marjorie deixou que as palavras a banhassem por um momento. Elas se acomodaram em seu estômago, instantaneamente lançando uma nuvem inteira de borboletas no céu.

– Você mudou de ideia então?

– Mudei. Não quero sequer imaginar uma vida sem você.

Essas palavras foram como a liberdade. Como correr na

beirada de um penhasco sem nenhuma preocupação em mente, pulando, sendo apanhada pelo vento e levada acima do mar. Ela se sentia leve, expandida, completa.

– E eu não queria uma vida sem você – ela repetiu. Então, olhou para seu filho sorrindo e o garoto lhe acenou com a cabeça. – E nem Colin.

Konnor deu um passo em sua direção e Marjorie foi tomada pelo delicioso aroma de uma mistura de ervas desconhecidas, mar e seu próprio almíscar.

– Venha aqui. – Konnor a tomou nos braços e a beijou.

O mundo ao redor flutuou, se alterou e tudo o mais desapareceu, exceto por Konnor. Só havia os lábios dele, sua boca quente e suave, o deslizar de sua língua contra a dela, a mordidela suave de seu lábio e os braços de aço dele ao redor da sua cintura, que eram o melhor confinamento do mundo.

– Mãe! – Colin arfou. – Konnor! Será que vocês podem lamber a boca um do outro quando estiverem sozinhos?

Com dificuldade, Marjorie afastou-se e interrompeu o beijo. Ah, como sentira falta dele e nem tinha percebido o quanto até aquele momento. Ela pertencia a ele, a esses braços, colada a este corpo, respirando o mesmo ar que ele. Dissolvendo-se nele.

Marjorie sorriu para Colin.

– Não se aborreça, filho. Um dia, você vai conhecer uma mulher e vai amá-la como eu amo este homem, e aí vai entender.

Colin corou e resmungou algo. Marjorie e Konnor trocaram um olhar divertido, mas ainda havia uma questão a resolver.

– Você queria ficar comigo em 1308? – ela perguntou.

– Sim. – Konnor deu uma risadinha. – Eu ficaria feliz em viver em qualquer época, desde que fosse com você e Colin ao meu lado. Sei que sua vida e sua família estão em 1308, então, a última coisa que eu queria era tirar vocês deles.

Marjorie riu baixinho.

– Bem, eu esperava ficar no seu tempo. Sìneag me disse que esta era a última vez que poderíamos usar a rocha.

Konnor deu o sorriso mais reconfortante e alegre que ela já

tinha visto, o que o transformou de um guerreiro sombrio em um menino despreocupado. Ele a ergueu, girou e beijou-a novamente.

– Eu a amo, minha rainha das Highlands, você é o amor da minha vida.

– Eu também o amo, Konnor Mitchell, guerreiro do futuro. Mal posso esperar para viver esta vida com os dois homens mais importantes do mundo.

Colin sorriu e abraçou sua cintura, e Konnor colocou os braços em volta dos dois. Enquanto nadava no oceano de felicidade junto com o homem dos seus sonhos, ela sabia que ele era o único em todo o mundo e em todos os tempos que poderia lhe dar esperança.

A esperança agora havia crescido e lhe trazido a maior aventura de todas – uma vida inteira com o homem que ela amava e seu filho. Finalmente, uma família.

EPÍLOGO

Los Angeles, outubro de 2021

— Ah, querida, você está tão linda — disse Helen, a mãe de Konnor, ao entrar na sala.

Marjorie encontrou os olhos da mulher no espelho e mordeu o lábio, tentando não deixar que as lágrimas rolassem. Ela olhou de volta para seu reflexo, sem conseguir acreditar no que estava vendo no espelho e que não era alguém como Sìneag, uma fada de outro mundo.

O vestido era modesto em comparação com o que Marjorie vira em Los Angeles e provavelmente era antiquado para os gostos modernos. Em essência, era o vestido de uma dama medieval. O decote terminava logo abaixo do pescoço e as mangas drapeadas chegavam aos joelhos. O vestido era justo na cintura e no peito, mas abria em uma saia solta até o chão.

A renda de marfim era tão delicada quanto a primeira geada no lago. Seu cabelo castanho-escuro tinha ganhado tons dourados sob o quase eterno sol da Califórnia, e havia até algumas sardas em sua pele clara. Um cabeleireiro havia feito cachos grandes em seu cabelo comprido, e uma tiara de diamantes brilhava em sua cabeça, mas nem mesmo ela podia se comparar ao brilho dos olhos de Marjorie, pois a moça estava se casando com o amor de sua vida.

– Obrigada, mãe – disse Marjorie e enxugou uma lágrima que insistia em cair.

Ela começara a chamar Helen de mãe quase a partir do dia em que se conheceram. A mulher cercou a ela e Colin com um amor e carinho que Marjorie jamais tinha experimentado, mesmo com sua madrasta. Junto com Mark Campbell, eles realmente fizeram com que ela e seu filho se sentissem em casa.

Helen entrou no quarto bem iluminado do hotel. Eles haviam alugado um pequeno hotel chamado Glen Thistle, situado nas falésias de Malibu. O edifício tinha um telhado com merlões, fora construído em pedras ásperas de granito cinza-escuro e tinha uma torre redonda de três andares coberta com hera. Parecia um pequeno castelo. Havia pedras na propriedade e até mesmo um riacho artificial que desaguava em uma lagoa a partir de uma pequena cachoeira. Não havia musgo, nem urze, nem lagos, mas o hotel dava para o oceano e era o mais próximo que eles podiam chegar das Highlands escocesas. Konnor e Marjorie souberam desde o início que queriam se casar ali.

E o preço exorbitante não importava porque Mark Campbell, o amado de Helen, reservara o local para eles como presente de casamento.

– Querida, Mark pode entrar? Ele está esperando lá fora, mas não quer entrar se você assim preferir.

Marjorie sorriu.

– Claro que pode.

– Mark, entre – disse Helen para a porta.

O homem entrou e, como sempre que Marjorie o via, um nó se formou em sua garganta com a notável semelhança com Tamhas. Seu cabelo estava preso em um pequeno rabo de cavalo na parte de trás da cabeça e ele havia se barbeado para a ocasião. Mark estava vestido com um kilt, algo que aparentemente se tornaria um traje escocês mais tarde na história. Conforme ela descobrira, o tartan azul-verde-e-preto se tornaria as cores do clã Campbell, e o senso de união a dominou, expandindo em seu peito. O fato de ele ter escolhido usar o kilt significava muito para ela. O homem havia feito isso para o seu benefício, para mostrar-lhe seu apoio, e embora Marjorie não tivesse experimentado esse negócio dos clãs com suas cores distintas em seu tempo, tinha adorado e entendido o significado e a importância disso. Amara Mark por ter mostrado a ela que eles pertenciam a um só clã. Na parte de cima, ele vestia um smoking com uma camisa social branca impecável. Um grande cardo magenta enfeitava sua lapela, a flor do casamento.

A cabeça de Colin apareceu por trás da porta.

– Há um certo cavalheiro aqui que também não pode esperar para vê-la – disse Mark.

– Colin, meu filho, entre – pediu Marjorie.

O garoto entrou correndo no quarto e se atirou em seus braços abertos, fazendo-a perder o ar momentaneamente com a colisão. Ele também usava o kilt Campbell com um cardo na lapela.

– Mãe, você parece a rainha das fadas – o garoto sussurrou.

Marjorie o apertou contra o peito.

– Obrigada, mas não diga mais nada por favor, ou vai me fazer chorar e vou estragar a maquiagem, aí então vou parecer a rainha das histórias dos vampiros que você tanto ama.

– Ainda assim, Konnor se casaria com você – disse ele, dando um passo para trás e olhando para ela.

Ao vê-lo agora em um paletó de smoking e kilt, Marjorie percebeu o quanto seu filho havia crescido neste último ano, desde que chegaram no século XXI. Colin começara a ir para a escola em agosto e ainda estava se ajustando. A nova escola apresentou alguns desafios. Ele falava e pensava de maneira diferente da maioria das crianças de sua idade e, algumas delas, tentaram intimidá-lo, contudo, o menino se manteve firme e não deixou ninguém tratá-lo com desrespeito. Colin passara o primeiro ano aprendendo a ler e escrever em inglês moderno, bem como aprendendo matemática e outras disciplinas escolares modernas que ele deveria saber na sua idade. Konnor contratou uma professora particular para ensinar o garoto todos os dias, e a mulher ficou surpresa com a rapidez com que ele aprendia matemática e ciências. Inglês e Artes eram as matérias mais difíceis para ele. Apenas o amor de Konnor por histórias, a leitura de *O Senhor dos Anéis* e outras narrativas de fantasia e ficção científica foram capazes de fazer com que seu filho aprendesse mais rápido.

O menino absorvia tudo como uma esponja. Marjorie tinha certeza de que era por causa do carinho e da recepção calorosa de Konnor, Helen e Mark. No entanto, nos últimos meses, desde que começara a ir para a escola, não tinha estado muito feliz. Marjorie queria tirá-lo da escola e continuar com aulas particulares, mas Konnor sugeriu que tentassem ajudá-lo a se ajustar com muito apoio emocional. Ele propôs encontrar amigos para Colin que tivessem os mesmos interesses do menino: história, fantasia e ficção científica. O garoto já tinha feito alguns amigos que Konnor carinhosamente chamava de "nerds", e eles vinham à casa deles de vez em quando para jogar *Dungeons and Dragons* e estudar juntos.

Graças à prática diária com Konnor, Colin estava tendo sucesso no futebol. Marjorie acreditava que os momentos mais felizes do garoto eram quando ele estava batendo bola junto com seu futuro marido.

Bem... exceto quando ele estava com ela.

Colin tinha sido aceito no time de futebol da escola como atacante e, depois de ganharem seu primeiro jogo graças ao gol do filho, ele rapidamente ganhara mais amigos. Isso o deixara mais feliz, é claro, e a Marjorie também.

Colin olhou de volta para Mark e perguntou: – Agora, tio?

O homem fez que sim com a cabeça e piscou para ele conspirativamente. O garoto foi até ele e Mark entregou-lhe algo. Quando Colin se virou para ela, havia um buquê branco com uma fita xadrez em suas mãos que a deixou sem fôlego.

– Algo azul – disse Mark – e novo.

Colin lhe entregou o buquê e, quando Marjorie o pegou nas mãos, sentiu outra coisa ali: uma caixa presa ao cordão que mantinha o buquê unido. Ela a abriu e arfou. Um elegante colar de diamantes cintilava dentro.

– Não, Mark! – ela exclamou. – Isso é demais.

– Na verdade, não é presente meu – disse ele.

Helen apertou as mãos dela.

– É apenas emprestado, Marjorie. E é antigo, comprei em um leilão. Ganhei mais dinheiro com minhas pinturas do que preciso e quero mimá-la. Tenho muita sorte de ter Konnor, mas sempre desejei uma filha.

Marjorie balançou a cabeça.

– Não, eu não posso.

– É só me devolver depois. Deixe-me fazer isso por você. Por favor?

Marjorie suspirou. Seu clã nunca fora rico e ninguém nunca a mimara, não porque seu pai não a amasse, mas simplesmente porque eles não tinham uma grande fortuna. Tudo no século XXI parecia luxuoso para ela. Máquinas milagrosas que lavavam pratos e roupas, sistemas de áudio que tocavam música, carros – as carruagens de ferro que se moviam sozinhas, o aspirador de pó que varria e limpava... Sem falar nos aviões. Tudo era mais limpo ali, exceto pelo ar. Demorou um pouco para ela se acostumar com o cheiro constante de metal queimado que pairava no ar de Los Angeles. Konnor lhe dissera que era a poluição atmosférica.

– Obrigada, Helen. – Ela tirou o colar da caixa. – Não queria lhe ofender, mas você não precisava fazer isso por mim. Seu amor e aceitação é tudo o que eu poderia querer de uma sogra.

Helen enxugou uma lágrima e foi até ela.

– Aqui, deixe-me ajudá-la, querida. – A mulher pegou o colar e colocou no pescoço de Marjorie. O objeto cintilou como poeira estelar em contraste com o vestido.

– É maravilhoso. Obrigada.

– De nada, querida.

Uma batida soou na porta e Gina, a planejadora do casamento, olhou para dentro do quarto.

– Estamos prontos, Marjorie. O noivo está muito bonito e esperando por você.

Finalmente poderia ir se casar com o homem que amava.

Quando ela e Colin viajaram no tempo e se encontraram com Konnor, ele os levou para um hotel em Edimburgo. Marjorie e Colin ficaram completamente maravilhados com o futuro. O trem, as casas, os carros, o barulho da cidade, a quantidade de pessoas, os cheiros, as luzes, os prédios com enormes janelas.

Eles ficaram em Edimburgo por algumas semanas, e Konnor ajudou Marjorie e Colin a se ajustarem lentamente às suas novas vidas. Um dos desafios foi criar documentos para os dois. Konnor cuidou disso. Ela realmente não sabia exatamente como ele tinha conseguido, mas sabia que envolvera um monte de dinheiro, a contratação de alguém chamado "hacker", algo chamado "dark web" e a espera dos passaportes chegarem. A coisa mais difícil, aparentemente, fora manter seus nomes verdadeiros e fazer com que Colin ainda fosse filho de Marjorie, mesmo no século XXI.

O voo para Los Angeles foi a coisa mais assustadora pela qual ela já passara na vida. Konnor passou o tempo todo segurando sua mão esquerda fria e suada, enquanto ela virava dose após dose de uísque goela abaixo, murmurando sobre porque valeria a pena cruzar centenas de anos apenas para morrer em uma carruagem de ferro gigante semelhante a um dragão que podia voar. Colin, porém, nunca se divertira tanto, observando com olhos arregalados e animados o céu azul cristalino e as nuvens brancas como a neve passando pela janela.

Mas eles tinham conseguido, e Marjorie não pretendia pegar um avião nunca mais na vida.

Tudo o que precisava fazer agora era sair junto com seu filho para encontrar tudo o que ela sempre quis em seu futuro – Konnor Mitchell.

Marjorie acenou com a cabeça para Gina.

– Sim. Estou pronta. – Ela mordeu o lábio, contendo a empolgação em seu coração.

Marjorie olhou em volta para sua nova família, pensando em sua antiga – seu pai, Craig, Owen, Domhnall, Lena e Ian, em seu amigo Tamhas e em Malcolm, Muir, Isbeil e todos que conhecia de Glenkeld. Ela sabia que mesmo eles não estando ali fisicamente, era como se estivessem juntos em espírito.

– Vamos lá – disse a moça e enganchou a mão no braço de Colin.

Seu filho iria conduzi-la até o altar.

Eles desceram as belas escadas até o andar térreo e passaram por um grande saguão com painéis de madeira e pinturas das Highlands. Saíram para o ar livre e foram para o gramado verde que ficava de frente para o oceano. A gaita de foles começou a tocar "*Highland Wedding*" quando ela apareceu. Os convidados se levantaram das fileiras de cadeiras e acompanharam sua entrada. Havia amigos da família Mitchell, incluindo o melhor amigo de Konnor, Andy, com sua esposa e filha. A tia de Konnor, Tabitha, estava lá com a família. Os três filhos de Mark também estavam presentes, assim como outros parentes mais distantes que Marjorie ainda não conhecera. Além disso, havia seus próprios amigos.

Seis meses atrás, ela abrira uma escola de luta com espada. Seus alunos eram gentis e interessados. Provavelmente eram o que Konnor chamava de nerds, e embora Marjorie soubesse que alguns nerds eram considerados chatos, ela os amava. Eles eram os únicos com quem podia conversar mais a fundo, pois eram pessoas que amavam história, luta com espadas e a cultura medieval. Muitos de seus alunos se tornaram seus amigos e ela adorava passar algum tempo com eles.

Por fim, Marjorie viu o homem que amava perto do altar. Ele usava um kilt com as cores dos Campbell e um casaco de smoking. Ao vê-lo, a felicidade floresceu em seu peito, girando dentro dela em um tornado de bolhas. Ele a olhava com uma expressão tão apaixonada, como se tudo o que sempre quisera estivesse se tornado realidade. Como se finalmente entendesse o sentido da vida. Como se finalmente estivesse feliz.

Colin a acompanhou até um arco feito de rosas brancas e, ao chegaram à pequena plataforma branca, Marjorie entregou seu buquê ao filho, beijou-o na bochecha e juntou-se a Konnor. Os olhos azuis dele brilhavam mais do que o céu e o coração dela se apertou em seu peito com tamanha beleza e solenidade. Ele era tão alto e tinha os ombros tão largos. O fato de estar usando o kilt fez com que ela sentisse borboletas em seu estômago. Havia um ramo de urze branca na casa de um botão da roupa dele, uma tradição escocesa para dar sorte.

Konnor pegou as mãos dela e foi como se um raio tivesse percorrido o seu corpo, causando uma sensação tanto de choque quanto de prazer.

– Marjorie... – ele sussurrou. – Minha nossa, você está tão linda que até dói.

Marjorie apertou suas mãos grandes e quentes que pareciam tão familiares. Aquelas mãos que ensinaram seu corpo a cantar, amar e viver.

– Você parece o homem dos meus sonhos, Konnor.

A música da gaita de foles terminou, e a reverenda, uma linda mulher negra com um corte de cabelo curto, olhou em volta.

– Meus amados, estamos aqui reunidos hoje para unir esta mulher e este homem no sagrado matrimônio. Eu acredito que a noiva tem algo a dizer?

Marjorie sorriu para Konnor.

– Farei uma oração das Highlands por nós. – Ela pigarreou. – Deixe que o orvalho da manhã lave qualquer briga que possamos ter. Deixe que a sorveira-brava afaste qualquer pessoa que nos quiser mal. Que a urze branca nos traga boa sorte. Neste dia abençoado, deixe que os limites do tempo se dissolvam e que a força do destino traga à nossa família uma vida longa e feliz.

Konnor acenou com a cabeça e sorriu, o significado especial da última frase evidente apenas para os três viajantes do tempo.

A reverenda continuou.

– Você, Marjorie, aceita Konnor como seu legítimo esposo, na saúde e na doença – ela pigarreou –, neste século ou em outro, enquanto vocês dois viverem?

Marjorie olhou nos olhos de Konnor e viu tudo o que sempre quis. Seu príncipe que a acordara para que pudesse lutar suas próprias batalhas. O homem que a ajudara a ser ela mesma e a ficar inteira novamente. O homem que lhe dera a vida que nunca imaginou que teria.

– Sim – Marjorie disse, e um sorriso enorme se espalhou em seu rosto. – Eu aceito.

Ele soltou um pequeno suspiro feliz e sorriu. Deus, o homem tinha um sorriso lindo. O antigo Konnor, severo e taciturno se tornara feliz e despreocupado, e ele parecia mais jovem e lindo com aquelas covinhas sob a barba bem cuidada.

– Você, Konnor, aceita Marjorie como sua legítima esposa, na saúde e na doença, neste século ou em outro, enquanto vocês dois viverem?

– Eu aceito – respondeu ele.

E essas duas palavrinhas foram como uma carícia em sua pele e provocaram uma sensação deliciosa em seu estômago, como se seu sangue tivesse se transformado em vinho doce.

A reverenda olhou para Colin, que estava com um sorriso brilhante no rosto.

– Acredito que há mais uma pergunta que o casal quer fazer. Você, Colin, aceita Konnor como seu pai?

Colin ergueu o queixo e endireitou os ombros, com o rosto sério e solene. Ele encontrou os olhos de Konnor, e havia luz neles.

– Sim, eu aceito, pai.

Os olhos azuis de Konnor lacrimejaram e ele piscou para conter as lágrimas. Konnor fora o primeiro e o único pai que Colin conhecera e Marjorie não conseguia imaginar um melhor.

A reverenda bateu palmas.

– Pode beijar a noiva!

Konnor deu um passo à frente, tomou-a nos braços e a

beijou. Os convidados ao redor explodiram em aplausos, mas Marjorie não conseguiu prestar atenção neles. A boca de Konnor estava quente, macia e deliciosa. Seus lábios a acariciaram e adoraram. Ela se esqueceu de tudo e de todos, exceto de seu marido, enquanto nadava em um oceano de felicidade.

Seu sangue ferveu e seus seios tornaram-se pesados enquanto as mãos dele subiam e desciam por seu corpo, e quando ele interrompeu o beijo, pressionou sua testa contra a dela e sussurrou: – É isso, minha rainha das Highlands. Nosso felizes para sempre está apenas começando. Você me fez o homem mais feliz do mundo, e nossa família de três é tudo que eu quero.

Ela sorriu.

– Não seremos três por muito mais tempo. Seremos uma família de quatro. Eu fiz um exame de sangue, e sua milagrosa medicina moderna já me disse que é uma menina.

Konnor parou e piscou, então, deu o beijo mais delicioso em seus lábios. Enquanto eles caminhavam pelo altar e os convidados os regavam com pétalas de rosas brancas, Marjorie pensou no momento em que ele aparecera em sua vida e lhe dera esperança. Esperança de felicidade. Esperança de voltar a ser ela mesma. Esperança de que todos os horrores de sua vida tivessem ficado para trás.

Marjorie sabia exatamente qual seria o nome de sua filha.

Concebida por viajantes do tempo, abençoada pela magia das Highlands, nascida em uma época diferente.

Seu nome seria Hope, esperança.

FIM

Leia livro i, Prisioneira do Highlander: **https://books2read.com/prisioneiradohighlander**

CAPÍTULO 1

INVERLOCHY CASTLE, SCOTLAND, NOVEMBRO DE 2020

Amy MacDougall recostou-se na parede do castelo e fechou os olhos. O sol de novembro a aqueceu – um alívio depois de três dias de chuva congelante.

Sua irmã, Jenny, veio e se sentou na pedra ao lado dela.

"Está tudo bem com os rebeldes?" Perguntou Amy.

"Veremos." Jenny lançou um olhar duvidoso ao redor do pátio coberto de grama por onde uma dúzia de adolescentes caminhava, ria, corria e tirava selfies. "Zach ameaçou escalar aquela torre e cantar o hino nacional do Estados Unidos." Ela acenou com a cabeça para o restante de uma torre desmoronada no pátio. "É claro que ele está se exibindo para Deanna. Aqui, você está em uma posição estratégica para pegar a Gigi se ela decidir ir ver se há algum esqueleto nas masmorras da torre leste."

Jenny acenou com a cabeça para a esquerda e Amy franziu a testa para a grande entrada escura na torre. Um pequeno calafrio percorreu sua espinha quando ela imaginou o confinamento das paredes de dois metros de espessura e o teto antigo que poderia desabar a qualquer momento.

O sorriso de Jenny se desfez.

"Eu só estava brincando, querida", disse Jenny, "sem masmorras para você."

Amy balançou a cabeça e forçou um sorriso. "Está tudo bem, vamos. Estou bem. Eu posso entrar em uma masmorra. Ir a lugares perigosos é o meu trabalho. Não é por isso que você me pediu para vir?"

"Bem, espero que nada aconteça. Contudo, é bom ter uma encarregado de busca e resgate como garantia em um passeio escolar, mas não é por isso que convidei você para substituir a Brenda. Quero passar um tempo com minha irmã, é claro."

Amy encostou a cabeça na parede. "Sim, e quando essa parte do programa começa? Achei que haveria mais uísque, mais highlanders gostosos e menos drama adolescente."

"Bem, sinto muito. Também achei que teria. A Brenda tem muito mais autoridade sobre eles – ela lidaria com eles com punhos de ferro. Eles acham que eu sou coração mole. Ah Deus, você acha que eles sentem o cheiro do meu medo como cães?"

Amy riu. "Sim, até eu posso sentir o cheiro do seu medo."

Ambas riram e Amy encostou a cabeça no ombro da irmã. Quando havia sido a última vez que elas tinham rido tanto juntas? Tanto o estado da Carolina do Norte quanto o de Vermont estavam cheios de memórias, saturadas com o gosto nauseante de medo e rejeição.

Mas não havia nada disso aqui. O que havia era ar fresco e frio e grossas paredes antigas, e a beleza pura e de tirar o fôlego das Highlands. As cores do outono predominavam ali, como se as próprias rochas tivessem enferrujado, musgo crescia por toda parte e as folhas estavam sempre envelhecidas. Havia tanta história – centenas de milhares de anos – e uma parte dela também pertencia a esse lugar.

"Você acha que algum de nossos ancestrais viveu aqui?" Perguntou Amy.

Jenny encolheu os ombros. "Talvez. O vovô saberia."

"Sim, ele saberia."

"Talvez até o papai soubesse"... Jenny enrijeceu de repente, a boca ainda aberta.

"Está tudo bem", disse Amy. "Você pode falar sobre o papai. Como ele está?"

Jenny engoliu em seco e olhou para as mãos. "Bem e sempre perguntando sobre você."

Amy franziu os lábios, a garganta apertada. "Bem, eu também estou perguntando sobre ele, viu? Ele ainda está sóbrio?"

"Sim. Está se aguentando."

"Que bom. Isso é ótimo."

"Sim. A propósito, obrigada pelo dinheiro. Mais uma vez."

"Imagina. Você não conseguiria sustentá-lo sozinha com o salário de professora."

Era difícil conversar sobre o pai delas. Para se distrair da sensação de garganta apertada e evitar a expressão de gratidão de

Jenny, Amy estudou um arbusto que crescia perto da parede à sua direita.

"Eu não estou sozinha, eu tenho o Dave." Os olhos de Jenny se arregalaram enquanto ela olhava para o pátio. "Ei! Zach! Pare com isso, volte aqui neste minuto!"

Mas Zach já estava no meio da pilha de pedras desmoronadas, indo para o topo da torre, e sem diminuir a velocidade. Jenny deu um pulo e correu em sua direção, agitando os braços e gritando para ele parar. Amy endireitou o corpo e permaneceu alerta, só para garantir. Sua mão roçou na mochila, sentindo a forma familiar do kit de primeiros socorros dentro.

"Que bela turma de crianças", disse uma alegre voz feminina.

Amy olhou para cima e para a sua direita. Uma mulher jovem encontrava-se perto do arbusto que Amy havia estudado um momento atrás. O ar se encheu com um aroma de lavanda e de grama recém-cortada. Que estranho. Sua pele se arrepiou. Ela se lembrou de ter uma sensação semelhante sempre que ela e a Jenny contavam histórias de fantasmas uma para a outra. De repente, as sombras ficaram mais escuras nos cantos do ambiente, e ela quase conseguia enxergar algumas formas que não tinha notado antes.

A mulher era bonita, tinha traços delicados e a pele translúcida, com pequenas sardas no nariz e nas bochechas que lembravam uma pitada de canela em pó. Uma capa de lã verde-escura pendia de seus ombros e um capuz cobria seu cabelo cor de cobre brilhante.

"Sim", disse Amy. Sua mandíbula tinha provavelmente perdido a capacidade de fechar.

Ela estudou a entrada norte, que ficava a cerca de três metros de distância. Será que foi assim que a mulher tinha passado despercebida?

"É uma turma... bonita", disse Amy.

Zach já estava no topo e começou a cantar, "Ah, diga que você pode ver, pela luz do amanhecer..."

"O que ele está cantando?" perguntou a mulher. "Eu gosto dessa música..."

Ela balançou um pouco a cabeça de um lado para o outro com o ritmo truncado dos gritos de Zach.

"Hum... É o hino americano..." disse Amy.

"Ah. O hino americano. Vou me lembrar dessa música."

Amy sorriu educadamente. Quem era essa mulher? Ela parecia usar um traje histórico por baixo da capa – uma longa saia de lã verde e uma camisa branca.

"Eu gosto da sua fantasia", disse Amy. "Você é guia de turismo?"

"Uma guia de turismo?" A mulher riu. "Suponho que você possa dizer isso. Meu nome é Sìneag. E o seu?"

"Amy."

Zach continuou a gritar, "E o brilho vermelho do foguete, as bombas explodindo no ar...'"

Ele deu um passo para trás e quase perdeu o equilíbrio. Vendo a cena, a pequena multidão de colegas de escola, liderada por Jenny, gritou.

"Desça já daí, Zach!" Jenny gritou. "Ou vai ficar sem celular até o final da viagem."

Mas os olhos de Zach estavam apenas em Deanna, que cantava com ele.

"Hum, parece que ele está apaixonado", disse Sìneag.

Amy riu. "Duvido que seja *amor*. Ele deseja atenção, como todos os meninos de sua idade, só isso."

"É mesmo? E você conhece o amor?"

Amy cruzou os braços sobre o peito. Sìneag era local, sem dúvida, então talvez fosse normal por aqui pular a conversa fiada e ir direto ao assunto.

"Se eu conheço o amor? Eu já estive apaixonada. E quem nunca esteve?"

"Mas você ainda não conheceu o seu homem..." Sìneag disse lentamente e esfregou o queixo.

"*Meu homem?*" Amy riu.

"Sim, o único homem que você realmente amará. Aquele pelo qual você mudaria. Aquele com quem você iria querer morrer junto. Aquele por quem você estaria pronta para atravessar países, oceanos, montanhas... e até mesmo o rio do tempo."

Amy suspirou com um sorriso. "Sìneag, você é terrivelmente romântica. Definitivamente não tenho um homem assim, e acho que nunca terei. O relacionamento que você descreve não existe."

Sìneag inclinou a cabeça. "Por que tem tanta certeza, Amy?"

"Porque eu já fui casada e agora estou divorciada. E eu achava que ele era minha alma gêmea. Então, pode acreditar, eu sei que o que descreve é impossível."

"É mesmo?" Sìneag a estudou pensativamente. "Você sabe como este castelo foi construído?"

"Eu li no quadro de informações logo ali – construído pelo poderoso clã Comyn no século XIII."

"Sim, mas você sabia que foi construído sobre uma fortaleza dos pictos?"

Amy ergueu as sobrancelhas. "Não, isso eu não sabia."

"Ah, sim. E esses pictos, eles conheciam uma magia poderosa. Eles podiam abrir o rio do tempo e construir um túnel secreto sob ele para ajudar as pessoas a atravessarem."

Amy sorriu. Adorável. Ela gostava de contos de fadas.

"Você quer dizer como a viagem no tempo?"

"Sim. Uma viagem no tempo."

"Divertido! Nunca ouvi mitos e contos sobre viagens no tempo. Normalmente, a gente tem histórias tipo João e Maria com uma bruxa canibal e crianças perdidas... Como é essa aí?"

"Bem, o castelo foi construído sobre uma rocha que pode abrir um túnel desse tipo. É preciso uma pessoa com um propósito para reabri-lo e fazer a jornada."

"Então, alguém já viajou no tempo?"

"Quem sabe. Talvez tenham viajado e talvez viajem novamente."

O sorriso de Sìneag ficou um pouco malicioso e Amy ergueu as sobrancelhas. "Talvez?"

"Havia um Highlander aqui chamado Craig Cambel. Ele era um poderoso guerreiro e um homem honrado. Você conhece a história do Rei Robert de Bruce?"

Amy se perguntou por que Sìneag não havia respondido sua pergunta diretamente, mas talvez ela estivesse tentando chegar na história da viagem no tempo.

"As Guerras sobre a Independência da Escócia, certo?" Amy disse. "Dizia no quadro de informações que ele tirou o Castelo Inverlochy dos Comyns."

"Sim. Os Cambels – eles são chamados de Campbells atualmente – eram seus aliados. O rei Robert pediu a Craig que protegesse o castelo para ele contra seus inimigos."

Amy riu. "Esse Craig devia ser um homem importante."

"Sim, ele era um homem de grandes realizações, mas com uma profunda tristeza em seu coração. O clã MacDougall havia traído sua família e isso o marcou para sempre. Por esse motivo, Craig jurou nunca mais confiar em alguém tão facilmente."

"Graças a Deus ele nunca vai me conhecer, pois eu sou uma MacDougall."

Os olhos de Sìneag brilharam. "Você é mesmo uma MacDougall?"

"Sim. Meus avós imigraram da Escócia para os Estados Unidos, então sou americana. Mas meu sobrenome é MacDougall."

"Sim! Sim! Excelente." A voz de Sìneag tremeu um pouco de entusiasmo. "Eu esperava encontrar você aqui, minha jovem."

Amy franziu a testa, algo sobre essas palavras a deixaram desconfiada.

"Enfim", disse Amy. "E quanto a esse Craig? Ele viajou no tempo ou algo assim?"

"Não, ele não viajou. Ele se casou com uma boa moça para conseguir uma aliança com outro clã, mas nunca foi feliz. Craig viveu sua vida como um bom homem. Um bom homem, mas sempre solitário."

Amy apertou os lábios para lutar contra uma estranha onda de emoção que as palavras de Sìneag lhe trouxeram: tristeza e solidão. O desespero de ser deixada para trás e abandonada era muito familiar.

"Sim", disse ela. "Algumas pessoas nunca conseguem superar aquilo que as feriu muito profundamente."

Os olhos de Sìneag brilharam com compreensão e empatia. "Sim. E se a pessoa que pode curá-las vive do outro lado do rio do tempo?"

"Então acho que elas precisam usar aquele túnel dos pictos."

"Sim, Amy! Isso é bem verdade." Sìneag bateu palmas como uma menina. "Você tem toda a razão."

Um movimento chamou a atenção de Amy. Zach havia descido correndo a pilha de pedras e ido em direção a Deanna.

"Cuidado!" Jenny gritou.

Assim que Zach estava no chão, Deanna deu um grito e correu para longe dele. Com um rugido parecido com algo entre um grito de batalha e o som de um chimpanzé com tesão, ele a seguiu.

Isso não iria acabar bem. Esquecendo-se de Sìneag, Amy acompanhava cada movimento enquanto Deanna corria ao redor do pátio, sempre evitando a tentativa de Zach de lhe dar um abraço de urso. Então ela correu ainda mais rápido em direção a Amy. Esta já havia se preparado para agarrar e parar a garota quando, no último momento, ela se virou em direção à torre leste.

Amy deu um passo à frente por instinto.

Deanna empurrou a grade de segurança para o lado e se espremeu atrás dela, em direção à total escuridão da entrada. Ela deu um passo para dentro, gritou e caiu.

O coração de Amy parou.

"Droga", Amy xingou e correu em direção à torre. "Nem se

atreva!" ela gritou para Zach, que havia parado na grade com o rosto pálido e uma expressão preocupada.

Amy pegou a lanterna em sua mochila. A grama brilhou sob seus pés enquanto ela corria até alcançar a grade e passar por ela. Ela parou na entrada da torre. A luz da lanterna incidiu sobre as escadas quebradas e em ruínas que levavam para baixo e para uma escuridão absoluta ao redor delas.

"Malditos adolescentes", Amy xingou baixinho e desceu as escadas quebradas o mais rápido possível, tentando evitar quebrar o próprio pescoço no processo.

Pedras se soltaram por baixo de seus pés e caíram. Havia alguns degraus faltando, outros estavam quebrados e virados na parte plana. O local cheirava a terra molhada, pedra úmida, folhas podres e a outra coisa podre que ela nem queria imaginar. Por um milagre, Amy conseguiu chegar lá embaixo. A luz externa não penetrava ali. Apenas sua lanterna iluminava o local, como se não houvesse mais nada além do subsolo. Amy estremeceu, as memórias que ela havia enterrado há muito tempo começaram a vir à tona em sua mente.

Ela lembrou a si mesma que havia aprendido a lidar com a escuridão e espaços confinados. Ela precisava ser forte pela adolescente.

"Deanna!" Amy gritou, enquanto a luz da lanterna percorria a rocha áspera que a rodeava. "Deanna!"

Suas palavras ecoaram no silêncio como se ela estivesse sozinha. Como se Deanna tivesse desaparecido no nada.

Amy olhou para cima, mas havia apenas um teto rochoso e a abertura pela qual ela havia passado. Seus braços e pernas ficaram gelados e suas mãos tremeram.

Rápido. *Apenas encontre Deanna, ajude-a e dê o fora daqui.*

"Deanna!" Amy procurou ao redor com a lanterna. A luz se deslocou da entrada para a outra câmara. Tremendo e com as pernas pesadas, Amy foi até lá. Ela não podia deixar ninguém sozinho na escuridão.

Ela precisava mostrar às pessoas que estava resgatando que elas não haviam sido abandonadas.

Alguém sempre iria atrás delas.

Ela estava indo.

"Deanna," Amy chamou enquanto entrava na câmara, sua voz ecoando pelas rochas.

Era uma sala pequena – não era bem uma sala, mas sim uma caverna. Amy procurou no chão, mas não achou ninguém.

Mais alguma saída ou porta?

Não.

"Onde você está?" Amy chamou. Ela não tinha certeza se se referia a Deanna ou a si mesma.

"Aqui", disse uma voz.

Amy moveu a luz e lá estava ela. Deanna se levantou, abraçando a si mesma, os olhos arregalados e o cabelo bagunçado. Amy se encheu de alívio e a tensão em seu peito diminuiu.

"Ah! Graças a Deus!" Amy disse. "Você está machucada?"

"Só bati de leve a minha cabeça."

"Certo, vamos voltar imediatamente. Vou dar uma olhada em sua cabeça quando chegarmos lá em cima. Pegue esta lanterna. Eu tenho outra."

Ela entregou a lanterna para Deanna e pegou a outra em sua mochila. A menina apontou a luz da lanterna ao redor e ela pousou sobre algo. Amy franziu a testa.

Havia uma rocha grande e plana com uma grande gravura nela, uma fita larga com três linhas onduladas. Algo como um rio em forma de círculo. Através dele, passava a linha ampla de uma estrada.

"Estou congelando", disse Deanna, caminhando de volta para a entrada.

"Espere por mim", falou Amy, mas então congelou, seu olhar grudado na rocha.

Amy estava tendo alucinações ou a gravura estava brilhando levemente – o rio estava azul e a estrada marrom? Ao lado da gravura, havia uma marca de mão bem na rocha.

A luz de Deanna já estava piscando na primeira sala. Ela ficaria bem. Amy chegou mais perto da rocha, curiosa.

O brilho ficou mais forte dando a impressão de que a gravura se movia: as ondas do rio pareciam fluir e uma pequena nuvem de poeira parecia subir acima da estrada. Era tão lindo.

Será que era a impressão da mão de um picto?

Uma mão solitária... Um homem solitário...

Será que era de Craig Cambel?

Será que ela estaria tocando nos dedos dele se pressionasse os seus na impressão? Prendendo a respiração, ela a traçou suavemente. Estava fria e úmida. Será que era frio e úmido quando Craig morava aqui?

Ela colocou os cinco dedos na impressão. Uma corrente elétrica a percorreu – como uma onda de entusiasmo antes de uma viagem, de uma aventura. Seu coração disparou e sua pulsação podia ser sentida em suas têmporas, suas veias do pescoço, seus pulsos e entre os seus dedos.

O medo a atingiu novamente, sua garganta se apertou, os ombros ficaram tensos e ela mal conseguia respirar.

Ela tentou tirar a mão da rocha, mas não conseguiu. Sua mão foi puxada por ela como um ímã. A superfície fria parecia úmida, como se água brotasse dela.

A palma da mão de Amy tocou a rocha completamente e afundou nela como se fosse um rio. O resto do seu braço a seguiu, e então seu ombro.

"Ahhhh!" Amy se ouviu gritar.

Ela agarrou a rocha com a outra mão, lutou para manter os pés no chão, mas não conseguiu evitar a queda.

E então ela caiu completamente dentro da rocha... e o mundo escureceu.

Leia livro 1, Prisioneira do Highlander: **https:// books2read.com/prisioneiradohighlander**

SUA CLASSIFICAÇÃO E SUAS RECOMENDAÇÕES DIRETAS FARÃO A DIFERENÇA

Classificações e recomendações diretas são fundamentais para o sucesso de todo autor. Se você gostou deste livro, deixe uma classificação, mesmo que somente uma linha ou duas, e fale sobre o livro com seus amigos. Isso ajudará o autor a trazer novos livros para você e permitirá que outras pessoas também apreciem o livro.

Seu apoio é muito importante!

The Jewel of Time

The Marriage of Time

The Surf of Time

The Tree of Time

CALLED BY A PIRATE SERIES (TIME TRAVEL):

Pirate's Treasure

Pirate's Pleasure

A CHRISTMAS REGENCY ROMANCE:

Her Christmas Prince

SOBRE O AUTOR

Mariah Stone é uma escritora de romances que vive nos Países Baixos com seu marido e filho pequeno. Quando ela não está ocupada escrevendo sobre mulheres fortes dos tempos modernos caindo pelo tempo nos braços de vikings, highlanders e piratas gostosos, ela está correndo atras de seu filho e passa noites românticas com seu marido no mar do norte. Ela já viajou o mundo e morou em seis países diferentes. Entre seus talentos estão esquecer-se da vida enquanto está escrevendo e fazer uma bagunça ainda maior que a do seu bebê.

Ela acredita que o amor vence tudo, mesmo se as pessoas tiverem origens diferentes – mesmo se tiverem nascido em séculos diferentes.

www.ingramcontent.com/pod-product-compliance
Lightning Source LLC
LaVergne TN
LVHW041457170726
843492LV00005B/1267